一部少年英雄成长的幻想史诗

蓬莱学院

④ 大漠之王

古月奇 ◎ 著

长江出版传媒
长江文艺出版社

西方大陆

北冰漠草

鱼人海峡

西域

沙狼坳
拜月城
飞人族　西天山山脉　蜂人国　明镜城
　　　　　　　　　　南帝城

陇角望

西域各族

大漠

西定

中方

东漠

高原荒

滇南国

南部土著各城邦及集镇

比例尺 1:20 000 000

海原地带

北草原

奴诸部落

东海

北疆

羊谷夹

羊谷河

山脉

积水潭

青城

西北郡

陇郡

定北郡

东北郡

白虎郡

北门卫郡

玄武郡

东洋郡

红岩岛

东海诸岛

雾环群岛

铁角镇

黄沙镇

威北镇

土坡镇

中都城

东门卫郡

出海口

蛇岛

西门卫郡

中都特区

西郡

青龙郡

央

朱雀郡

南门卫郡

山脉

望海郡

大

西南郡

平南郡

陆

川

水

东南郡

蓬莱学院地图

门卫处　北门

墨士峰　药女峰
道士峰　织女峰
食女峰
中央谷地
乐女峰
法士峰　儒士峰

大藏经阁

炼药房
医馆
膳食房　女生宿舍　男生宿舍
监学会议事厅
教学楼　院史馆
下院操场
学监家属及仆务人员生活区
风纪处
教务处　仆务处
门卫处
南门

比例尺 1:17 000

蓬莱上院

共分八科，每科各据一峰。如左图所示。

墨士科
科监：尚墨，武功八段。生活质朴，专于造械，脾气火爆，要求严格。遇不平之事，多用极端方式解决。
奇门绝技：针械

道士科
科监：玄天宗，武功八段。追求天人合一，顺其自然，看似闲云野鹤，不问世事，实则人生百态，了然于心。危难之际，出手不凡。

食女科
科监：妙食娘子，武功七段。性格耿直，做事专注，能做尽天下美食。
奇门绝技：土豆杀、五谷三牲羹

法士科
科监：法万山，同时任蓬莱学院总学监，武功八段。目标清晰，善用权术，他率领蓬莱学院一路成长为东方大陆武林巨擘。

药女科
科监：药香君，武功七段，专用兵器龙爪手。用药，用毒，无所不用其极。医者？毒者？全在一念之间。
奇门绝技：药术、毒术

织女科
科监：罗衫君，武功七段。知性大气，中都城内首屈一指的时装设计师。
奇门绝技：极品寒山蛛丝、粘丝带、金缕衣、盘丝阵、微织术

乐女科
科监：萧湘夫人，武功七段。浪费了天生容颜，荒废了乐女绝学，武功不凡却呆板无趣。
奇门绝技：五音婀娜斩

儒士科
科监：白太儒，同时任蓬莱学院从总学监，武功八段。有浩然之气，耽于理想，弱于实务，在法儒之争中处处落败。但他相信千年之后照亮整个东方大陆的，必为儒家。

蓬莱下院

分两个年级，每个年级五个班，每班四十名学员。

下院名师

鲁打柴：一年级五班班监，使上器尖头斧，武功段位不详。从社会上招聘进来的学监，无门无派的半老头子，教无定法，行事奇特，但前提都是为学员好。

文飞剑：一年级五班从班监，武功六段的青年才俊，赫赫有名的法士科留院大弟子，师从法万山总学监。出身高贵，对寒门弟子总抱有不加掩饰的厌恶。

鲁打柴　　　文飞剑

蓬莱下院风云榜

叶眉儿

她是来自西域异族的精灵，与商无期相逢纯属偶然，更没想到有一日能与他同入蓬莱念书。容貌绝丽，能歌善舞，希望日日守在他身边，可两人总是聚少离多。个人情感与种族大义，她的一生都在抉择。

商无期

本是流浪少年，为了揭开身世之谜进入蓬莱。天性纯良，所以身边总有良师益友相伴。懵懂少年情窦初开，他真正喜欢的人到底是谁？在武学方面，看似笨拙，其实悟性极高，走得最慢的人，最终成了走得最远的人。

李微蓝

美丽高傲的丞相长孙女，连霸王龙都甘愿给她做萌宠，少年商无期喜欢上的第一个人。这个原本有着一颗玻璃心的女孩，最终在命运与战火的磨砺中迅速长大。

百里乘风

蓬莱下院的偶像级存在。太尉长子，一手执剑，一手拿书，是整个百里家族的希望。白衣飘飘的他，内心承受太多，修齐治平的理想、朝廷各大家族之间的矛盾，最终能否让他牵手生命中最重要的女孩？

蒙恬

蓬莱下院学员。太尉次子，私生子。他像小草一样坚韧长大，忍受一切，是为了证明自己能像兄长一样优秀。他最终在与北方异族的战争中脱颖而出，在国家危难之际，个人的爱恨情仇原来如此渺小。

柳吟风

自诩为玉树临风的翩翩美少年，实则为同窗的开心果。心地善良，风趣搞笑，学院内的各种逗乐搞怪之事向来少不了他。

果落落

性格直率的西域美少女，叶眉儿的好闺蜜。志在药学，听闻曼陀罗花有麻醉作用，服用后会产生幻觉，竟敢偷偷以身试药。

蓬莱下院风云榜

慕容芙

五班从班长，性格爽朗，行事大气，"御姐"一枚。也许只有遇上喜欢的男子，才会现出小女生的模样。

李尉

从小就没见过父母，在刀剑丛林中长大，好在为人精明，终有一天出人头地。苦难的生存经验告诉他，人都是为自己而活。这个世上，他只爱自己。那么，他还会爱上别人吗？

赵天骄

御史大夫之子，李微蓝的青梅竹马。高傲而自负，如果没有男一号、男二号、男三号……他其实也可以算得上少年才俊。只可惜生在了一个英雄辈出的年代，命中注定只能当配角，但他的确给商无期制造过很多麻烦。

辛戈

将门之子，不拘小节，孔武有力，天生的战士。好男儿志在边疆，是蓬莱学院成就了他，让他从一个皮实的小男生慢慢成长为一名为杰出的青年将领。

目 录

001　第40章　头雕
018　第41章　破阵
036　第42章　幻蝶
054　第43章　西帝城
074　第44章　逼宫
091　第45章　狼王门
109　第46章　狼战
126　第47章　王者归来
144　第48章　海市蜃楼
160　第49章　宫廷四子
173　第50章　古井
192　第51章　群魔出狱
206　第52章　拜月少主

第40章　头雕

七个人和数千只的老鼠，静悄悄地在密室里待了一夜。

此刻天已放亮，密室的门缝中微微透进一丝光来。送早餐的侍女来了，走在最前面的侍女打开铜门上的遮光板，将餐饮从遮光板后面的门洞中递进去。她突然发出了一声惊叫，因为几只大老鼠直接从地上弹跳起来，掀翻了她手中的托盘。她从门洞中往室内一看，吓得大叫："老鼠，老鼠啊——"几位侍女扔下手中的吃食，落荒而逃。

不怪她们，任何一位女人，看到如此多的老鼠聚在一起，都会意志崩溃的。

她们的叫声迅速引来了一些增援者，包括近日驻扎在附近的拜月三鬼，还有盗贼公会部众。

拜月三鬼冲在最前面。鬼点灯透过门洞，看到屋内密密麻麻的老鼠，咕噜了一句："这个中都贼王，搞什么鬼，把鼠阵布到这地方干吗？"他转过头，吩咐身后的侍女把铜门打开，他要进去看个究竟。他一点也不担心室内的蓬莱诸人会逃走，因为鲁打柴还困在网中，而那些学员们，武功比他差几个重量级。

侍女哆哆嗦嗦地打开门，鬼点灯一脚便跨了进去。

刚进去鬼点灯就后悔了，因为鲁打柴虽然人在网中，但仍能挪动，他就地一滚，连人带网一起滚到了门边，用身子一撞，铜门从里向外关上了，把其他拜月教众挡在了外头，又用肩死命抵住铜门。门外的人连连踹门，但无奈鲁打柴力气颇大，一时也未能踹开。

鬼点灯见状急了，想去拽鲁打柴，但还没待他近身，地上的城南鼠王发出一声嘶叫，数千只老鼠一拥而上，径直冲向鬼点灯。

鬼点灯吓得脸都绿了，怒骂道："你等都是我神教养活的贱种，怎敢侵犯主人？"又叫道，"贼王你个王八羔子在哪？你的老鼠怎么造起反来了！"

那群老鼠毫不理会鬼点灯的愤怒，任他武功再高，在这密室中也无法施展，转眼间便被咬得遍体鳞伤。

鲁打柴道："鬼点灯，你识相点，赶快将我从网中放出来，可饶你不死！"

鬼点灯气得大骂："姓鲁的，王八蛋！我若死了，你一辈子都别想从网中出来！"

鲁打柴冷笑道："你想骂人，要赶早。待会儿成了一堆白骨，想骂人也骂不成了！"

鬼点灯喘着气道："姓鲁的，王八蛋！你说话要算数，我放你出来，你不能再让这群老鼠咬我。"

鲁打柴忍住笑，道："这个自然。"

鬼点灯忍着痛，来到鲁打柴身边，按着自己设定的丝线编码，几下就解开了网口的丝线。鲁打柴纵身跳出，突然一反手，抓起天山金蛛网，反将鬼点灯套入网中，又用网口的一些丝线胡乱打了几个结，将网口结死。

鬼点灯目瞪口呆，半晌才叫骂道："姓鲁的，王八蛋，怎的如此狡诈！"

鲁打柴笑道："我只答应不让老鼠咬你，如今也要让你尝尝这天山金蛛网的滋味，你这可真叫作茧自缚！"

蓬莱诸人均大笑不已。

鲁打柴对城南鼠王作了个揖，道："鼠大侠，感谢答救之恩！我们马上就要走了，就此别过了！"

城南鼠王竟然立起身来，捧起两只前爪，也对鲁打柴作了个揖。

鬼点灯号叫道："姓鲁的，先别走，你得把网口打结丝线的编码告诉我啊！"

鲁打柴想到了什么，顿了顿，道："那你必须先把我的尖头斧还给我！"

习武之人，向来将自己心仪的兵器视若珍宝。尖头斧是罕见的上器，有了它，鲁打柴可以实现战斗力倍增，拜月三鬼在抓住鲁打柴之后，自然是没收了他的兵器的。

鬼点灯无奈道："尖头斧一直放在我的床头，回头客栈310房间。"

鲁打柴笑道："谢过了！"又道，"至于网口打结丝线的编码，我刚才是胡乱打的结，如何能记得？真的得罪了！你就一个一个编码的试着解吧，最多十天半个月，网口总会解开的！"

说罢，鲁打柴也顾不上鬼点灯的叫骂了，他对蓬莱诸人使个眼色，猛地拉开铜门，就向屋外冲去，蓬莱诸人连忙跟上。

门外的拜月教众没料到室内的人突然冲出，还没来得及阻挡，前面两名教众就被鲁打柴打翻在地。待拜月教众回过神来，蓬莱诸人已跑出几丈开外。

拜月教众连连追赶。

鲁打柴吩咐学员们快跑，他自己留下来断后。鬼风和鬼媚双双抢上，如魅影移动，双双抓向鲁打柴后背。

鲁打柴感知背后风声，倏地转身，左右掌已同时击出，分别接住了鬼风、鬼媚的双爪。三人均觉得手臂一震，各自退后两步，才能站稳。一击之下，力度之大，令衣袖发热，空中似有火星溅射。

二鬼惊骇不已，他俩武功均为七段，这老头竟敢同时硬接他俩的合力攻击，而且不落下风，武功想必已达八段！

放眼看整个大陆，能修到八段的武者，掰着手指头也数得出来啊！众所周知，蓬莱学院能到八段武功的人，不过也只有上四科科监法万山、白太儒、玄天宗、尚墨四人，外加上在渭水河畔隐居的戒木大师墨隐而已。

这鲁打柴在蓬莱学院地位并不高，怎的会有如此武功？看来教主曾说蓬莱学院卧虎藏龙，此言不虚。

想至此，二鬼加强了戒备之心，交换了一下眼色，同时解下了腰间的拜月弯刀，战斗力立增一倍，鲁打柴没有兵器，数十招之后，看似已落入了下风。好在二鬼对鲁打柴高深莫测的武功仍有忌惮，并没有全力放开来进攻，他俩只想拖住时间，等待更多的援兵到来。

这个山坳里，处处都是拜月神教的人，蓬莱区区几人，能逃到哪里去啊？

很明显，二鬼忽略了蓬莱诸人还有一群不容小觑的帮手：城南鼠阵！

城南鼠阵本来有十万只老鼠，但经过上次偷袭蓬莱学院的战役之后，损失过半，已剩下不到五万只。城南鼠王带着这群残鼠一路逃到西域，休整了半年，才勉强恢复过元气来。前几日城南鼠王被叶眉儿用召唤术召见，为报答叶眉儿两次相救之恩，它带着所有部众来为蓬莱诸人解围。因为密室空间有限，昨夜进入的只有几千只而已，还有数万只老鼠一直埋伏在客栈附近的山坳里。

眼见蓬莱诸人已逃出密室，城南鼠王正准备带着鼠群离开，此时却见在二鬼的围攻之下，鲁打柴明显招架吃力，它仰天嘶叫，数万只老鼠突然从四面八方潮水般涌过来。

二鬼此时知道这群老鼠已哗变，不再受拜月教控制，见它们急拥而来，心中大骇，他们深知鼠阵的厉害，此时也顾不上攻击鲁打柴，保命要紧，连忙寻到一个老鼠相对稀少的方向，突围而去。那些跟随在他们身后的拜月教众，也落荒而逃，一路上都能听见他们的惨叫声。

城南鼠阵并无追赶之意，它们只是团团将蓬莱诸人围住，蓬莱诸人走到哪，它们都跟到哪，像是给他们布了个结界一般。

在鼠阵的保护下，鲁打柴带着学员们，从容不迫地找到客栈310房间，寻回了自己的宝贝兵器——尖头斧。

鼠阵裂开一条缝隙。

第40章 头雕

群鼠一起有节奏地嘶叫。

鲁打柴明白,城南鼠王认为自己任务已完成,这是在向他们道别了。

鲁打柴躬下腰,一边对着城南鼠王连比带划,一边道:"鼠王别走!希望你还能护送我们一程!"

凭直觉,鲁打柴知道真正的困难还没到来。

因为,回头客栈的主人,今天还没有现身。

这不符合常理。

那个绝世聪明的男子,一定早在某个地方布好了局,正静静地等待着他们的到来。

城南鼠王像是听懂了鲁打柴的意思,它轻轻嘶叫一声,鼠阵的裂缝闭合了。

数万只老鼠簇拥着蓬莱诸人,离开了回头客栈。

这个叫"回头客栈"的地方,他们不想再回来。

所以,离开的时候,他们谁也没有回头。

一路向前。

他们走了不到两里地,还没走出山坳,困难就来了。

在山坳的出口处,静静等待他们的,仍然是老鼠。

是四个更大的鼠阵。

盗贼公会本来驯有五个鼠阵,城南鼠阵哗变之后,他们能控制的还有城东、城西、城北、城中四个鼠阵。这些鼠阵在上次偷袭蓬莱的战斗中也均有损耗,但每个鼠阵也都还有四五万只老鼠。加在一起,从整体数量来看,差不多是城南鼠阵的四倍左右。

盗贼公会城西分会会长——西山老雕王有福是这些鼠阵的训练者,他亲自带着几名弟子,各执着一面黑旗,伫立在一个高坡之上,一副大敌当前的肃穆表情。

当然,平静的表情却掩饰不住他内心的愤怒。

虽然作为一名武者,王有福六段的武功的确也算不上太大的成就;

但作为东方大陆赫赫有名的驯雕师，他从驯雕实践中琢磨出了一套驯鼠的独特技能，最终竟为拜月教驯成了能调动五十万只老鼠的五大鼠阵，达到了他一生事业和荣誉的最巅峰，他为此还获得了东方驯兽师协会颁发的终生成就奖。

他是一个内心非常骄傲的人。

因为，他有骄傲的本钱。

但城南鼠王那个家伙，竟然差点毁掉了他毕生的荣耀。当初，他慧眼识珠，从数十万只老鼠中把它挑出来，驯成了三星鼠王，驾驭十万鼠阵，何等荣耀，可它却恩将仇报，带着城南鼠阵两次哗变，要不是他爱才心切，定然早已将它置于死地！

哪知养虎为患，不，是养鼠为患，它竟然带着残部攻上门来了。

所谓"慈不掌兵"，王有福现在有点懊悔自己当初的仁慈了。

那么，来吧！今日，这个山坳，就是你的坟墓！

你应该明白，在东方大陆最有手段的驯兽师面前，任何狂妄都是要付出代价的！

王有福执着黑旗的手暗自用力，手背上青筋暴起。

整个山坳寂然无声。

像有一场暴风雨即将来临。

城南鼠阵慢慢地向山坳口移动，两支鼠群越来越近。

两百步，一百步，五十步……

好了，是时候了！

王有福准备挥下他手中的黑旗。

可以想象，接下来的场景，是一场昏天暗地的厮杀，血腥和惨叫顷刻间就会充斥这个僻静的山谷。

城南鼠王突然发出一声轻轻的嘶鸣。

城南鼠阵顿然止步，不再向前。动作整齐划一，其治军之严，可见一斑。

众人正在诧异，却见头顶三星的城南鼠王缓步而出，独自离开了城南鼠阵，径直向盗贼公会的四大鼠阵行去。

第40章 头雕

王有福也愣住了，他很想挥下手中的黑色令旗，那么这只头顶三星的老鼠瞬间就会被蜂拥而至的同类撕成碎片；同时他也很想知道这只不知死活的家伙到底想干什么，在他的驯鼠教程中，从来没有设定过这样的场景，他向来只教这些老鼠如何服从，从来没考虑过它们是否也有自己独立的想法和思维。

王有福的好奇心最终占了上风，他一直没有挥下手中的黑旗，反而在心底反思自己的驯兽体系有没有需要改进的地方。所以他天生更合适做一名专业技术研究人员，而不是担任一位指挥千军万马的指挥官。

他的好奇心显然爆发得不是时候，城南鼠王在他的凝视中已来到盗贼公会的四大鼠阵中。它首先到达城东鼠阵，同样头顶三星的城东鼠王看似并不欢迎它的到访，在它就要接近自己的时候，城东鼠王发出了"嘶嘶"的尖厉警告声，同时扭头向身后张望，它不明白那些持黑旗的指挥者为什么还不发出进攻的指令。

遗憾的是，黑旗仍然没有挥下，此时城南鼠王已来到它身边，给了它一个大大的拥抱。

是的，是拥抱。

先是城南鼠王立起来，张开前臂，城东鼠王立马也警惕地站立起来，并向对方龇出了锋利的尖牙，然后两只老鼠借着惯性就拥抱在了一起。

城南鼠王没有亮出尖牙，它轻轻地摩擦城东鼠王的后颈，脖子完全暴露在城东鼠王的利齿之下。

任何老鼠心中都没有"拥抱"的概念，但城南鼠王的这个姿势，在城东鼠王看来，无疑是一种友好的表示。城东鼠王心中或许有一阵暖流涌过，它的心或许突然就变得柔软起来。两只头顶三星的老鼠，不再张牙舞爪，它们相对而立，小声吱吱地叫着，似乎在交谈什么。其他的老鼠，还有所有的人，都好奇地看着它们，似乎都在等待有什么不可思议的事发生。

片刻之后，交谈结束了，城东鼠王仰头一声长长的嘶鸣。

城东鼠阵一阵骚动，似乎那些老鼠有些不知所措。

城东鼠王再次发出一声嘶鸣，声音比刚才还大，尾音拖得还长。

城东鼠阵的老鼠不再犹豫，它们一起发出阵阵嘶鸣，然后突然同时向后倒退几十尺，不再对着城南鼠阵张牙露齿。

站在高坡上的王有福看到这一场景，脸色铁青，心中愤恨交加。

城东鼠阵又要哗变了。

就在他的眼皮底下。

王有福重重地挥下了手中的黑色令旗，"冲啊！冲过去，咬死它们，咬死这些叛逆！"他的嘴唇都快被自己的牙咬出血来！

其实他歇斯底里的喊话显得多余，因为那些老鼠也听不懂他在叫什么，它们只认令旗，眼见令旗已挥下，城西、城北、城中鼠阵的十多万只老鼠顿时冲过去，顷刻间便云卷残云般来到城南鼠阵前。

城南鼠阵的鼠群已做好了迎战准备。

这必定是一场残酷的战争。

近距离的贴身肉搏。

更重要的是，这一次与它们生死厮杀的，是自己的同类。

这是一场数以十万计的生灵参与的战争。

它们再小，再卑贱，也是一条命。

在它们发动攻击时，应该也会害怕，会犹豫；在它们离开这个世界时，内心的恐惧，应该也不会低于那些体形更大的生灵。

但是，在它们的主体意识中，只有服从。

霎时间，鲜血与残肢四处溅落。

永远不会有人去统计，在这短短的一瞬间，有多少只老鼠受伤流血，有多少只老鼠被撕成碎片。

好在战斗只持续了片刻。

因为，这完全是一场不对称的战斗。

说是不对称，并不是指数量上的多寡：城南鼠阵的老鼠少，它们的对手多。

而是……城南鼠阵的老鼠压根儿就没有反击。

第40章 头雕

它们默默忍受着同类的疯狂撕咬，却没有一只老鼠向对方亮出自己的尖牙和利爪。它们只是一起发出吱吱的悲鸣，像秋风卷过枯黄的树林，卷过薄薄的冬雪，卷过祖辈的墓穴，麻木的生命在麻木的忍受中慢慢苏醒，内心里是什么在欢唱，像春风倏地割开冰凌……

城南鼠王在一边高声悲鸣，号召自己的鼠阵不要反击。

起初，它们的确是因为服从，才没有反击，但现在，不是了。似乎有某种高尚的情感在它们卑贱的体内翻腾，它们一边忍受着肉体上的痛苦，一边轻轻地嘶鸣着，像在合唱一曲悲壮的感召曲，让同类的心，慢慢地融化……

进攻方很快就没有了最初时的凶残，因为疑惑，它们放慢了撕咬的动作，一些老鼠已停下来四处张望。

王有福完全没有想到事情会发展到这个地步，无论他和几个弟子怎么挥动手中的黑旗，那些老鼠都不再发起攻击了。

二十多万只的老鼠只在原地打转，乱成了一锅粥。

那五只三星鼠王，突然间凑到了一块，像是在商议什么。

以智商来看，它们绝对是老鼠中的天才。王有福不知道下一步，这些老鼠会不会突然全部哗变，掉头向自己这边冲过来，他背上突然冷汗淋漓。

王有福恨恨地摔了令旗，将手指含在口中，对着空中吹了一声响亮的口哨。

只有使用这最后一招了。

天际边出现阵阵雕鸣声，王有福驯养的雕群顷刻间便赶到了。

雕是鼠类的天敌，王有福之所以能控制住这些鼠王，靠的就是他平时驯养的这群雕。他用精心提炼的臭鼬油在这些鼠王头上画了些黑色星星，雕对那臭鼬油的气味极其敏感，可以根据气味判别鼠王所在的方位。鼠王们因为害怕这些雕，这才对王有福言听计从；而鼠阵采取的是宝塔式管理模式，下级对上级绝对服从，王有福这才得以能指挥五十万只老鼠。

现在既然鼠群不听指挥，当然也须擒贼先擒王，先将这些鼠王制服

再说。

　　王有福一声令下，这十多只雕已在头雕的带领下，径直扑向那些头上画有星星的各级鼠王，鼠阵更是乱成一团。

　　鼠阵中，每一千只老鼠由一只一星鼠王率领，每一万只老鼠由一只二星鼠王率领，加上五只三星鼠王，这二十多万只老鼠中总共竟有各级鼠王近三百只。因为鼠王数量太多，局面又完全失控，这十多只雕忙了好一阵，也才抓住数十只鼠王，并将它们送到王有福身边的铁丝袋中。

　　这些被抓住的鼠王，将逐一接受王有福的审查，少数顽固分子会被处死，而其中的大多数会被重新改造，当然吃些苦头是难免的。

　　在群雕的威逼下，一些摇摆不定的鼠王扭转了观望态度，又站到了王有福这边，重新组织鼠群，对城南鼠阵展开进攻。

　　在这场浩荡的鼠战中，人类大都只能充当旁观者。无论是蓬莱诸人，还是拜月教的大多数人，他们只能眼睁睁地看着鼠群对决，完全无能为力。

　　如果不服，也想进到鼠阵玩一把的话，相信片刻间就会变成一架白骨。

　　蓬莱诸人虽然一直被城南鼠阵团团护住，但李微蓝、果落落、绿绿三位女孩，却早已吓得花容失色，腿都直不起来。商无期和柳吟风胆子稍大些，一直站在鲁打柴身边，观察鼠阵的动向，此刻见在雕群的干涉下城南鼠阵即将告破，也是吓得不轻。

　　即便同样是一死，相信所有的人都愿意死在刀剑之下，而不是这鼠群之中。

　　鲁打柴道：“要是能将雕群制服就好了！"说话间，他已拿起尖头斧，对着空中跃跃欲试。

　　群雕再次飞到城南鼠阵上空，各自瞅准目标，猛地向下俯冲，鲁打柴一挥手，尖头斧已经出手，在空中划过一道弧线，半空中溅起两道血痕，羽毛四处飞散。

　　尖头斧在空中转了个圆圈，倏地回到了鲁打柴手中。

　　两只被削掉了头颅的大雕倏地从空中落下，扑起了满地尘土，残体立刻被对它们恨之入骨的鼠群抢食得干干净净，连骨头渣都没留下。

第40章 头雕

鲁打柴对学员们道:"刚才这招叫'回旋斧',可惜砍杀直径有限,范围只能控制在三丈以内,否则斧头就收不回来了。"

雕群看到两个同伴惨死在鲁打柴斧下,再也不敢靠近城南鼠阵,只是督促其他几个鼠阵的鼠王,强行向城南鼠阵组织进攻。这样一来,城南鼠阵至少免除了头领"被斩首"的担忧,各级鼠王心无旁骛地组织群鼠进行防御,在对方并不凌厉的攻势面前,城南鼠阵暂时并无告破之虞。

只是一直这么拖下去,必定对城南鼠阵不利。它们被团团围住,没有粮草,倒也可以吃同类的尸体,这种行为并不违背鼠族的社会准则,不会有道德良心上的障碍;值得担忧的是,其他几个鼠阵的混乱局面正在慢慢改观,在雕群的高压胁迫下,刚刚复苏的良知与柔情迅速泯灭,取而代之的是残忍和暴戾,它们又变成了机器一般的噬血狂魔,瞪着血红的双眼,对城南鼠阵展开一阵强于一阵的猛烈攻击。

近二十万只老鼠从四面八方潮水般涌来,城南鼠阵抵抗不住,逐步后退,阵地越来越小,被压缩成一个越来越小的圆圈。

阵中诸人都眼巴巴地望着鲁打柴,可是他也一筹莫展。

雕群自觉立了大功,尽显得意之态,头雕更是破空长鸣,踌躇满志。

天空中突然疾掠过一道黄影。

果落落率先叫起来:"金雕!商无期,是你的金雕!"

商无期也眼露惊喜之光,道:"是啊,我怎么把它给忘了?"他从怀中掏出金口哨,嚯嚯吹响,转眼间那道黄影已从空中垂直落下,来到商无期面前。金雕一边将头往商无期胳膊上蹭,一边"咕咕"地叫着,好像在埋怨商无期怎么好久不召唤自己了。

商无期有些愧疚,一边从口袋里掏出几粒小豆来喂它,一边摸着它的羽毛好生安抚。自从进入西域实习以来,商无期的确只召唤过它两次,不像原来在学院时经常黏在一起。一方面是因为实习太忙,没有过多时间同它厮混,另一方面也是害怕睹物思人,一看到它就会想起叶眉儿来。茫茫大漠,这么长时间不联系,商无期和金雕都已不知对方下落,金雕倒是一直在搜寻商无期,它小时候也是王有福驯养大的,与王有福的雕群一直有联系，今日偶见这雕群急着往这山坳方向飞，料定山坳里会有什么大事发生，一路追踪而来，没料到竟真在这儿找到了商无期。

情况紧急，商无期和金雕也不再叙旧，金雕仰起头，等待商无期给它发出指令。

商无期做了个手势，金雕立马就明白了蓬莱诸人现在所面临的困境，它腾空而起，飞向雕群。

雕群见金雕过来，先是一怔，马上就有两只雕飞过来，围在它身边，扑扇着翅膀来欢迎它。这两只雕年龄与金雕相仿，小时候与金雕一起长大，感情颇深，只是后来金雕被王有福奖给商无期之后，它们之间玩耍的时间就少了。金雕偶尔回雕群来找它们，头雕看它不爽，视它为外来者，瞅准机会就啄它，前两年金雕身体还没长全，不是头雕的对手，便与雕群来往得越发少了。头雕在雕群中具有绝对的权威，不仅是因为它体能比其他雕明显强健，更是因为王有福也绝对信任它。雕习惯于单飞，不习惯群居，王有福想把这群雕拢在一起，必须在其中树立一个强有力的领袖。王有福驯兽所遵循的基本原则，就是暴力式的金字塔管理，对头雕在雕群中的暴戾之举，他向来视若不见，甚至是听之任之的。此时头雕看到金雕，更是觉得它碍事，为展现自己的尊严，它扔下了爪中刚刚捕到的一只一星鼠王，转身向金雕扑来。

在头雕的想象中，金雕应该马上就会落荒而逃。

但这一次，金雕没有逃走，反而是迎面扑来，两只雕生生地硬啄到了一起。

头雕明显感觉到金雕的力量在迅速增大，这个两年前还稚弱的小东西，现在翅膀的扇力竟然已与自己相当，在空中相互扑腾时完全不落下风，它的喙也在逐日坚硬，啄在身上觉得生疼。

头雕觉得自己从未像现在这样讨厌这只毛发金黄的同类。

或者担忧更大于讨厌。

身值壮年的它，拥有远大于一般雕的硕大体形，它的喙坚硬如石，强健的翅膀足可以遮天蔽日，在雕群中还从未遇到过真正的挑战者。

第40章 头雕

但这个毛发黄黄的杂碎,从一出生就表现了远胜于一般雕的天赋异禀,几乎是破壳而出就会飞,体形也一直远比同龄的雕要大,在它很小的时候,头雕就时常耳闻其他雕在偷偷讨论:这只禀赋不凡的幼雕会不会是下一任的头雕?虽说生老病死、新旧更替是不可抗拒的生命规律,但对权势者而言,这向来都是心中难以承受之痛,所以头雕本能地讨厌金雕,是有道理的。

你既然已经离开了雕群,为何还要经常回来?

头雕带着满心的愤恨,再次发起了对金雕的攻击。

其他雕估计都有些发蒙,它们停止了维护鼠阵的纪律,都盘旋在空中,看着两只雕在空中恶斗。有几只和头雕交好的恶雕,在一旁跃跃欲试,想上去给头雕帮忙,但没有头雕发出的明确指令,它们是不敢上前的。

头雕有头雕的尊严。

它将金雕今日的举动视为挑战。

对王者地位的挑战。

在雕的世界里,这种挑战向来只能通过单挑来解决。

所以,尽管两只雕斗得昏天地暗、毛羽纷飞,其他雕却在一旁屏气凝神,不敢造次。

底下的鼠阵也有些蒙了,没有雕群在后面督阵,它们的战斗意志也松懈下来,都抬着头看向天空,茫茫然不知所措。

只有王有福怒气冲天,这个该死的头雕,怎可以在最关键的时刻意气用事,忘了自己的职守?

愤怒的王有福已全然忘记,就雕的自然属性而言,争夺王者地位才是它们世界里最大的事情!无论王有福怎么吆喝,两只雕都打得难分难舍。王有福退而求其次,不再理会头雕,喝令其他的雕赶快组织鼠群进攻,但其他雕明显有些犹豫,这几年它们一直跟随头雕行动,现在对王有福的直接指挥竟然有些不习惯。

在王有福的大声督促下,一些雕陆续飞下去了,继续自己的职责,对鼠群展开监控。天空最后还剩五只雕,一直围在头雕和金雕的周围。

其中两只，是一直与金雕交好的同龄小雕，在等级分明的雕群中，它们一直沦为被欺负的对象，此刻啾啾地低声叫着，看似在为金雕担忧。

另外三只体格较大的雕，一直是头雕在雕群中助纣为虐的帮凶，此刻它们正摩喙擦爪，直等雕王一声招呼，就冲上去将那只可恶的金雕撕成碎片。

空中的战斗大约支撑了半炷香的功夫，金雕毕竟年幼，渐渐体力不支，一不留神被头雕啄住了脖子，它费尽力气挣脱开，右翅却被头雕铁丝般的利爪狠狠抓拉了一下，空中顿时毛羽纷飞，金雕半扇翅膀都快没了，失去了平衡，直从半空中坠落。

商无期等人一声惊呼，天空中的两只小雕也发出一阵悲鸣。头雕大获全胜，得意扬扬地在空中盘旋了两圈，突然间像是记起了什么，它一个俯冲，突然向一直在边上围观的两只小雕扑去。

一只小雕猝不及防，被头雕抓住了脖子，正在挣扎，头雕已狠狠啄向它的眼睛。

我让你围观！

让你看热闹！

让你站在那只黄毛杂种那边！

头雕不顾小雕的惨叫，狠狠地啄食它的头部，它管理雕群的方式，深得王有福之精髓，主要靠狠！

一直围绕在头雕身边的那三只恶雕，也扑过来，啄向受伤的小雕。

其余雕再次停止了组织鼠群的任务，腾空飞到天空，围了过去。头雕虽然暴戾，但这还是群雕第一次见到它如此残忍地惩罚自己的同伴，它是疯了么？

群雕不满地啾啾鸣叫，但谁也不敢制止几只恶雕的暴行。

一道黄影摇摇晃晃地飞过来，头雕看到，刚才从天空坠落的金雕竟然又回来了。

这个不知死活的家伙！

还不服气么？

第40章 头雕

头雕警惕地看着金雕慢慢飞近，它已做好了给金雕致命一击的准备。

金雕却并没有向它扑来。

它的目标根本不是它。

金雕突地展开双扇，一个侧冲，护住了那只气息奄奄的小雕。

几只恶雕的铁喙，雨点般落在金雕伤残的双翼上。

头雕更是暴怒，理所当然地将金雕的这种举动视为挑衅，它充血的眼中装满了愤怒，扑棱着翅膀，利爪已向金雕抓去，在它的背上留下了一道深深的血痕。

金雕已毫无反击之力。

事实上，它已不准备反击了。

它只是单纯地想护住另外一只雕，它的朋友。

一下，两下……

每一下，金雕背上都会多一道血痕。

它觉得好累……

但它仍然不想移开它护住小雕的翅膀。

疼痛消失了，整个身躯像云朵一样，往下坠落……

后面的事，金雕已不清楚，隐隐约约中，它只听到耳边突然传来一声划破天际的愤怒悲鸣……

悲鸣声中，一只壮年雕首先扑向了头雕。

其他的雕稍微顿了顿，也纷纷扑向了头雕。

平生第一次，它们向头雕亮出了自己的尖喙和利爪……

天空雕声长鸣，毛羽翻飞，雕群分为两派，从东打到西，从上打到下，打得天昏地暗。

山坳上，人们屏住呼吸，看着天空中戏剧性的一幕。

王有福站在高坡上歇斯底里的叫骂声，已没有人去关注。

鲁打柴盯着天空中的雕群越来越近，暗暗握紧了手中的尖头斧。

好了，机会来了，雕群一路翻滚着，不经意间已来到了城南鼠阵上空，离地面不过两丈开外。

鲁打柴一扬手，甩出了尖头斧。尖头斧在空中回旋着，斩断了头雕的一条翅膀，它惨叫一声，像块石头一样落下来，在愤怒的鼠群中徒劳无功地挣扎了片刻，变成了一架白骨。

天空中突然安静了下来。

金雕运气不错，它在空中昏晕后，落下的地点正好在城南鼠阵中央。

更让它感到高兴的是，当它醒来时，发觉十多只雕都围在它身边，啾啾地鸣叫着。

它的这些同类，眼中已没了仇恨和争斗，只有对它的担忧与关切。看到金雕醒来，雕群发出啾啾的兴奋叫声，它们低下头，争先恐后地轻啄金雕的爪尖。

这是雕类表示服从的动作。

新一代头雕诞生了。

至于鼠群，也早已停止了战斗。在城南鼠王的游说下，五个鼠阵全部哗变，它们合兵一处，浩浩荡荡地向山坳出口处冲去。

盗贼公会的人看到这一幕，早已吓得狼狈逃窜。

只有王有福，默默地待在高坡上。

他的身下，扔着几面小黑旗。

他已不准备逃走。

世界上，有很多东西比生命更珍贵。

他毕生的信念与骄傲均已坍塌，活着，应该比死了更难受吧！

他朝蜂拥而至的鼠群张开了双臂。

来吧，你们，曾是我最大的骄傲。

就让我的光荣与梦想，在这潮水般涌来的卑微生命中湮灭吧！

他还没来得及闭上眼睛，眼前突然有一道金光闪过，一只毛色斑斓的凤尾巨鸠飞至他身边。巨鸠背上，竟然坐着一位风华绝代的紫眸男子。

男子手持巴乌，脸上露出微微笑意，如天神一般。

王有福向他拱拱手，道："象王！"

滇南象王笑道："王有福分会长受了这点挫折，连命也不打算要了么？"

王有福愧然道："王某惭愧，毕生所学，毁于一旦。"

滇南象王道："你可知道，你为什么失败？"

王有福眼露光芒，道："愿听高人指点。"

滇南象王道："治兽如治人，关键在治心！你不屑于了解它们心中所思，更不知因势利导，靠凶狠和暴戾只能维持一时，日子一久，自然会水冲堤溃，一发而不可收拾！"

王有福沉思良久，道："象王高见！王某自愧不如！"

"思天地之道，其乐无穷，何以轻生，争一时之长短？"滇南象王劝诫道，"何不与我同去，一起探讨治兽之术？"

王有福豁然顿悟，单膝跪地，道："圣人云，'朝闻道，夕死可也'，王某尚未悟道，不忍求死！今愿追随象王，探而索道！"

滇南象王大笑，伸手一拽，将王有福也拉到凤尾巨鸠背上。

二人乘鸠，飞过山坳，看见鼠群正簇拥着蓬莱诸人正经过山坳出口，滇南象王朗声道："蓬莱诸位英雄，鄙人在百象阵等候！"

待蓬莱诸人抬起头，凤尾巨鸠早已远去。

真正的困难，怕是才刚刚开始吧？

第41章　破阵

蓬莱诸人在二十多万只老鼠的护送下，带着雕群，浩浩荡荡地离开了回头客栈所在的山坳。他们沿着唯一的那条小道一路向西，行约两个时辰，来到了一片开阔的草地。

草地的尽头，上百头大象正安静地等待在那里。

那就是传说中的百象阵了。

鲁打柴挥挥手，蓬莱诸人和五大鼠阵都停了下来，与百象阵形成对峙之势。

柳吟风有些纳闷，道："这象虽说形硕大，颇有蛮力，就算每头象拥有五马力的战斗力，整个象阵加一块也就五百马力而已，挡住一般人是可以的，但若碰上七段、八段高手，仅仅只是通过的话，应该不算难吧？"

鲁打柴道："大名鼎鼎的百象阵，只怕没这么简单！"

商无期道："的确如此！以我们上次的经历来看，百象阵可能是以这上百头大象为核心，外围还包括各种奇禽异兽……"

话音未落，一头凤尾巨鸠从天而降，张开双翼，悬浮在诸人面前。

鸠背上稳稳坐着的，正是滇南象王和王有福二人。

滇南象王笑道："各位英雄果然如约而至，大名鼎鼎的蓬莱，果然多的是舍生取义之人！只是不知这群鼠辈也跟过来干什么？"

第41章 破阵

"看来象王是想挑拨我们和鼠阵的关系了！"鲁打柴冷笑道，"可惜你说的话，它们也听不懂！"

滇南象王淡然一笑，"我的话它们听不懂！王会长的话，它们定能听懂吧！"

王有福顿然心领神会，他在鸠背上站立起来，对着底下的鼠群手舞足蹈，做出各种夸张的动作。

蓬莱诸人看不懂王有福那些奇奇怪怪的动作，但心里明白他想表达什么。王有福必定是想告诉鼠群：这儿危险，赶快逃跑吧，何须为这几个不相干的人送命？

这是王有福毕生第一次改变命令的沟通方式，站在这些老鼠的角度与它们做平等交流。底下的鼠群一阵骚乱，似乎有很多老鼠在犹豫。王有福想起滇南象王"治兽如治人，关键在治心"的教诲，心中更是佩服得五体投地。

数以万计的老鼠吱吱地叫着，激动地转着圈，像是在与同类进行激烈的争执。

骚乱最终在城南鼠王的一声嘶鸣中结束。城南鼠王慢慢爬上草地中央的一个小土坡，立起身子，对着周围浩如海洋的老鼠们吱吱叫喊，因为激动，它的前爪一直在微微发抖。

鸠背上的滇南象王皱了皱眉头，对王有福道："这只老鼠在说什么？"

王有福翻译道："它在讲故事，我也听不太明白，只能大致判断……大概是说以前从没有人把它们当人看，除了叶眉儿，还有商无期……它号召老鼠们像一只真正的老鼠去战斗……什么乱七八糟的！"

滇南象王沉吟道："这是我见过的最聪明的一只老鼠，它知道群鼠心中最需要什么，而且善于利用它们的愿望，最终达到自己的目标！"

"目标？"王有福疑惑道，"一只老鼠能有什么目标？"

滇南象王瞥了他一眼，"它的目标，就是当好鼠王！战争，能树立威信，助它坐稳鼠王的位置！"象王叹道，"有些……生灵，天生就是王者！"

"擒贼先擒王！"王有福恨恨道，"抓住它，碎尸万段，鼠阵不攻自破！"

"未见得！"滇南象王道，"看现在的情形，抓了它，只怕会有更多老鼠疯狂地为它复仇！你的那套方法，已经不管用了！"

王有福黯然。

滇南象王似在自语："好久没碰到像样的对手了啊！想不到，这次的对手，竟然是只老鼠！"他轻轻拍了拍凤尾巨鸠的脖颈，巨鸠引颈长鸣。

远远的天际边传来闷雷般的低吼声，又过了片刻，纷杳的脚步声分别从左右两边传来，急雨般在宽阔的草坪边落定。足足数千只大大小小的野兽，在长约数百丈的草地两侧，站得密密麻麻。

鲁打柴连忙让蓬莱诸人做好战斗准备，五大鼠阵也严阵以待。

只是那些野兽也并不进攻，似乎在等待什么指令。

鲁打柴远远地观察那兽群，发觉里面也不尽是猛兽，食草的兽类居多，性情温和，基本上没什么攻击力；食肉的猛兽只占十之二三，即便训练有素，整体战斗力也不过上千马力而已，未见得有多骇人。真要交战，五大鼠阵一拥而上，胜负难以判定。

那凤尾巨鸠突地又是一声长鸣，兽群开始从草地两侧向鼠阵方向移动。鲁打柴连忙让蓬莱诸人做好战斗准备，五大鼠阵也严阵以待。那些兽类却似并不打算进攻，它们在离鼠阵大约两丈远的地方站定，左右各一排，将鼠阵夹在中间。然后……这些野兽卸下了它们叼在口中、驮在背上的草包。草包堆放在一起，形成了两道长达数百丈的坡坎，有些草包已经破了，里面散落出一些亮晶晶的白色矿石来。那些兽类放好了草包，立刻就后退到离坡坎几丈开外的地方。

众人正在纳闷，不知滇南象王葫芦里卖的是什么药，却听象王朗声道："诸位，回去吧！现在还来得及！"

鲁打柴冷笑道："两道小小的坡坎，就想挡住我们？"

象王笑道："如果我告诉你这些草包中装的是可燃冰呢？"

鲁打柴大骇，他只听说可燃冰是天然气与水在特殊的地质条件下形

第41章 破阵

成的类冰状矿石，遇火即可燃烧，一般只分布在水域的沉积物或陆域的永久冻土中，这还是平生第一次亲眼见到。这地方颇有些古代湖泊，算得上是沙漠中的绿洲，想必这些可燃冰正是采掘于这些古泊的水底了。

象王突然一弹手指，两片点燃的松香已从他手中飞出，分别落在左右两道坡坎上，点燃了可燃冰，风借火势，瞬间烧出了两条数百丈长的火龙。两条火龙之间相隔十多丈，正好将蓬莱诸人和五大鼠阵夹在中间。

老鼠天生怕火，此时顿然惊慌失措，乱成一团，但左右都是火，它们不敢乱窜，只是本能地后退，整个鼠阵慢慢向后溃败。

城南鼠王再次登上那个小土坡，吱吱嘶鸣，鼠阵稍微稳定了一些。

象王朗声道："你为了当王，竟然不顾惜数十万同族的性命么？"

王有福借助手势，将象王的话，手舞足蹈地对城南鼠王做了个翻译。

城南鼠王明显一怔，似乎心里有过片刻的犹豫，随即高傲地仰起头，举着两只前爪，对着象王做了些龇牙咧嘴的表情。

王有福翻译道："它说，为了朋友，它们愿意！"

滇南象王道："就这些？"

王有福为难地说道："它还说，它这么做，并非是为了当王，您是以小人之心度君子之腹！"

象王脸色一变，道："我倒要看看这只小老鼠是否真君子！"又高声叫道："小老鼠，你现在还有机会后悔！向后转，带着你的同类，离开这里吧！"

城南鼠王果真向后转身，突然撅起屁股，对着象王放了一个响屁。

象王终于大怒，他重重地拍了凤尾巨鸠的脖颈，巨鸠发出一阵长鸣。上千头野兽突然向鼠阵后方移动，将背上剩下的一些草包抛在鼠阵后方，也形成了一道坡坎，火龙迅速席卷了那道坡坎上的可燃冰，三条火龙连成一片，形成一个U字形，将鼠阵包围在中间。

它们已经没有后路了。

那么，向前冲吧！

城南鼠王一声长嘶，五大鼠阵停止后退，一起向前方冲去。

虽然前方有上百头鼻子长长的庞然大物候着，但没有火，就不值得害怕。

这个世界上，没有任何血肉之躯能挡住鼠阵的进攻。在这群老鼠眼中，对手个头大小，只不过是一大团肉和一小团肉的区别而已。

咬死它们，啃光它们，破了这个什么"百象阵"，事情就了结，它们也可以回家了吧？

鼠群血红着眼睛，冲了过去。

但对手比它们想得要强大。

眼见鼠阵袭来，象王长啸一声，上百头大象也迎面而上。

这上百头大象，整整齐齐地排成十多排，每排十头。它们走得不快，神态安详，从它们身上看不出任何的杀气，但可怕的是……每头大象的身后，都拉着一个半人高的大石磙！

最前面的一排大象已步入两列长长的火龙中，在那儿它们刚好与呼啸而来的鼠阵迎面相逢。鼠群带着所向披靡的经验和背火一战的狠劲，恶狠狠扑向那些长着圆柱一样大腿和软蛇一般长鼻的怪物，但在鼠群的噬咬下，那些圆柱般的大腿竟然纹丝不动，而怪物们的长鼻竟然像鞭子一样，灵巧地在地上横扫，将一些老鼠拦腰抽出，抛入不远处的火海中，发出阵阵惨叫。在象群眼里，鼠群的攻击只算是小小的骚扰，它们没有停止脚步，它们身后的大石磙此刻便爆发出了骇人的威力。那些老鼠在石磙的碾压下，甚至还来不及惨叫，瞬间就变成了一摊肉泥。

一些老鼠惊慌失措地跳起来，企图从石磙与石磙之间的狭小缝隙中逃走，有一些老鼠成功了，但第二排的十头大象已拉着重重的石磙过来了，它们立即就沦为了第二排石磙碾压下的肉酱。

这样的石磙，足足有十多排。

当它们全部滚过，还能逃身的几率，应该比遭雷劈的几率还要小吧！

鼠阵现在只有节节后退。

但后路已断，还能退到哪里去呢？

火光映射着它们小小的、绝望的脸。

第41章 破阵

城南鼠王呆呆地站立在那个土坡上，面如土色，光芒在它黑洞洞的眼眶中暗灭。它突然仰头向天，嘴角泣血，一声长嘶，再一声长嘶……

"这个畜生，现在知道求饶了！"巨鸠背上的王有福恨恨地道。

"它是在求饶么？"滇南象王饶有兴趣地问道。他宽容地笑笑，眉眼间已恢复了惯有的平和与自信，"识时务者为俊杰！这只老鼠不错，它知道自己的目标是称王，而不是无意义地送死！你转告它，只要它投降，愿意追随我，我可以饶它不死！"

王有福不情不愿地对着城南鼠王做了些手势，回头又对象王道："它说，投降可以，但有一个条件！"

滇南象王道："好，这个时候还敢讲条件，果真是块好料！你且问它，是什么条件？"

王有福与城南鼠王做过交流，道："它说，条件是放所有老鼠一条生路，还有，放它的朋友们过去！"

滇南象王笑道："这不是一个条件，是两个！你告诉它，它的命不值那么多，我只能放它的同族走，蓬莱那些人，不可以过去！"

胸中同样燃烧着熊熊的火焰，汗水不断从脸上流下，又不断被火蒸干。商无期看着遍地老鼠慢慢化成肉酱，又听到滇南象王与城南鼠王的对话，终于按捺不住，他冲至土坡边，道："鼠王，不用再管我们，鼠族能走，就走吧！"

城南鼠王似乎已听懂商无期的意思，它转向商无期，竟然深深地鞠了个躬。

在它的身后，上百头大象仍拉着石碌，死神般沉默着，滚滚而来。

城南鼠王颤抖着，发出一声轻轻的悲鸣。

王有福对象王道："它同意了您的意见。"

象王笑笑，从鸠背上扔下一条长绳去，城南鼠王死死咬住绳头，象王收了绳，将城南鼠王拽在手中。

凤尾巨鸠长鸣一声，象阵止住了脚步。

幸存的十多万只老鼠潮水般地从大象身边穿过，越过它们身后的石磙,仓皇逃窜。在离象阵很远的地方,它们心有余悸地回过头,向身后张望。

现在,自由了。

不知它们心中,到底还记挂着什么。

象王心中突然泛起一份淡淡的柔情。

"好了,你不要担心!"象王道,"鼠王的位置,仍然是你的,因为,你已成功地赢得了它们的心!"

他突然觉得有些不对劲,心中一沉,低头向手中看去……

城南鼠王已经死了……

它竟然自己咬破了自己的肚子……

它的嘴角留着淡淡的血迹,象王总觉得它正淡淡地微笑,虽然他知道老鼠是不会笑的。

它必定走得很心安。

"这个畜生,真是死有余辜!"王有福恨恨道。

象王重重地叹了口气,他的手一直在发抖。

"它的目标,还真不是鼠王的位置!"象王喃喃道,"为什么,我会误判呢?"

这段日子,总是有些事情发生在他庞大的认知体系之外。

这让他的心堵得慌。

战斗并没有结束。

这次挑战是蓬莱诸人发起的。现在鼠阵破了,群鼠溃逃了,但这些始作俑者还困在百象阵中。

象王端坐在凤尾巨鸠背上,俯视身下的人,天神一般。

"我也不喜欢杀戮!"象王道,"只要你们愿意回去,或者……追随我,我可以网开一面!"

他这句话看似对所有人说的,但他的眼神,一直若即若离地看着某一个人。

一个女孩。

第41章 破阵

现在大势已定,他终于顾得上关注她了。

他在想,她是选择回去呢,还是选择追随他呢?

这种不确定性让他有些心烦意乱。

蓬莱诸人显得有些犹豫,他们似乎在商议什么。

可燃冰之火,依然在他们身边熊熊燃烧……

正前方的象阵,显然是等得有些不耐烦了,头象朝天卷起长鼻,发出噜噜地低叫声,似乎抱怨滇南象王怎么还不发出进攻指令。

滇南象王仍在静静地等待。

一旦进攻指令发出,百象阵轰轰开过,这几个鲜活的生命就会变成肉泥。

他们是人,不是老鼠。

其中还有她……

这对滇南象王来说,几乎有点不可想象。

他想耐心地多等一会儿。

蓬莱诸人此刻像已商量好了什么,滇南象王面露微笑,胸有成竹地等待着他们宣布投降的决定。

他们还能有其他的选择吗?

滇南象王看到鲁打柴举起了双手,做出了一个投降的姿势,然后……

鲁打柴突然扔出了手中的尖头斧……

尖头斧砸在了前排一头大象的城墙般的肚子上,力道之大,居然把这个庞然大物打了个趔趄。这头大象很显然被激怒了,它顿了顿,红着眼睛就朝鲁打柴冲过来了!

奶奶的,你真欺负我是吃素的么?

大象怀着刻骨的愤怒,拉着巨大的石磙,滚滚而来,完全不顾头象嗷嗷的警告声。它知道头象在警告它不要脱离集体,破坏阵势,但它已顾不上那么多了。好脾气的老实人一旦发起怒来,那是要死人的!

当然,这头大象是无法在鲁打柴身上实施自己的报复计划的。脱离了象阵的大象,在鲁打柴看来,战斗力与一头小牛小猪无太大区别。鲁打柴轻轻地躲过了它的攻击，此刻尖头斧已回旋到他手中，他拎起斧头，又向百象阵中的另一头大象砸去……

又一头大象带着巨大的愤怒冲出了象阵……

当鲁打柴在短时间内第五次抛出回旋斧之后，百象阵全乱了，被斧头砸中的大象咆哮着，对头象紧急的警告声置若罔闻，它们拉着石磙横冲直撞，石磙碰着石磙，缰绳绊着缰绳……头象着急了，仰头向滇南象王发出攻击的请求。

滇南象王终于点点头。

心中既愤怒，又担忧。

他的眼睛，此时一刻也不敢离开那位绿衣女孩的身影。

象阵一旦启动，不可控因素就多了。

如果她濒临危境……

他觉得心里慌乱得很。

他无法保持内心的平静。

关心则乱。

对这个世界，他突然觉得失去了掌控力。

很多事情，都不会再按照他预先设定的轨道去发展了……

包括他一直引以为傲的百象阵。

事实上，头象此时已无法正常地指挥百象阵了，因为前面几头暴怒的大象没有按设定的路径行走，后面的大象已全部挡住了。它们身后的那些石磙，原本是威力极大的重装武器，现在全变成阻止它们前进的障碍。

鲁打柴突然跃起，骑到一头大象背上。大象怒火中烧，铁鞭一样的长鼻重重地甩向他，鲁打柴也不躲闪，直接伸手抓住象鼻，使劲一拉。大象吃痛，硬生生被拽得在原地旋转了九十度，面朝火龙方向。鲁打柴一手拽着象鼻，一手举起尖头斧，狠狠朝大象鼻孔中戳去，大象狂嗷一声，痛得直朝火龙冲去。大火烧得嗞嗞直响，瞬间点燃了它腿上的粗毛，但与鼻中的吃痛程度相比，瞬间的烧痛已让它无法感知了，它一路狂奔，冲破了可燃冰烧成的火海，身后的大石磙，也同时将那道坡坎压平，将

第41章 破阵

火压灭，压出了一个无火的通道来。

蓬莱诸人连忙跟上，迅速从无火通道冲了出去。

在火龙的外围，那些驮运可燃冰的野兽并没有离开，它们一直恪尽职守地注视着火阵，此刻见鲁打柴等人冲出，一些猛兽立刻虎视眈眈地围攻过来。

在这上万只野兽中，具有攻击力的猛兽也有两三千之多，但分布在火阵的四周，战线拉得过长，一时还形成不了合力。近身围攻的这数十头猛兽，也大都也只有一段到二段的战斗力，短时间如何能挡得住蓬莱诸人的冲击？蓬莱诸人担心时间一长，数千猛兽会形成合围之势，也不敢恋战，在处理掉几头挡路的猛兽之后，快速向草地边缘地带突围。

草地边缘有座大山，鲁打柴一边断后，一边敦促学员们赶快上山。

山坡上的一个峭壁上，出现了一个山洞。

蓬莱诸人沿着峭壁上的一条小路爬上去，进入洞中。

这个地形易守难攻，蓬莱诸人守住洞口，发现有猛兽爬上来，就用石头砸下去。

数千猛兽在峭壁下嗷嗷大叫，却无法攻上来。

双方暂时形成对峙之势。

十多只大雕在洞口的上空盘旋，那是金雕和它的雕群。

它们是蓬莱诸人的耳目，发现异动就高声长鸣，忠心耿耿地守护着他们。

滇南象王静静地看着峭壁上的那个山洞。

有时候，她的绿色衣裙会在洞边一闪而过。他几次看到她吃力地搬着一块不算太大的石头，笨拙地砸下峭壁。

他想起，在她刚才穿越火龙的那一瞬间，他心里是有过紧张和担忧的。在她拖着长尾爬上峭壁的时候，他心中一紧，呼吸竟然有些紧张。

他不知道，那种感觉叫心疼。

因为，这样的感觉他从未体验过。

他是十三王子，向来没有必要体验这种世俗的情感。

但这种体验，现在却分明令他如此迷恋。

可在她眼里，所有的围攻者，都是他们的敌人。

当然，必定也包括他。

他……如何才能让她追随？

一丝苦笑像是从心底慢慢地泛起。

坚无不摧的百象阵破了，这几千头野兽毫无素养地在峭壁下嗷嗷怪叫。在她眼里，他现在哪还像什么王子？他大概会被她想象成是大篷车马戏团的老板吧！

不行，得让她……不，得让蓬莱那小子，看看我的厉害！

凤尾巨鸠再次长鸣，天际边突然泛起一大片阴影，并迅速地向这片草地方向扩散，一时间狂风顿起，遮天蔽日。待阴影来到峭壁边，蓬莱诸人方看清这片阴影由各种各样的禽鸟组成，大的身长数丈，小的如普通燕雀，足有上万只之多，色彩斑斓，令人眼花缭乱。

野兽爬不上来，飞禽总该是没问题的吧？

蓬莱诸人大惊，他们迎出山洞，在洞口挥动兵器斩杀，用石块去砸，都无济于事。禽鸟实在是太多了，有几只青翼吸血蝠已钻进山洞，四处盘旋，似在寻找机会下口。还不时有体形硕大的巨齿鸟猛地俯冲下来，张着巨大的爪子，武功不强的人，怕一不留神，就会被它们抓走。

金雕带领的雕群还想冲过去抵抗，商无期不愿它们做无谓的牺牲，硬是把它们召回山洞之中。雕群飞进山洞，立即追逐那些青翼吸血蝠，偌大的山洞里也乱作一团。

头顶的飞禽令蓬莱诸人应接不暇，悬崖下的猛兽也趁机爬坡而上，蓬莱诸人顿时陷入危机，险象环生。

混乱中，一头花斑豹灵敏地攀上悬崖，又攀上山洞口的一棵小树。绿绿搬着一块石头出来，花斑豹从树上跃起，直扑向绿绿。

商无期正在一丈开外的地方与一头四翼剑齿龙作战，看到花斑豹偷袭毫无武功的绿绿，心中暗叫不好，连忙把手中的玄木棍砸了过去。玄

第41章 破阵

木棍正好砸在花斑豹头上,花斑豹顿时骨碌碌滚下悬崖。绿绿受惊不小,摔倒在地,差点也滑下悬崖。商无期既想去扶绿绿,又想去捡玄木棍,便不再恋战,一掌击退四翼剑齿龙的攻击,转身向绿绿方向奔去。

四翼剑齿龙是一种十分凶悍的史前鸟类,这只四翼剑齿龙正值壮年,战斗力约为五马力,足以与一位三段武者相对抗,是此次围攻山洞的头鸟之一。它被商无期一掌击中左爪,筋骨全裂,暴怒不已,眼见商无期转身想走,它忍痛扑过去,右爪直抓向商无期的肩膀。

商无期心思全在绿绿那边,突然间肩头一热,他头也不回,就一掌拍向身后,直听见沉闷的一声,那只四翼剑齿龙已被拍出去几尺远,毛羽零乱,惨叫不已。但与此同时,四翼剑齿龙也生生地从商无期肩膀上扯下一块皮肉来,衣衫顿时被血染红。

商无期本已疲惫不堪,此时再也支撑不住,一头栽倒在地。

其他人见状,再也无心恋战。鲁打柴一边抵挡禽鸟的进攻,一边指挥其他人捡起玄木棍,并将商无期和绿绿扶进山洞。

鲁打柴一个人守在狭窄的洞口,尖头斧舞得虎虎生风,将企图进洞的禽鸟一一斩杀。他武功极高,使用"回旋斧"的绝技,斩杀一般禽鸟犹如切菜一般。只不过这禽鸟实在太多,时间一长,他必定有体力耗尽的时候,胜利的天平就会慢慢倒向进攻方。

一个时辰过去,商无期在山洞里仍然昏迷不醒。

柳吟风将手放在他鼻前,继而惊声叫道:"果落落,怎么感受不到他的呼吸?"

洞中的三个女孩同时回过头来。

果落落抓住商无期的手腕,去探他的脉搏,脉象微弱得几乎查不到。

绿绿一直在离商无期不远的地方守候,此时看到果落落一脸惊恐,料定商无期凶多吉少,不由得"哇"的一声,抱起商无期的头,痛哭不已。

"你不要哭了!"旁边一个女孩道,"让他平躺着,你这样抱着他,他血流得更快了!"

说话的是李微蓝。自从百里乘风走后,李微蓝这段时间心如死水,一直不怎么与其他人交谈，此刻被困在这个山洞，倒是显得超乎寻常的冷静。似乎在进入百象阵的那一刻起，她就已将一切生死置之度外。

果落落和柳吟风怔怔地看着李微蓝，看着她解开商无期的衣衫，又在伤口撒了些铁头虫粉来止血，再小心地把商无期平放到地上，一时间都觉得有些不认识她一样。

"他命硬，一时半会死不了。"李微蓝说道，似乎在安慰绿绿。这种笃定的生硬语气，却成了绿绿极好的安心剂。

这个时候，柔情是没有用的。

越是斩钉截铁地强硬，越能令人心安。

就在这一刻，她竟然成了几个惊慌失措的孩子的主心骨。

这个蓬莱下院最优秀的女学员，当朝丞相的嫡孙女，瞬间就展现出了她天然生就的强势基因。

她似乎突然就告别了曾经那娇滴滴的模样。

在他决然离去之后，纵有千娇百媚，又能展现给谁看呢？

心已冷。

听到绿绿仍在一边哽咽，李微蓝突然大声道："你哭吧！你还是哭吧！"

绿绿一怔，连哽咽声也不敢发出了，只是肩头颤抖得更厉害了。

"我并没有怪你！"李微蓝解释道，"我只是想到了一个克敌的办法……我需要你的眼泪！"

诸人顿时明白了李微蓝话中的意思。

人蛇的眼泪，是天下之至毒。

在东帝城，他们可是都领教过的。

绿绿也明白了李微蓝的用意，可现在无论她怎么使劲，反而都哭不出来了。

柳吟风早已在洞中找到一个破瓦罐，准备来装绿绿的眼泪，现见绿绿急得哭不出来，只能跟着着急。

时间一点点过去……

第41章 破阵

鲁打柴在洞外，已明显出现了疲惫的迹象。

洞内，这个讨厌的商无期突然不合时宜地发出一声低低的呻吟。

绿绿顿然绽开满脸笑容。

她再次冲过去，俯在商无期身边，看着他仍然紧闭的双眼，满心欢喜，这下更是哭不出来了。

李微蓝静静地看着绿绿。

"我知道，你喜欢他，愿意为他做一切事情！"李微蓝道，"可是，你永远不可能和他在一起！"

绿绿抬起头，看着李微蓝。

她不明白，面前的这个女孩，为什么要在这个时候，对她说这莫名其妙的话。

她的确不敢奢望能和他在一起。

可当这个女孩残忍地说出实情时，她仍然那么心伤。

"你知道，他为什么拼死也要去西域吗？"李微蓝道，"不仅仅是为了夺回铜牌，寻找《归宗谱》的秘密，更是因为，他喜欢的人，他一生的至爱，就在西域！她叫叶眉儿，是西域蜂人族至高无上的女王！"

一丝淡淡的绝望在绿绿眼中慢慢泛起。

女王……

人蛇……

是天上星辰与地上沙砾之间的对比吧？

李微蓝仔细观察着绿绿的表情，继续道："他心太软，一直把你当妹妹，你要追随他，他也不忍心让你离开！可是，你知不知道，你事实上已成为了他的累赘！如果没有你，他怎么会几次受伤，性命垂危？就算他运气好，最终能到西帝城，与叶眉儿相见，你站在他身边，他又怎么向叶眉儿解释？叶眉儿又怎么相信你们之间没有私情？"

绿绿咬紧牙关，闭上眼睛，已有一小粒泪珠，挂在她长长的睫毛上。

柳吟风连忙将破瓦罐伸过去。

果落落已无法再听下去了，道："微蓝，你不要再说了……"

李微蓝看都没看果落落一眼。

她的眼中现在只有绿绿。

"离开他！现在就离开他！"李微蓝狠心道，"如果你真心为他好，就离开他，永不相见！"

绿绿终于爆发了一声压抑很久的痛哭，眼泪像汹涌的洪水，喷薄而出，落入瓦罐中。

柳吟风接够了眼泪，小心将罐放到一边。

李微蓝指挥众人脱下外衣，撕成长长的布条，很快就结成了一张网，她想办法把这张网牢牢地挂在洞口，然后请鲁打柴班监也进洞来。

鲁打柴早已明白怎么回事，他进洞后，端起那个瓦罐，用力一挥手，瓦罐中的人蛇泪向洞口铺散开去，化成一道水雾，均匀地洒落在洞口的布网上。

两只不知死活的尖嘴隼刚好扑过来，还没触网，已被洞口的毒雾所伤，通体发黑地掉落下去，毛羽散落一片，在空中飘零。

这毛羽粘了毒雾，竟然也变得剧毒无比，它们飘到哪里，粘到哪只禽鸟身上，哪只禽鸟顿时就中毒身亡。

还有更多不知情的猛禽扑向洞口，瞬间就触网而亡，它们的尸体和羽毛将更多的同类带入了死亡的深渊。

才一炷香的工夫，上万只禽鸟，竟然被毒死了两三千只。

悬崖下面的兽类，因为接触到了从空而落的死鸟，也被毒死不少。

滇南象王见状，连忙喝令鸟兽停止进攻，一连后退上百丈远。

山洞里暂时平静下来。

李微蓝满怀歉意地走到绿绿身边，抚着她的后背，道："你知道，我方才说那些话，并不是想伤害你，不过是想借你的眼泪一用而已！"

绿绿抬起头，清澈的眼神看着李微蓝，道："但是，你说的都是实情，对吗？"

李微蓝沉默不语。

第41章 破阵

绿绿俯下头，亲了亲商无期的额头。

看着这个男孩熟睡的脸。

使劲忍住，没有再让自己的眼泪掉下来。

然后，她抬起头，拖着长尾，慢慢地向洞口游走。

果落落大声叫道："绿绿，你要去哪儿？"

"离开！"绿绿平静地答道，"我喜欢他！所以，离开，是我唯一能为他做的事情！"

洞里人一时间怔住，待反应过来，要去阻挡时，绿绿已掀开布网，钻出了山洞。

蓬莱诸人还未追出洞口，就听见洞外一声长长的悲鸣，与此同时，一道红光从不远处疾速而来……

凤尾巨鸠带着刻骨的仇恨，恶狠狠地扑向绿绿。

三千多位兄弟姐妹的性命啊！

凤尾巨鸠眼中冒着复仇的火焰，它并没有听从背上滇南象王的指挥，擅作主张就扑过来了，恨不得立即就将眼前的这个女孩撕成碎片。

凤尾巨鸠是滇南象王的坐骑，同时也是整个禽兽阵的核心所在，它拥有五十马力的战斗力，已相当于人类的一位六段高手，坚硬的利喙，就是它的复仇之剑，足以将岩石啄穿。

但这个柔弱的女孩，并没有在它致命的一击之下香消玉殒。

因为，有人替她挡下了这一击。

滇南象王突然从鸠背上翻身而下，挡在了绿绿面前。

他的后颈，被啄开了一个小洞。他一手捂住血流如注的脖子，一手护住绿绿，嘴里还一边怒斥着："凤尾，你是疯了吗？"

凤尾巨鸠连忙落下，伏地认罪，把仍端坐在它背上的王有福摔了个大跟头。

王有福揉着发痛的屁股，颠颠地走到滇南象王身边，不解地问道："象王，您为何要救她？"

"因为……"象王的声音小得连自己都难以听到，"我喜欢她啊！"

呵呵，自己平生第一次喜欢上一个女孩啊。

此次云游，父王交代的任务貌似已经完成了呢。

他是不是可以回家了呢？

当然，前提是这个女孩也愿意跟他回滇南国。

成为滇南国的王子妃。

蓬莱诸人顺利地进入了南帝城。

因为滇南象王已不再阻拦他们。

他已飞鸽传书，解除了与拜月教主的合约。

他已不再是为拜月教驻守南帝城的五王之一。

因为，他现在已解开了心中那个一直令他困惑的谜团：为什么，他无法喜欢上任何一个女子？

他终于明白：喜欢上一个人，其实很简单，那就是单纯地去喜欢。

傻傻地去爱。

并非所有的事情，都要有原因，都要有目的。

智可及，愚不可及。

有时候，笨一点，比聪明更好。

这是他在滇南国做十三王子时，从来没有过的体会。

滇南国的王宫里，只有读心术，还有目标。

他想回去告诉他的父王，是不是应该在王族的治国化民术中加入一点新的内容，那就是：爱。

仁者，爱人。

真心爱自己的国家。

还有人民。

爱是最简单，也是最幸福的治国方式。

做国王，从此也无须如此劳累。

他自觉已领略到了博大精深的中原文化，决定回家了。人蛇绿绿近几天一直守在他的身边，精心照顾他疗伤，当他热切地看着她，邀请她

第41章 破阵

一起回滇南国时，这个天姿国色的女孩羞涩地低下了头。

虽然，她仍会抽空远远地看着蓬莱诸人居住的客栈，痴痴地，想念那个男孩。

但他俩之间，最好的选择，应该是相忘于江湖吧。

繁华的南帝城内，数以万计的人在打包，准备搬家。

他们全都是滇南象王的追随者。

与滇南象王一起离开的，还有上万只大大小小的禽兽，他们浩浩荡荡地一路南下，象王与人蛇绿绿的爱情故事，已成为了江湖血雨腥风中的一段美妙传说。

第42章 幻蝶

蓬莱诸人在南帝城休整了几天,再次出发。

出城向西,只有一条小路逶迤通向远方。

山高路长。

传说中的西帝城,应该就在这条路的尽头。

绿绿走后,他们只有六个人了:鲁打柴和五位学员。

实习学监陈诗失踪了。在滇南象王率部离开南帝城之前,鲁打柴等人就去寻她,试图让她回心转意,回到蓬莱的队伍中来,可连人影都没找着,她像是凭空消失了一般。

鲁打柴怀疑她故意躲着他们。

她只愿意做红裙八号。

她只听从自己内心的呼唤。

谁能拿她有什么办法?

六个人的行程,是有点寂寞的。

鲁打柴是学监,不说话。

李尉向来与其他几位学员不和,无精打采地跟在后面,与他们若即若离。

李微蓝原本就话不多,现在更是少言寡语,谁也不知道她淡漠的神

第42章 幻蝶

情下藏着什么心事。

至于商无期……

果落落走着走着就会偷偷观察他的表情。这个超级八卦的女生，向来耐不住片刻的寂寞，她用胳膊肘拐了一下柳吟风，小声道："唉，过几天到了西帝城，肯定会碰到眉儿，想着竟有几分小小的激动哩……也不知这商无期心里在想些什么？"

柳吟风看了看商无期板得铁青的脸，道："你管他在想什么哩，少说两句吧！"

果落落叹道："你们这些人，真是越来越没趣了啊！"

她仰头看天。

只有那十多只雕，在金雕的带领下，在苍茫的天际盘旋。

一连走了五六天，路边的景色慢慢有了些变化，荒漠慢慢地被草地所代替。再往前走，草越来越密，中间杂花点缀，空气中弥漫着淡淡的花香，旷野的风吹到脸上，也显得柔了很多。

这是茫茫大漠中的一片绿洲。

生机顿起，行路的人也顿觉精神一振，兴致盎然。

果落落早已在路边采了一些野花野草，做成花环，给李微蓝一个，自己戴一个，惹得一群蜜蜂追着她赶。

果落落道："难道我头上的野菊花，都是十九个花瓣的么？"

商无期闻言一怔，往事如风，飘忽而至，嘴角边竟然有了一丝笑意，其中滋味，不知是甜是苦。

柳吟风道："我来数数，我来数数！"伸手就去抓果落落头上的花环。

果落落嗔怒道："柳吟风你要死啊！"

李微蓝似乎也有了些开心，几个孩子玩性顿起，在草地上追逐嬉戏，一向严厉的鲁打柴班监慈爱地看着他们，也不制止。

这半年来的经历，让他这个历尽生死沧桑的老江湖想来都心悸不已，对这群孩子该是多大的考验？看来蓬莱让他们实习的决定是对的，最锋利的刀剑，向来都是在最残酷的煅烧与磨砺中诞生的。

让他们玩玩吧！

在生死变幻中尽情感受奔放与自由。

果落落回来时，手中多了几个花环，她强行给柳吟风和商无期各戴上一个。还有一个，竟然留给了鲁打柴班监，还胆大包天地给他戴上。

鲁打柴宽容地笑笑，竟没有取下来。

但也有不够宽容的人。

路边的灌木丛中，突然跳出两个大汉，他们手持大刀，对着蓬莱诸人大声喝道："来者何人，禁敢公然犯禁，采摘花草！"

蓬莱诸人一愣。

果落落道："都是些野花野草，又不是在你家园子里采的，与你何干？"

年长的大汉怒道："大胆女子！难不成你眼中没有王法了不成？"言毕，手中的大刀已向果落落砍来。

鲁打柴连忙抢上前，伸出手中的尖头斧，轻轻地拨开了大汉手中的大刀，赔着笑脸道："壮士有所不知，我等从外地来，不知您这儿的规矩，还请原谅！敢问这是何地，竟有禁采野花的禁令？"

大汉狐疑地看了看蓬莱诸人，看似相信了鲁打柴的话，道："此乃蜂人国，鲜花乃我蜂人族至宝，如何能糟蹋？念你等是外地人，不懂规矩，且不追究，但切不可再犯！"

"原来已到蜂人国了耶！"果落落两眼放光，高声叫道，"我告诉你，我可与你们女王是同窗！你们快告诉我，眉儿可好？"

年长的大汉又怒了，道："竟敢口出狂言，辱我女王！"一副拼命的样子，挥刀再次向果落落袭来。

边上那位年轻的大汉，掏出一枚口哨，吹出"嗡嗡"的声响。

片刻之后，数以百计的蜂人从四面八方赶来，均手持利器，围攻蓬莱诸人。蜂人族部众达几十万之多，十分之九的人负责各种劳作，十分之一的负责作战和维持社会治安，称为蜂斗士。这些手持利器的蜂人均为蜂斗士，大都受过格斗专业训练，拥有一马力的战斗力；其中有些军官模样的人，武功能到一段或二段，全加一块，大约五十马力左右的战斗力。

蓬莱诸人，五位学员武功均在一段到三段之间，总战斗力只有十马力左右，但鲁打柴学监武功高深莫测，远超一百马力。相比而言，蓬莱诸人的战斗力明显占据上风；但他们念及这些蜂人都是叶眉儿族人，自己又有错在先，哪会放开了打？他们边打边退边解释，面对愤怒不已的蜂族人，一时间竟然落入了下风。

突然一阵清风扬起，天际边飘来一群色彩斑斓的蝴蝶，围着酣斗双方，翩翩起舞，煞是好看。

为首的蜂斗士脸色突变，高声叫道："不好！幻蝶来袭，大家赶快撤退！"

其他蜂斗士停止围攻蓬莱诸人，他们有的用手捂住嘴鼻，有的已拔腿狂逃。一些跑得慢的，在蝴蝶的簇绕中，突然手舞足蹈，时而狂笑不已，时而顿足大哭。

蓬莱诸人正奇怪间，一大群蝴蝶已向他们翩翩而来，美翅扇动，一时间异香扑鼻，令人沉醉，晕晕乎乎不知身置何处。

鲁打柴高声道："大家留意，香味有毒，赶紧捂紧口鼻！"

蓬莱诸人连忙捂住口鼻，他们武功比蜂斗士高，体质也要强得多，虽然中毒，但尚可忍受。再朝身边望去，那些来不及逃跑的蜂斗士，一些仍在哭笑，一些体质弱的，早已面堂发黑，栽倒在地，不省人事。

为首的蜂斗士约莫二十岁年纪，虽然年轻，但显得颇为镇定，他一边指挥体质较好的幸存者救助伤员，一边向已撤退的蜂斗士大声吼道："快，快去请驱蝶长者！"

说话间，两只手掌大小的粉色蝴蝶相互追逐着，直向他扑面而来。眼看已躲避不及，这名蜂斗士眼中的惊骇之色已变成了绝望。

商无期正好站在离他不远处，突然箭步上前，展开衣袖，挡住了粉蝶。他的一只衣袖上，顿时沾满了粉色的鳞粉。

为首的蜂斗士惊魂未定，一面大口喘息，一面示意商无期赶快脱掉

衣衫。

这两只粉蝶俗称"粉红巴掌",极为罕见,其鳞粉乃至毒,几乎无解,一旦沾上,能死里逃生者百不足一。

商无期脱了衣衫,揉成一团,扔得老远。

几位蓬莱弟子,此时已捂住口鼻,加入了救助伤员的行列,他们扶的扶,抬的抬,将伤者转移到半里地开外的一个山洞中。

山洞外面,拉了一个布帘,将彩蝶挡在外面。

蜂斗士们此时对蓬莱诸人已有些好感,为首的蜂斗士还向商无期拱拱手,对刚才救助之恩表示感谢。

商无期连忙回了礼。

鲁打柴道:"不知这蝴蝶是何物,竟然有如此毒性!"

为首的蜂斗士道:"这些蝴蝶,也称幻蝶,来自西方雪域大山,其翅膀上的鳞粉有毒,闻之异香,但迷人心志,能让人癫狂至死。我蜂人国从前并无幻蝶,只是近两年来,这些妖蝶每两三个月就要来一次,害得我族人死伤无数!"顿了顿,又补充道,"我族前女王为解幻蝶之灾,四处求救,拜月神教派了一位老者前来相助,每次都能将这些幻蝶驱走,前女王称其为'驱蝶长者',并举族投靠了拜月教,获拜月教'西域蜂王'封号,以此保族人平安!"

鲁打柴道:"这拜月教果真如此了得?不知那驱蝶长者,是何方神圣?"

正问话间,透过布帘,他看到一位干瘦的黑袍长者出现在洞口不远处。洞内蜂斗士已经开始激动地欢呼:"驱蝶长者!驱蝶长者来啦!"

洞外的黑袍长者并无什么奇特之处,他衣着不整,看上去有几分邋遢,只见他双手举向天空,一边转着圈,一边念念有词。片刻之后,数万只蝴蝶,像龙卷风一样在草地上盘旋飞舞,蝶群越飞越快,最后在一只簸箕大小的彩蝶的率领下,冲向远方,转瞬就消失在天际。

蓬莱诸人跟着蜂斗士走出山洞,在经过黑袍长者身边时,为首的蜂斗士冲他毕恭毕敬地敬了个礼。

第42章 幻蝶

黑袍长者虽然须发皆黑，但从面相上看，年龄已是不轻，只怕快七十岁了。他没有理会蜂斗士们的致礼，有些呆滞地看着他们离开。

为首的蜂斗士向鲁打柴解释道："他是个哑巴，耳朵也听不见。"

蓬莱诸人均啧啧称奇，都忍不住回头多看了那长者几眼。

蓬莱诸人与蜂斗士们带着伤员，走了几里地，前面出现一座巍峨的城池，城墙呈圆弧形，一直延伸到肉眼看不到的远方。

城门上方的青石墙上，赫然写着"西帝城"三个大字。

蓬莱诸人精神为之一振。

为首的那位蜂斗士说了一句话，浇灭了他们心中的喜悦。

他说："各位朋友，感谢相助，你们就此止步吧！没有女王的通关文牒，外族人是严禁入城的！"

"哦！"鲁打柴道，"我们不过是中央帝国来的客商，到西域贩买贩卖，不进城，如何做得了生意？"

为首的那位蜂斗士显得颇为难，道："蜂人族数百年来一直居住在此，以前是没有城墙的，可以和外族自由来往。但自从加入拜月神教之后，就修了这道城墙，封了城门，禁止外人通行！至于经商，也不是没有办法，这儿是东城门，城外两里地有个客商驿馆，你们且在那儿住下，驿馆内设有商肆，每天都开市，你们可以在那儿和我们蜂人族做生意。"

蓬莱诸人对视一眼，均无可奈何，只好准备去客商驿馆先行住下再拿主意。

为首的蜂斗士对商无期已颇有好感，他比商无期也大不了几岁，经历过此番生死，此时竟有些依依不舍，道："我叫5505，是蜂斗士中的一名百夫长。老弟如有事，可向这东城门的守将报我的名字，他同我关系不错，会通知我来帮你。"

商无期连忙谢过，也把自己的名字告诉了5505。他突然间想起了一件事，心头一个激灵，口中已问道："不知你是否认识1369？"

话刚说完，商无期就后悔了，因为他看到5505眼中冒出警惕之光，同时夹杂着几分愤怒。

"没有人敢直接叫女王的名讳！"5505压住火气，好言相劝道，"既然到了蜂人国，就应该遵循蜂人族的规矩！"

"1369？"果落落在一旁扑哧笑出声来，"原来眉儿还有这么一个奇怪的名字！"

5505大怒，手中的弯刀已霍然出鞘。

"你敢！"一直默不作声的李微蓝突然厉声道，"我们是女王的至交好友！"

5505看着李微蓝凌厉的眼神，心中竟然有些发怵，他狐疑地上下打量李微蓝，终究不敢造次。

"你应该相信我的话！"李微蓝傲然道，"我们从老远的中央帝国来，若非至交，如何能知道你们女王的闺名？"

5505觉得李微蓝说的在理，拱拱手，道："既然如此，待我回去禀告女王陛下！"

他一挥手，带着部众匆匆离开了。

客商驿馆。

蓬莱诸人先是饱餐了一顿，他们的确很饿，这五六天的旅途一直靠干粮充饥，而今日先后与蜂人族和幻蝶交战又消耗了大量的体力。驿馆的伙食不错，尤其是甜点，蘸着蜂蜜吃，有一种独特的风味。蜂人族的蜂蜜，必定是举世无双的。

之后，他们分头回到客房，泡了个热水澡。

热水中也有蜂蜜。

这就有点过于奢华了。

蜂蜜水泡澡极其解乏，且不要说果落落和李微蓝了，就连商无期、柳吟风、李尉三个男孩，也泡在热水中不愿起来。

再之后……

就是焦急的等待。

第42章 幻蝶

等待叶眉儿的到来。

时间一点点过去，天慢慢黑下来了，驿馆外仍没有动静。

果落落和李微蓝不耐烦了，她们来到商无期和柳吟风的房间，一起等待。

似乎这样更好打发时间。

"咦，眉儿怎么还不来啊？"果落落嘟囔道，"商无期，你有没有点近乡情怯的感觉啊？"

商无期不说话。

他的脸上看不到任何表情。

"果落落，你一口气提两个问题，让无期回答哪个好嘛！"柳吟风打个圆场，道："如今叶眉儿是女王了，架子当然是要大些啦！她出宫一趟，前呼后拥的，只怕也不容易！再说了，马上要见到无期，也要时间化化妆嘛！"

"你知道的倒还挺多！"果落落白了柳吟风一眼，道，"我就不相信，眉儿当了女王，就会和我们生分！肯定是那个5055没有向眉儿禀报！"

"是5505好不好！"柳吟风道，"在蜂人族，算术不好，每天都会得罪人的！"

"什么名字不好叫，叫这么些奇怪的名字！"果落落道。

"前蜂王妈妈一口气生那多么孩子，一一取名要累死的，所以只能用数字编号啦！"柳吟风道，"果落落，你要多体谅他人才是啦！"

"那眉儿除了编号，怎么还有名字？"果落落不服气道。

柳吟风搔了搔脑袋，"这我就不知道了！"

商无期一直黑着的脸上，竟然荡出一丝笑意，他像是回到了昔日盗贼公会城南分会的那间破旧的小屋里，看着那只小蜜蜂，口中喃喃道："要不，我给你取个名字，就叫叶眉儿吧？"

叶眉儿，从此成了她的名字。

这三个字，从此成了刻在他心中不能消失的记忆。

门外突然一阵喧哗。

一大群人打着宫灯，迤逦而来。

果落落跳起来，"眉儿！眉儿来啦！"话音未落，她人已蹿出门外。

蓬莱诸人连忙跟上。

驿馆正院内，已停稳了一个轿辇。轿辇两边，分列着打着宫灯的宫女和武士。

一只手，从轿内伸出，缓缓地掀开轿帘……

果落落已扑过去，高叫道："眉儿，眉儿……"然后，她张大嘴巴，愣在了那里。

因为，下轿的，不是眉儿。

是一名绾着高高发髻的女官。

从其端庄肃穆的表情来看，似乎官职不低。

女官在宫女的扶持下，下了轿辇，展开一块绢布，道："蓬莱诸人听旨！"

蓬莱诸人愣在那里，一时不知做如何举动才好。

女官似乎并不在意他们的举止是否符合蜂人族礼法，可能她来时就被交代不要苛求。她只是在行使自己的使命，按照绢布上所书念道：

"蓬莱诸位学监及同窗：吾奉拜月教主之命，镇守西帝城！此城固若金汤，断无通过之可能，今念及昔日恩情，苦劝诸位即刻回去，切勿以卵击石！叶眉儿多有得罪，还望海涵！"

女官念完，转身上辇。

两排宫灯，缓缓离去。

"这算是怎么回事？"果落落喃喃道，"眉儿何以变得如此？"

没有人回答她的话。

商无期微微抬头，黑洞洞的天空一片漆黑，如同空洞洞的心。

相见不如怀念。

蓬莱诸人在客商驿馆住了两天，没有任何纷扰，过得甚为平静。驿馆后院有个不小的交易市场，住在驿馆中的各地商贾，都在交易市场摆

第42章 幻蝶

摊设点，与蜂人族交换各类特产。只是这两天，蜂人族几乎没有什么人来这个交易市场，甚至出城的都少，各地商贾也甚感奇怪。李尉倒是在这个市场逛了很久，换了不少西域特产，准备回中都后卖个好价钱。

蓬莱诸人向人打听城内的消息，但也没人能说得明白。无奈之中，蓬莱诸人突然想起5505说过，可以通过东门守将去找他，便决定去碰碰运气。

刚来到东门，守门的蜂斗士们就用枪械挡住城门，并警惕地看着他们。

蜂人之间是可以通过意念交流生命信息的，是不是族人，他们凭直觉就能辨认出来。

商无期上前拱拱手，道："我们是5505的朋友，他让我们来找东门守将，麻烦你们通报一声。"

一位蜂斗士狐疑地看着商无期，道："守将忙得很，如何有时间见你们？"他说的也是实情。蜂斗士的队伍，每十人编成一个小队，统领称十夫长；十个小队编成一个中队，统领称为百夫长；十个中队编成一个大队，统领称千夫长；十个大队编成一个旗，统领称护国将军，全族只有四名。四大城门的守将，各统率上千蜂斗士，位列千夫长，其顶头上司就是护国将军，地位实属不低，加上门将一职责任重大，一般都是上司亲信，其炙手可热的程度可想而知，一般商贾哪有机会跟他们接触？

商无期还想再说什么，那位蜂斗士已经不客气地把他推开。

城内突然传来一阵马蹄声，有人高声喊道："护国将军驾到！"守门的蜂斗士立马收了枪械，凝神聚气，站得挺直。

商无期等人也顿然精神一振。

果落落早已喜形于色，眼冒桃花，"会不会是蓝衣将军啊？"他们一年前在中都西山曾与蓝衣、紫衣两位将军打过两次照面，果落落对蓝衣印象极佳。

柳吟风瞅了一眼果落落，"哼"了一声，抱住手臂不说话。

马队从东城门轰然而出，有数百人之多，冲在最前面的，一袭红袍，煞是打眼，无疑就是护国将军了。

只是……

果落落不无遗憾地对守门的蜂斗士道:"好像不是蓝衣将军啊!"

蜂斗士忍不住呵斥道:"什么蓝衣将军?这是红翅将军,四大护国之首!"

"原来蜂人族有这么多将军哩!"果落落赔着笑脸道,"能不能告诉我,如何能找到蓝衣将军?"

"想不到你的熟人还挺多!"蜂斗士戏谑地看着她,很显然把这名花痴少女看成了蓝衣无数崇拜者中的一个,"不要再套近乎了,蓝衣将军也好,红翅将军也好,他们都与你不是一个世界的人,赶快回去吧,不要妨碍我们执行公务!"

果落落还想再争辩,听鲁打柴咳嗽了一声,也便作罢。

蓬莱诸人一无所获,只得转身回驿馆。

途中,又碰到了方才出城的马队又折返回来,从他们身边疾驰而过。果落落刻意多看了那红翅将军几眼,见他红红的脸膛,满脸煞气,忍不住道:"这都是将军,怎么差距如此之大?"

鲁打柴道:"他既为四大护国将军之首,必定颇有手段,从他动作来看,武功似乎极高,江湖上切莫以貌取人!"

柳吟风逮住了机会,恨恨道:"果落落看人,除了看相貌,还会看什么?"

果落落"哼"了一声,这次倒没和柳吟风争辩,只是瞟了他一眼,看到这个男孩气呼呼的样子,她脸上泛起淡淡的红润,自个儿抿着嘴偷偷笑了。

说话间,蓬莱诸人已回到驿馆。

驿馆内一片零乱。

院子里,各种各样的杂物被摔得乱七八糟,很多客房里传来阵阵哭声,胳膊受伤或头破血流的商贾们被从不同的房间扶出来,叫喊着要去城内请医师。

蓬莱诸人挡住一位驿馆的仆从,问发生了什么。仆从惊魂未定道:"刚

第42章 幻蝶

才红翅将军来驿馆抓什么人，没有找到，看其他人不顺眼，就打伤了几个。西帝城这两年眼见越来越乱，劝你们这些小生意人，也犯不着拿命来换钱了，没事就赶快回国吧！"

鲁打柴与学员们对视一眼，急匆匆回到自己的客房，发觉房内一片凌乱，屋内一切似乎都被细细搜过一遍。鲁打柴走出房间，大声道："大家赶快收拾东西走人，这红翅必定是冲我们来的了！"

蓬莱诸人打好包裹，急匆匆往外赶，冲在最前面的商无期刚跨出驿馆院门，竟然与迎面而来的一个人撞了个满怀。

那人揉了揉撞痛的额头，一边惊喜地叫道："无期兄弟，你们还活着啊！"

商无期道："原来是5505老兄！此话怎讲？"

5505道："我也是刚听到秘闻，说你等是蓬莱之人，意欲通过西帝城，女王已派红翅将军特来斩杀！城内这两天很紧张，情形危急，你们快跑吧！"说罢，他转身欲回。

商无期道："老兄且慢！"

5505止住脚步，道："老弟还有话说？"

商无期吞吞吐吐道："真的是……是眉儿，不，真的是女王让……"

这个很重要吗？5505奇怪地看了商无期一眼，又四下警惕地张望，叹了口气，道："女王……又能有什么办法？"

商无期心中一沉，一丝尖锐的疼痛像是从身体远处袭来，迅速向胸口泛来。他咬紧牙关，抵御情毒突如其来的噬心侵袭。

"商无期，你不要这样！"果落落急道，"也许眉儿也有难言之隐啊！"

商无期哪里还听得进去，他的世界里，只剩下天翻地覆的疼痛。

"5505兄乃大义之人，感谢您舍命来报信！"李微蓝突然道，"我们在城中还有两位故人，蓝衣和紫衣将军，不知哪儿能找到他们？"

5505犹豫了一下，道："我蜂人族共有四位护国将军：红翅、红斑、蓝衣、紫衣，各领一旗蜂斗士，分别镇守东、南、西、北四个方向。这西帝城是去年才修的，从东、南、西门可以进入城内，北城门只通往北帝城。西门归蓝衣将军所辖，你们若要找他，不妨去西门碰碰运气！"

李微蓝连声致谢，又小声道："不知5505兄是哪位将军属下？"

5505怔了怔，小声答道："在下乃红翅将军属下。"他似乎不愿再说什么，拱拱手，转身匆匆离去。

鲁打柴看着5505的背影，沉吟道："看来，这城内的关系，错综复杂。"

"所以，"李微蓝道，"这座城，必定可以从内部击破。"

西帝城是一座超级庞大的城池，占地约十万亩，圆形的城墙周长约六十里。如此浩大的城墙工程，仅仅用一年左右的时间就修成，不能说不是一个奇迹。看来，蜜蜂善于筑巢的特征，在蜂人族身上也有所体现。

蓬莱诸人沿着城墙往西门赶。城墙周边并不太好走，东门离西门不过三十里地，当他们到达西门时，天色早已全黑。

此时城门已经关闭。

鲁打柴准备让学员们先找个地方休息，明日清早再想办法进城。

李微蓝却道："我觉得现在时机不错，因为晚上闹事，动静要比白天大得多。反正这西城门是蓝衣将军的地盘，若能落到他手上，不正是我们所求的吗？"

鲁打柴思忖一下，觉得也颇有道理，心中暗自赞叹：这李微蓝，到底不愧为丞相嫡孙女，大户人家出来的，的确有勇有谋，是可造之才。以前只觉得她聪慧，但是娇滴滴的，近些天看来，没想到她还有这般潜质！这般年纪的孩子，稍加历练，进步竟如此惊人！

想至此，鲁打柴颇感欣慰，便道："那谁去闹一闹？"

李微蓝道："我去吧！我是女孩，他们不会拿我怎么样的！"

果落落连声道："那我和你一起去呀！"

两个女孩相视一笑，手挽着手就向城门走去。

她们来到城门前，使劲拍门。

今天负责看守城门的十夫长是个年长的蜂斗士，探出头来，睡眼惺

第42章 幻蝶

忪地问道:"谁呀?大半夜的,敲什么敲?"

李微蓝仰起头,可怜兮兮地叫道:"大伯,麻烦开开门,让我们进去吧!"

"你们这两个女娃,编号是多少?怎么这么晚才回城?"老蜂斗士耸了耸鼻子,嘟囔道,"呃,不对……你们不是蜂族人!"

"我们的确不是蜂族人!"李微蓝道,"我们是乌孙国来的,有要事需觐见女王,大伯您让我们进去啊!"

老蜂斗士道:"你们两个小姑娘,能有什么要事?我知道你们没地方住,又怕黑,但我也帮不了你们啊,因为外族人没有通关文牒,是绝对不能进城的!这样吧,看你们挺可怜的,我把灯拨亮点,你们就在城门下将就着睡一夜,明早就去别的地方谋生吧!"说罢,他拨了一下城灯的灯捻,城门四周果然明亮了不少。之后,他把头缩回去,再也不理会城下两个女孩。

果落落看着城灯周围乱飞的蛾子,心中一动,突然有了主意。

"幻蝶!"她大声叫道,"我们手上有对付幻蝶的秘方,我们是专程来送秘方的!"

老蜂斗士的头再次从城墙上探出来,将信将疑地看了看两个女孩,道:"你们等等吧!"说罢,又消失了。

约莫过了半炷香工夫,城门突然嘎吱开了。

一辆大马车出现在城门口。

马车夫摘下面罩,对两个女孩行个礼,道:"你们上车吧!"

两个女孩上了车,马车夫放下车帘,自个儿又戴上面罩。"驾"的一声,马车向城内疾驰而去。

李微蓝和果落落在车里颠颠地坐了很久,可面前挡着个布帘,外面是什么样,一点也没看到。马车最后在一座圆形的大殿前面停下,马车夫下了车,掀开布帘,带着两位女孩下车,从侧门进入殿中。

殿中端坐着一人,正是蓝衣。

果落落早已高叫起来："蓝衣将军！"

蓝衣愣了愣，终于记起她来了。

"原来是你！"他温和地笑道，"我还真以为有人来送什么秘方哩！"又道，"你不知道蜂人族正在抓捕你们蓬莱的人吗？自己倒送上门来了！"

果落落高声道："我就是要来问问将军，为何要抓我们蓬莱人啊？"

蓝衣将军根本没把面前的这两个小女孩当成敌手，他很耐心地解释道："我们呢，是在替拜月神教镇守西帝城，不让任何人通过；你们呢，硬是想方设法要通过这个城。所以，我们要能抓住你们，这样你们就无法通过西帝城了！"

果落落急道："拜月教行事诡异，暴虐无度，蜂人族竟然帮他们，这不是助纣为虐吗？"

"这个……"蓝衣似乎陷入沉思，良久才道，"就不是你们小姑娘能理解的了！"又道，"这儿挺安全，今夜你俩且在这儿休息，天亮之前送你们出城！明天你们就回中都吧，别再闹事了啊！"

"堂堂蜂人族，兵强马壮，怎会甘心听从拜月教指令？"李微蓝突然说道，"女王必定有难言之隐吧！"

蓝衣抬起头，禁不住多看了李微蓝一眼，却不答话。

一位蜂斗士突然急匆匆地闯进来，拱手道："将军，我蓝衣旗下今日在城外遇幻蝶侵袭的百名将士中，已死亡十一名，还有七十多名重度昏迷，危在旦夕，请将军指示如何是好！"

蓝衣霍然起身，道："带我去看看。"说罢，也顾不上李微蓝和果落落，拔腿就走。

"将军留步！"李微蓝突然大声道："蜂人族之所以听命于拜月教，是因为他们能帮你们克制幻蝶，对不对？"

蓝衣回过头，又看了李微蓝一眼，顿了顿，方大踏步离去。

李微蓝看着蓝衣的背影，道："如果能找到克制幻蝶的办法，蜂人族从此就无须再受拜月教控制了。"

果落落点点头，道："既然来了，就想办法多收集点有用的信息吧！"

第 42 章 幻蝶

两个女孩趁着没人，溜出那幢圆屋，消失在了门外的黑暗之中。

鲁打柴等四人眼睁睁地看着李微蓝和果落落被神秘马车接走，他们在城外等了整整一夜，两位女孩一直没有出来，也没有任何消息。

鲁打柴都有些后悔让两个女孩夜闯西帝城了。

柳吟风更是沉不住气了，直想硬闯，进城去寻果落落她们。

鲁打柴严厉地制止，让他不要意气用事。

正在此时，城门外传来一阵喧闹声，看似一群人和守城的蜂斗士争吵起来了。柳吟风远远地看着，突然惊喜地叫道："是我们蓬莱的人！一班的人也到西帝城了！"

原来，一年级五个班在鬼城分手，各自行动之后，五班跟着白冰圣蛇，最先找到了东帝城，然后通过南帝城，一路到此。二班、三班、四班转了几个月，连东帝城在哪儿都没找到，现在仍在茫茫大漠里转悠哩！一班稍强点，他们在五班离开东帝城一个月之后，终于也在大漠中找到了东帝城，之后又顺路到了南帝城，因为有五班在前面开路，他们在这两个城池没有遇上任何凶险，最后竟然有十五名学员在裘半仙班监的带领下，直接到达了西帝城。与五班的人一样，他们最先到达的是东城门，守城的蜂斗士不让他们进去；只好绕到南城门，仍然进不了；现在到了西城门，再进不去就没门可进了，所以他们一着急，就和西门的蜂斗士争吵起来了。

他们认定了这些蜂斗士是在故意刁难，为此感到万分愤慨。

他们不过是想借道通过而已。

多么简单的事啊！

东帝城、南帝城，都是那么轻而易举就通过了的，怎么西帝城就不可以呢？

一位学员气呼呼地报出了蓬莱学院的名头，他认为西帝城多少也会给些面子吧！

空气突然凝固起来。

事实上，西帝城的面子给得太大了。在短暂的沉默之后，城门突然开了……

一千名蜂斗士冲了出来。

一班的学员们在惊慌失措中，毫无心理准备地迎来了他们在大漠中第一次真正的战斗。

最后的结果是……

有三名学员在短暂的抵抗后，被乱刀砍伤，束手就擒。

剩下的十三个人，包括裘半仙班监在内，在蜂斗士们一轮又一轮的攻击中，也危在旦夕。

不远处，鲁打柴叹了口气，掏出了尖头斧。

蓬莱人就在眼前被杀戮，他们还能有别的选择吗？

鲁打柴一跃而起，带着五班的三名学员，高喊着冲进了包围圈，一路砍杀，终于和一班合兵一处。

蜂斗士人多势众，虽然单兵战斗力只有一马力，十夫长、百夫长武功也不过只有两段到三段，但总战斗力已达一千多马力；蓬莱学院的十多名下院学员，加上裘半仙和鲁打柴两位班监，战斗力不超过三百马力，力量实在悬殊。更何况，现在与蓬莱诸人交战的不过是一个千人大队而已。像这样编制的大队，西帝城内还有几十个，一旦再出来几个，这架就没法打了吧！想突围逃走吧，那受伤被擒的学员怎么办？总不能置之不顾吧！

情急之中，鲁打柴和裘半仙两位班监一时也没有办法，只有带着学员不停地拼杀下去。

学员们武功弱，抵抗力还是要差得多，才半炷香工夫，就又倒下去了三个。

城内突然传来一阵急促的马蹄声，有人高声叫道："护国将军到！"一时间蓝旗招展，蓝衣将军带着两个千人大队冲出城门。

城外正在酣斗的那个千人大队，暂时也收了兵器，向蓝衣将军行注目礼。

鲁打柴也连忙收了尖头斧，对马上的蓝衣拱手道："鲁某人愚钝，不知蓬莱人何时得罪了将军，竟然下如此杀手！"

蓝衣道："原来是蓬莱大名鼎鼎的鲁打柴班监，多有得罪，但本人也只是奉命行事而已！"他下得马来，拱手道，"为减少蓬莱人员伤亡，劝鲁学监交出兵器，随我一同进城吧！"

鲁打柴长叹一声，递过尖手斧。

蓬莱诸人也纷纷交出手中兵器。

蓝衣掉转马头，拍马进城。

三千蜂斗士跟在后面，用兵器指着蓬莱诸人，把他们押进了西帝城。

第43章 西帝城

西帝城绝对是座独特的城。

与东方大陆的任何一座城池都风格迥异。城内整整齐齐地排列着无数圆柱形的房子，看上去像些圆形的小城堡。这种布局虽有些单调，但每座房子周围种满了颜色各异的花草，顿时就使整座城市变得灵动起来。如果在高空鸟瞰，西帝城绝对像一个巨大的蜂巢，而那些圆形的小房子，无疑就是蜂巢中的蜂房了。

每座房子墙面上都有一个编号，看来是每座房子中，都住有一位蜂人。

这个编号，就是蜂人的姓名。

城内的每一条小道都收拾得干干净净，路边栽种的花草散发着淡淡的芬芳。蜂人族的勤劳、整洁的习性，从城市的每一个细节都可以看出来。蓬莱诸人虽然身为俘虏，看到这些景象也不由得啧啧称奇。

当然，蜂斗士们并不是请蓬莱诸人来看风景的。

他们把蓬莱诸人带到了一座圆形大殿。

大殿前飘扬着蓝色的旗帜。

这儿是蓝衣将军府。

蓝衣及几位亲信将蓬莱诸人带入殿内。

跟随而来的三千蜂斗士，密密麻麻地守在殿外，将大殿围得如铁桶

第43章 西帝城

一般。

裘半仙笑道："蓝衣将军行事果真谨慎，竟然派如此多的人把守，我们就这么几个人，还能跑了不成？"

蓝衣笑笑，并不作答。

远处突然传来一阵狂乱的马蹄声，似又有千军万马疾驰而来，转眼间便到了蓝衣将军府外。只听见有人高声叫道："奉女王之命，红翅将军特来缉拿蓬莱诸人，你们赶快把他们交出来！"看来，来者都是红翅旗的人。

蓝衣旗中有人高声回道："蓬莱诸人已被我蓝衣旗擒获，蓝衣将军正在审讯，就不劳你们红翅旗操心了！"

"大胆！"红翅旗的人怒斥道，"红翅将军乃四大护国之首，掌管刑罚，红翅将军要提人，你们竟敢阻挡不成？"

说话间，殿外霍霍作响，双方人马均已抽出兵器，形成对峙之势。

鲁打柴两日前曾见识过红翅将军的狠毒，料定被交给他会凶多吉少，便朝蓝衣拱拱手道："我等命大，幸好落在将军手中。如将军为难，请将我等交给女王如何？"

蓝衣长叹一口气，道："我知道你们乃女王故人，但即便把你们交给女王，她也未必能保全你们！"

鲁打柴惊道："难道这红翅连女王的账也不买吗？"

蓝衣道："实话告诉前辈吧！半年前，我和紫衣将眉儿公主从中央帝国迎回时，先女王刚刚驾崩。在她辞世之前，幻蝶之灾越来越频繁，为保族人平安，率全族投靠了拜月教，我族女王因而获拜月教'西域蜂王'封号，我和蓝衣也是回族后才知道这个消息。蜂人族向来性情质朴，但拜月教势力渗透进来之后，变得人心浮动，私利熏心。拜月城尤其信任红翅、红斑兄弟，他们二人趁我和紫衣去中都寻找公主之际，族内没有对手，已将朝政大权揽入手中。眉儿公主接替王位、加冕女王乃上天命定，红翅、红斑表面膺服，实则并没有交出权力。眉儿女王为求族人平安，只得忍气吞声，听任他们二人专权弄政。我也不知你们蓬莱学院到底和拜月城结下了什么恩怨，你们刚到西帝城，就被他们的眼线发现，想借蜂人族之手将你们除之而后快。女王起初不忍，曾专程派随身女官通知你们赶快离开，但这些天突然又闹起了幻蝶之灾，拜月城传话，如果不杀你们，蝶灾他们就不管了。红翅、红斑借机逼迫女王下达了追杀令，并授权他们全权处理。女王担心你们安危，暗中叮嘱我和紫衣保护你们，却不敢做在明里，否则红翅、红斑会煽动民意，于女王更是不利。所以，今日你们在城外闹事，我不得已抓了你们，但前辈放心，在我蓝衣旗中，你们绝对安全！"

蓬莱诸人闻言，心中暂时安定下来。

只有商无期百感交集。

这几日被蜂斗士屡屡追杀，再想起曾经受过的那些欺骗，他对叶眉儿已是心如死水。

只恨不得能有一只手，将以前关于她的记忆，统统抹去。

此刻方知她其实也有不得已之处。

心中竟隐隐为她的处境而担忧。

之前对她的恨意，突然间就消散了。

同时也有一丝淡淡的悲哀。

在几十万蜂族人的生死面前，他和她，那些所谓的爱恨情仇，算得了什么？

她已不是眉儿。

她是女王。

殿外的情形，此时已剑拔弩张。

"请你们蓝衣将军出来说话！否则，我们就杀进去了！"红翅旗下，一位嚣张的千夫长已举起剑来，他身后的千人大队，早已按捺不住，跃跃欲试。

殿门突然打开，蓝衣将军缓缓走出。

在他的对面，赫然飘扬着一面红色的大旗。

第 43 章 西帝城

旗下，红翅傲然骑在马上，板着脸，一言不发。

"红翅将军果真要进我蓝衣府夺人吗？"蓝衣冷冷道，"不知你带了多少人来？有没有把握杀进去？"

"不用我进去！"红翅终于说话了，他的嗓音有些沙哑，"他们自己就会出来！"

红翅拍拍手，他身后的队伍分开一条缝，两个女孩被反绑着双手，推了出来。

两个蜂斗士，已将刀架在她们脖子上。

原来是李微蓝和果落落。她俩昨夜从蓝衣府中跑出之后，在数十万间建筑格局相似的蜂房中没走多久，就迷路了。她们在城中徘徊了一个多时辰，竟落在红翅旗下一个夜间巡逻队手中。

"你们出来吧！"红翅冷冷道，"否则这两个女孩就没命了！"

他声音低沉，却中气十足，四周的空气中突地多了一丝寒意。

有人连滚带爬地从殿内冲了出来，"不，你们不要乱来！"

是柳吟风，他气喘吁吁地站在红翅面前，指着果落落，"你们，放了她……她们！"

果落落见状，恐惧的眼神中竟然闪过一丝柔情，她带着哭腔："你个傻子，出来做甚，快跑啊！"

柳吟风没有跑，也没有反抗，任凭两名蜂斗士抓住自己，绑起来，推到果落落一起。果落落恨恨地踹了他一脚，哭道："你是猪啊！"

柳吟风竟然回了个笑脸。

能跟她一起成为俘虏，他竟安心了不少。

鲁打柴、裘半仙也带着剩下的蓬莱弟子出来了。

红翅旗下的一群蜂斗士带着绳索，将他们围了过来。

"欺人太甚！"蓝衣怒道，"当我蓝衣府是菜市场么？"他拔出了佩剑，蓝衣旗下那些蜂斗士早已忍无可忍，操起兵器就要一拥而上。

大战一触即发。

远方突然传来响亮的口令声："女王驾到——"

所有的蜂斗士，顿然放下了刀剑，目视前方。

一头身高丈余的凤辇龙缓步而来。

龙背上，那位头顶凤冠的绝色女子，不是叶眉儿，又能是谁？

一刹那间，商无期已呆立在那里，所有的一切，都倏然在他眼前消失……

他的世界里，只剩下她，缓缓向他行来……

她仍然穿着钟爱的红色衣裙，只不过，裙边都镶满了肉眼不易察觉的钻石和金边，布料和做工比从前都不知华丽了多少倍。

她慢慢走近。

也慢慢走远。

无数次想着和她相逢的场景……

当她真的出现时，他自己却不知身置何处，去了何方。

万丈红尘，春风十里……

不如看着你。

她也看着他，一路静静地看着他。

他还是好瘦……

怎么还晒黑了？

傻哥哥，倔强的哥哥，叫你不来，你怎么还是来了呢？

她静静地掉下一滴眼泪。

她的凤辇龙，此时已把她带到他……众人身边。

他们全部在她面前拜倒。

"参见女王！"他们的声音如潮水激涌，将她托起。

她没有再看他。

她谁都没看。

她的眼睛只望着天，"这些人，我要带走，亲自审理！"

"女王！"红翅抬起头来，"属下掌管刑罚，此等琐事，怎可劳烦女王？"

"这么说，你是不同意？"她的眼睛仍望着天空。

第43章 西帝城

"属下不敢！只是——"

"那就好！"她没给他反对的机会，已乘凤辇龙转身离去。

她知道红翅的野心比天还高，但至少她现在还是女王，工于心计的红翅，还不至于公然与她对抗。

她的卫队，带着蓬莱诸人，跟在凤辇龙后面，向王宫进发。

自始至终，她再没回头看任何人一眼。

她身后的臣民，只看得见龙背上她衣袂飘飘的背影。

女王宫位于西帝城的正中央。

并不巍峨，正殿也只比周围的普通民居略高一些。但占地面积不小，正殿之外，是开阔的草地和红褐色的围墙。围墙之内，奇花异草争奇斗妍，亭台楼榭相映生辉，一石一木，都别具匠心。

蓬莱诸人被带进宫之后，被安顿在西北角一个僻静的小院内。小院不大，但是干净整洁，设施一应俱全。太医院早已有医师等候在此，给那些受伤的学员疗伤。仆从打来热水，蓬莱诸人舒舒服服地洗了澡，马上又有人送来精致的饮食，他们也不客气，纷纷吃了个酒足饭饱。

果落落道："想不到这漫漫黄沙之中，还有这么好的地方。我也出生西域，部落虽不怎么富裕，但家里的日子还算好过，怎么这宫中的吃食，好多是我从来都没见过的？"她尝了道蜜酥天鹅，笑问道："微蓝，这道菜，比你中都家中的那碗鹅舌汤如何？"

李微蓝淡然道："以前的事，我都忘了。"

对面一个人抬起头来，看了看李微蓝。

是一班的蒙恬。

他是一班唯一能通过武功三段的学员，一班能到达西帝城的十多名学员中，自然少不了他。

蒙恬看似漫不经心地问了一句不相干的话："怎么没看见百里乘风？"

也不知道他在问谁。

李微蓝微微变色。

五班其余几人，面面相觑，谁也没有回答蒙恬的问话。

果落落岔开了话题，抱怨道："眉儿真是的，把我们放这儿就不管了，怎么还不来接见我们啊！"

院外突然传来口令声："传商无期觐见——"

一位女官，已带着两列仆从，静候在院门外。

女官带着商无期进入正殿，迈过一道又一道门槛，穿过一层又一层雍容华贵的纱缦，在最后一层纱缦面前站定。这层纱缦与前面经过的不同，淡淡的绿色透着素雅，上面星星点点地缀着白色的野菊花，在橘黄色的宫灯下，显出一种令他觉得熟悉的温度。

"女王，他来了。"女官隔着纱缦道。

"进来吧！"她轻轻说道。

他微微迟疑了一下，掀开纱缦。

女王的寝宫并不大，室内主要的摆设，竟然只有一床一桌。她安安静静地坐在桌边的椅子上，看着他慢慢走近。

一时间他竟不知身置何处，像是突然穿越到了盗贼公会城南分会的日子。

那时候，她每天都坐在那间简陋的小屋里，等他回来。

那时候，天天霜风露剑，但风却是绿的，阳光是金色的。

那时候，她那么纯，他那么傻。

生命中只有单纯的牵挂，还有担忧。

他看着她，不忍眨一下眼，是怕从前的那个女孩倏地就又从他眼前消失。

他终于走到她身边，神情竟然有些恍惚，道："眉儿，你还在这里？"

她抬起头，一滴眼泪从颊上滑过。

"无期哥哥，我还在这里，眉儿还在这里！"

她向他柔柔地伸过一只手。

第43章 西帝城

他握住她的手……

光阴瞬间停滞在了这一刻。

不管世间所有，星移斗转，飞短流长……

他像个疲惫的旅人，一路跋涉，走到这里，就是地老天荒。

他太困了。

打了个呵欠，竟然……睡着了。

这是半年多来，他睡的第一个安稳觉。

醒来时，她仍坐在椅子上，安静地守候着他。

就像从前一样。

"眉儿，我睡了多久？"他从床上坐起来。

"无期哥哥，您睡了两个时辰。"她说，"天都黑了。"

商无期有些抱歉地笑笑，"真对不起，跑你这儿来睡觉了。"

"哥哥，不要这么说。"她眼里竟闪过一丝愧疚，"眉儿知道，您太累了……"又道，"眉儿不能时刻照顾您，能守着您睡个安稳觉，眉儿心安！"

商无期细细地打量着她，道："这件红裙虽然旧了点，眉儿穿着还真好看哩，就像回到了从前一样。"

她道："这套衣裙我一直留着，回到蜂人国，这才第一次穿哩！"

商无期叹道："有时我都不知道你到底是眉儿，还是女王……也不知道该念你，还是恨你。"

她眼中一片凄然，"哥哥，念我也好，恨我也罢，眉儿都不在意。您顺着自己的心意就可以，眉儿只盼哥哥心中不要那么难受。"

商无期道："我是深深恨过你，宁愿从来就没有见过你，寻思着从此天各一方，永不相见……没想到今日见到你，却又恨不起来了。"

她突然泪雨滂沱。

"哥哥,眉儿错了！"她哽咽道,"眉儿今日不该约您来这儿！如果恨，能够让您忘掉眉儿，能够不让您不再那么痛苦，眉儿宁愿您恨我呀！"

商无期呆呆地看着她。

"脱下这身旧衣裙，戴上那顶王冠，我又是女王！"她已慢慢平静下来，"哥哥，这是天命，你我都无法抗拒！"

她擦干眼泪，白皙的脸庞，在宫灯的映衬下，露出华贵的光泽。

此时天已暗黑。

商无期拱拱手，道："女王，商无期告辞！"

叶眉儿道："如果你们不去拜月城，就此回中都，我可以保你们平安。"

商无期冷言道："蓬莱与魔教之间，没得可谈。"

她抓住他的手，带着哭腔，"无期哥哥，您听我的吧！"

他狠狠甩脱她的手。

她又抓住他的衣角，死死拽住不放，像溺水的人抓住了一根救命稻草。

外面突有女官来报："红翅、红斑将军求见！"

叶眉儿一惊，松开手，整了整仪容，道："天色已晚，让他们明天再来吧！"

片刻之后，殿外传来红斑与女官的争吵声："明天，如何能等到明天？现在幻蝶作乱，每个时辰都有几千族人遇难，女王怎可视族人性命如草芥？"

女官斥道："护国将军，休得放肆！"

红斑凛然道："你既然称我等为护国将军，当知这'护国'二字的含义！今既不能护国，我等要这将军作甚？"言罢，他取下头盔，置于地上，转头便走。

殿内传来一个温和却又无法抗拒的声音："将军且慢！今日本王偶感风寒，哪知宫外又闹蝶灾，两位将军稍等，我即刻就来！"

商无期愣愣地看着她，看着她眼中盈盈的泪水瞬间消失，看着她柔软的身子顷刻挺得笔直，心中竟然会有种心疼的感觉。

"呆子，你看着我干什么？快背过脸去啊！"她嗔道。

他不解其意，但还是按她的要求转过身去。

第43章 西帝城

片刻之后，他回过头，他的眉儿消失了。

她已换上了那套华贵的紫红色的华丽凤袍。

银色的王冠，在她头上熠熠生辉。

她说过，戴上王冠，她就是女王。

眉儿……

女王……

无论是什么装扮，都令他如此心痛……

"等等，眉儿！"他突然想起一件事，举起手中的玄木棍，"这玄木棍，原本也是能解百毒的奇药……"

"没用的，哥哥！"她苦笑道，"宫外中毒者数以万计，短短的玄木棍能救几人？更何况，红翅他们需要的，并不是解药，而是……哥哥收好这根玄木棍吧，眉儿知道，终有一天，哥哥会成为盖世英雄，也只有哥哥，才能配得上这件神器！"

叶眉儿缓缓走出殿门，红翅、红斑连忙拜倒。

"二位将军，请即刻随我出宫，视察灾情！"叶眉儿道。

"不必了！"红斑叩了个头，道，"驱蝶长者尚在西帝城，方才拜月城方面传过话来，只要杀了蓬莱诸人，马上便令驱蝶长者平定蝶灾！"

叶眉儿略一思忖，道"蓬莱诸人刚刚抓获，还没审问清楚，暂且等等。"

红斑仰起头，道："女王等得，这西帝城的族人如何等得？"

远远地传来一个声音："如此说来，红斑将军是想拿民意来胁迫女王了！"原来是蓝衣、紫衣二位将军急急赶来。说话之人，正是性情急躁的紫衣。

红斑站起身来，指着紫衣道："要不是你等佞臣惑主，女王何至于陷入两难境地？"

紫衣怒道："你竟然倒打一耙！是谁目无王尊，专权弄政，谁自己心中有数！"

说话间，二人已各自拔出佩剑，怒目相向。

女官在一边厉声喝道："大胆，竟敢君前弄剑！"

红斑、紫衣将佩剑霍然入鞘，脸上仍有愤愤之色。

"女王！"红斑再次叩倒在地，"时不我待，民意难违，请女王即刻下令，处死蓬莱诸人！"

他话音刚落，宫外已响起一片沸腾声。

数以千计的蜂人叫嚷着，正从四面八方向王宫周围汇集。王宫禁卫横持长矛挡住他们，双方拥挤着，乱成一团。东、南两面突然红旗招展，原来是红翅、红斑两旗的蜂斗士火速赶来，他们借维持秩序，迅速控制了局势。

紫衣冷笑道："原来这是逼宫来了！"

蓝衣连连朝他使眼色，示意他不要再说。

叶眉儿微微发抖的手已轻握成拳，她仍和颜悦色道："诸位将军，眼下情形，如何是好？"

一直沉默不语的红翅开口道："蓬莱诸人乃女王故人，杀之不义，女王的确不宜杀之！"

诸人闻言皆愣，不知红翅葫芦里卖的是什么药。

叶眉儿也是不解，却不禁松了口气。

红斑却很快就领悟到了红翅话中的意思，连忙道："蓬莱诸人可以不死，但族人的愤怒如何平复？拜月城那边又如何解释？女王既已陷入两难之境，不如暂且退让，委托红翅将军全权监国理政，或许可以渡过劫难！"

此言一出，闻者皆惊。

就连一向稳重的蓝衣也霍地拔出佩剑。

叶眉儿沉默片刻，挥挥手，道："罢了！各位将军，我也累了，就按红斑将军的建议办吧！"

她转身进殿，只留给殿外一个落寞的背影。

叶眉儿进到殿内，商无期早已迎过来，抓住她的手，紧紧捏住，捧到胸口。

第43章 西帝城

她强笑道:"无期哥哥,你干什么?"

"刚才我在殿内,听到外面发生的事,方知你有多么难!"商无期动容道,"眉儿,委屈你了!"

叶眉儿叹道:"难也好,易也好,我命该如此,也没得选择。现在想起,原来在中都的日子,竟是我这一生中最美好的记忆。"她擦干眼泪,笑道,"说起来,我还真想念落落、微蓝她们,今日颇多不便,都还没顾得上同她们打招呼哩!"

商无期道:"你若想见她们,就把她们也召过来呀!"

叶眉儿道:"我同你过去吧,也去看看鲁班监他们。"

她跟女官吩咐一声,准备车辇。

殿外的四位护国将军早已各自离去,围在王宫外的那些蜂人也都撤退了。

走出大殿时,女官来报,西帝城内的幻蝶群飞走了,蝶灾暂时平息。看来红翅、红斑两兄弟能量的确不小。

叶眉儿和商无期上了辇车,心事重重地奔向王宫西北角的那个小院。

才刚下车,果落落早已扑了过来,抱住叶眉儿不撒手。

随从的女官咳嗽了一声,似在提醒她注意礼节。

果落落也不理会,拉着叶眉儿就进了院内。

蓬莱诸人早已迎了过来。

叶眉儿向鲁班柴、裘半仙欠身行了个礼,两位班监竟然有些手忙脚乱,不知如何回礼是好。裘半仙讪笑道:"蓬莱创院十多年,竟然还培养出了一位女王!"

众人皆笑,气氛这才轻松了不少。

一番客套之后,果落落把叶眉儿拉进了自己房间,又把李微蓝、商无期、柳吟风等人也叫了进去。他们都是五班的学员,好久不见,格外亲热。大家七嘴八舌地向叶眉儿介绍班上各位同窗的近况,相互间开着玩笑,时不时爆发出一阵大笑。

商无期在一边憨憨地笑着,却不怎么说话。

果落落瞟他一眼,道:"眉儿你知不知道,你走之后,某些人性情大变,脾气大得要吃人啊!"

叶眉儿有些羞涩,含着笑,明知故问道:"谁呀?"

果落落道:"还能有谁?你无期哥哥呗!他做梦都在恨你,说你欺骗了他,现在眉儿要老实交代,你到底骗了商无期什么?骗财还是骗色?"

众人大笑。

叶眉儿佯装着要打果落落,道:"坏落落,你说话越来越没个正经了!"

商无期原来还笑着,此时却突地收了笑容。

表情有些凝重。

柳吟风见状,劝道:"无期,有什么话,不妨摊开了说!天底下没有解不开的误会!"

商无期犹豫了一下,没有开口。

果落落急道:"今日你若不说,不知何时再有机会!"说话间,眼圈都红了。

商无期一怔,终于道:"当初我们被困在西山的地下迷宫之中,你告诉我,接近我的目的,是为了替拜月教寻找《归宗谱》的线索,然后就能当上蜂人族公主,是这样的吗?"

叶眉儿闻言,流下泪来,道:"哥哥你真不知道,蜂人族的公主是上天命定的么?眉儿如今就算当了女王,又何尝快乐过一天?"

商无期不解道:"那你为什么要说那样的话来骗我?"

果落落恨铁不成钢,替叶眉儿回答道:"商无期你还真不是一般的笨啊!眉儿不得不离开,但又怕你一辈子都难过,她是希望你能忘掉她啊!"

"就算如此,"商无期盯着叶眉儿的眼睛,逼问道,"那你手腕上的伤,又做如何解释?"

叶眉儿眼中也有了些幽怨,她扬起左手,手腕上赫然一道长长的伤痕。

商无期一怔,道:"可当时你告诉我,你割腕自杀是假的,也是拜

第43章 西帝城

月教的安排！你还给我看过手腕，上面果真并无伤痕！"

"傻哥哥！"叶眉儿长长一声叹息，"当初，我给你看的是右手啊——"

商无期顿然愣住。

万般悔恨涌上心头，他咬紧牙关，浑身直哆嗦。

那丝熟悉的疼痛又从胸口慢慢泛起，缓缓向身体的每一块骨骼、每一寸肌肤扩散……

柳吟风叹道："正所谓'爱之越深，恨之越切'，当初情急之下，无期竟然连左右都分不清了！"

果落落恨恨地补刀："所以，他活该！"

"眉儿！"商无期一把抓住叶眉儿的手腕，"离开这里，跟我们回蓬莱！我会用我的一生来补偿你！"

"哥哥这么讲，眉儿已经知足！"她眼角透露着幸福和满足，嘴边却在苦笑，"可我走不了啊！蜂人族没有女王，必定生乱，我走了，40万蜂族人怎么办？"

商无期再次怔住，一时间不知说什么是好。

"眉儿！"这个笨嘴拙舌的少年，只是叫着她的名字，"眉儿，眉儿，你不要怕，凡事有我……"

他举起了手中的玄木棍。

黝黑的棍子，突然间焕发光彩。

一旁突然有人叹道："眉儿，我真羡慕你！有这么个笨笨的哥哥喜欢着你！"

叹息的人，是李微蓝。

她幽幽道："想当初，我的确不怎么看好你这个哥哥，今日想来，当初我是看走眼了。"

叶眉儿忍俊不禁，道："多谢当初微蓝大小姐成全！有了百里哥哥，其他人哪能落微蓝小姐的法眼！噫，你那位百里哥哥呢？"

"他呀！"李微蓝又是一声叹息，落下了一滴深藏在心底的眼泪。

她原以为自己不会再哭了的。

他与这商无期，还真的是完全不同的类型哩。

孰是？孰非？

那个白衣飘飘的少年，左手抱书，右手持剑，心中怀着兼济天下的伟大理想。

但微蓝其实也只是个小女子。

要那天下作甚？

转眼间，天已快亮。

女官在外头已催促多遍。

叶眉儿等人走出房间，蓬莱其他人早已等在门外。

"今日能再见各位学监和同窗，眉儿已经知足！"叶眉儿道，"一会儿我派人送你们出城，你们听我一句，回中都吧！没有人到得了拜月城的！"

众皆默然不语。

袭半仙半晌才道："一会儿出城时，也不知红翅、红斑会不会偷袭？"

"不会！"叶眉儿断然道，"他们要的只是权力，我已都交给他们，他们还不至于马上就翻脸。"

走出院子，蓝衣早已带着几辆马车在院门口等候，准备带蓬莱诸人出城。

终于到了分手的时候了。

果落落扑过去，再次抱住了叶眉儿，哭成了泪人儿。

所有的蜂族人，包括那位严厉的中年女官，都背过脸去。

叶眉儿拍着果落落的肩，婉言安抚道："好落落，天快亮了，要走了啊！"

果落落抽泣着离开，转身看见商无期站在一边，喝道："你呆子啊！去抱抱她啊！"

商无期愣愣地看着叶眉儿，不知所措。

叶眉儿在原地站了一会，慢慢走近他，替他整了整衣领，突然张开

第43章 西帝城

双臂，紧紧地抱住他……

"哥哥，再见……"她在他耳边轻声说道。

再见的意思，应该是再也无法相见。

商无期呆呆地张着僵硬的双臂，看着她转身上了车辇，消失在院子的转角处。

蓝衣将蓬莱诸人送出西帝城时，天还没有亮。

接下来干什么？蓬莱诸人一时间也没有主意。好在离西城门不远处，也有一家驿馆，他们决定先在驿馆中住下来，再做打算。

虽说西城门外都是蓝衣将军的地盘，但此时正值蜂族内乱之际，危险时时都在。为避免麻烦，他们隐藏了自己的身份，只说是从乌孙国来的商队。

在驿馆中住了两天，蓬莱诸人仍无计可施。

商无期心中郁闷，这天一个人独自去了驿馆后的山谷。

他沿着山脊，一直往上爬。

站在山顶，就应该能看到叶眉儿的王宫了吧？

一只小野兔突然从前方惊恐地向他跑过，一跛一跛地，像是受了伤。

商无期这几天心中都柔软无比，他伸开双手，刚好把惊慌失措的小兔揽入手中。

小兔的右后腿像是被石头砸伤了，血肉模糊一片。商无期帮它正了正腿骨，又掏出随身携带的铁头虫粉，洒在伤口处。

血立即止住了。

商无期刚将小兔放在地上，一旁突然伸出一只黑壮的手臂，直向小兔抢过来。

商无期吃了一惊，连忙伸手一挡，将那只手臂挡开。那手臂硬硬的，力气颇大，硌得他手掌生疼。

商无期抬起头，看看对手，惊得嘴巴张得老大。

来者竟然是……一个机械人偶。

这个人偶的模样，商无期再熟悉不过了。它与中央帝国鉴定中心的机械人偶长得大致一样，商无期曾数次与类似的人偶交手。

商无期只是吃惊，它们怎么也来到这偏远苦寒的西域大漠来了？

人偶没有商无期那么发达的思维，它不会思考见过谁或没见过谁这样复杂的问题。它接到的任务指令，就是抓兔子，现在商无期阻止了它的工作，它就要攻击这个破坏者。

它既不吃惊，也不愤怒，只是凭着设定的抗干扰程序就对商无期展开了攻击。

这个黑檀木制作的机械人偶，虽然四肢和躯干都为木头所制，但极为灵活，而且力道很大，商无期不敢轻敌，小心谨慎地躲过了它的第一轮暴风骤雨般的攻击。

然后，商无期心中有底了，感觉这个机械人偶从速度、力量上看，都似乎与自己在伯仲之间。进入西漠之后，商无期等人一直跟着鲁打柴班监，丝毫没有放松武功修炼。鲁打柴班监教学能力在蓬莱下院首屈一指，甚至在整个中都城都是声名显赫的名师，在西域这大半年，他除了给学员们教授蓬莱基本的武理、武术，更善于借助实习中各种不期而遇的实战经验来点化他们，因而学员均感自己进步神速。但在西域大漠，不像在蓬莱学院有那么细致、具体的测试标准，也没有考段位的机会，学员们对自己的武功到底能达到几段，心中却是没数的。今天商无期看到这个机械人偶，想起自己考段位时必定要与它们过招，一时兴起，心道：就把这次打斗当作是一次武功段位测试吧。

想至此，商无期将手中的玄木棍放到一边，随手捡了一根手腕粗的树棍，与机械人偶作战。

这是一个山路，坡度挺大，地势也远比学院的测试场要复杂得多，稍不小心就有滚下悬崖的危险。机械人偶不知道恐惧，武功发挥不会失常；但商无期作为肉体凡胎的人，在这种复杂的地势条件下，心理上多少也是要受些影响的，好在他这半年多也积累了不少实战经验，心理素质也远比在蓬莱学院时要强大，只是刚开始时略有分神，百余招过后，他就

第43章 西帝城

渐入佳境，完全进入状态了。

一人一偶斗了半炷香工夫，竟然不分胜负。

蓬莱下院两年，学员们主要学习蓬莱武学的基本招式——乾坤六十四式，一年级时教前三十二式，二年级教后三十二式。此时，商无期已将乾坤六十四式学完，刚好可以通过这个机械人偶来做个检验，看有哪些薄弱环节需要加强。与这种动作标准、实力相当的战斗机器过招，是最容易修正错误、规范动作的。商无期将乾坤六十四式逐一使完后，找到自己几处不足，开始思考如何改进。

想着想着，竟然有些分神，此时机械人偶加大了进攻力度，商无期连连后退，突然绊在了一块石头上，猝不及防，仰面跌倒。他心中暗叫一声不好，手中树棍已本能地伸出去，力图阻止机械人偶的攻击。

这个动作看上去是徒劳的。

任何一个不会武功的人，这个时候都会做出这个动作。

在那一刹那间，他已想到了落败，甚至是死亡。

但他的运气总是好得出奇。

他睁大眼睛，看着那个恶狠狠扑过来的机械人偶的前胸，竟然正好撞在了树棍上。

那儿正是暂停机关之所在。

机械人偶"嗡"的一声停止了所有动作，它高举的手臂像一柄有力的锤头，幸运的是，并没有落下来……

商无期喘着粗气站起身来，衣衫早已冷汗潸潸。

不远处突然有人高声道："少年人，你刚才击败机械人偶的那一招好生奇怪，好像不是蓬莱武功啊！"

商无期侧过头，看清来者，先是一怔，马上惊喜地叫起来："戒木大师！"又愧然道，"弟子刚才使用的哪是什么武功，不过是情急之下胡乱挥出去一棍罢了，哪知歪打正着，正好触碰到了人偶的暂停机关。"

戒木大师其实已在一旁观战良久，他微微颔首，看似认同商无期的坦率。

"其实以你目前的武功，也完全是可以战胜这个人偶的！"戒木大师道，"不过，我要提醒你，千万要把练习和真正的战斗分开，在战斗中分神，会有性命之虞啊！"

商无期想起刚才的遭遇，愧然道："无期谨记！"

"不过，我反复思考你刚才摔倒时使用的那招，就叫'否极泰来'，如何？"戒木大师道。

商无期道："大师见笑了！"

戒木大师认真道："我并非说笑，任何武功招式，都是人创造的。今日难得有如此际遇，灵感突现，得此一招，实乃大幸！"又叹道，"武学的魅力，正在于不断创新，可惜而今蓬莱武学之中，已找不到创新的精神了！"

商无期闻言一怔。他天性爱琢磨，学习武功招式，一向是要穷究到底的，每学一招，都要去想：这招武功为什么要如此设计？有没有别的设计方法？可有应该改进的地方？这样一来，商无期在习武初期，进展要比其他人慢许多；但时间一长，他在武学心得上的积累，就远多于常人，厚积薄发的效果就出来了。当初在大东亚段位考试培训班时，戒木大师就对商无期这种性格极为赞叹，两人因此成为忘年交，常在一起探讨武理。两个原来都不太爱说话的人，今日碰在一起，竟然立刻就有了谈不完的话题。

两人先认真地探讨以"否极泰来"立招的可能性，后来觉得完全可行。商无期击败机械人偶，看似偶然，实则里面有一定的必然性，因为在生死存亡之际，危机方往往能爆发出远超平时的潜力，其看似本能的防御往往是最有效的；而优势方此刻往往大意，反而意想不到会落败。"否极泰来"一词出自《周易》，暗示逆境达到极点，就会向顺境转化，用来概括以上武理，真是再贴切不过了。戒木大师兴奋说道："有了你这招'否极泰来'，'乾坤六十四式'就变成'乾坤六十五式'了！下一步，就是要考虑如何对这一招加以完善了！"

商无期觉得戒木大师的话说得有点大了，但他是长辈，又正在兴头

第43章 西帝城

上,哪敢反驳,只得赔笑道:"好吧,就当作是'商氏乾坤六十五式',仅供我自娱自乐吧!"

不远处突然传来一个清脆的女声:"是什么事情,让你们这一老一少如此开心?"

商无期抬头,见渭水仙姑从不远处的山道走过来。她的身边,还有一位须发皆白的白袍长者,竟然是阴阳老怪。

商无期连忙远远地行礼,转头又问戒木大师:"几位前辈为何同时到这西域大漠来了?"

戒木大师苦笑道:"几个月前,中都城有人传幻蝶突然在西域出现,这幻蝶一般生活在西方雪域高山深处,平时极难一见,其翅膀上的鳞粉是世所罕见的珍宝。一向嗜宝如命的阴阳老前辈听到这一消息自然心痒,渭水仙姑也想弄些蝶鳞粉来制药,我呢,被他们拉来做苦力来了!因为路途遥远,让我做了三匹木马来驮人,还做了四个机械人偶来帮忙驮行李,可算是累死我了!"

商无期忍住笑,道:"前辈做的机械人偶,与帝国鉴定中心的人偶好生相似。"

"你不知道啊?"戒木大师道,"鉴定中心的人偶也好,其他地方的人偶也好,原来都是我研发的,运动原理相同,只不过是制作工匠各不相同而已!"

商无期道:"原来如此!"心下对戒木大师更是佩服。

戒木大师指了指不远处,商无期看见三个人偶牵着三匹木马也朝这边走过来了,情形看上去甚为滑稽,忍不住笑出声来。

"对了,我忘了告诉你,这四个人偶,都被我设定在四段武功!"戒木大师道,"恭喜你,你已经通过四段武功检测了。"

商无期兴奋不已,连声道谢。

"我应该谢谢你!"戒木大师认真地说道,"是你们这群年轻人,让我看到了蓬莱的未来!"

第44章　逼宫

商无期与三位前辈一同下山，把他们带到了驿馆。

蓬莱大部分学员都听说过这几位如雷贯耳的大师，今日得见真人，不由兴奋不已。

也有同某些前辈本来就熟的，比如果落落，原来在蓬莱时就经常跟渭水仙姑学习炼药，此刻见了仙姑，立马就把自己实习期间在药学方面的感悟和盘托出，渭水仙姑也借机对她进行了一些指点，小姑娘收获良多，颇为自得。

闻听蓬莱诸人因为幻蝶的原因，被挡在了西帝城外，无法通过，阴阳老怪道："既然我们因幻蝶之故而相逢，那就一起想办法，看看这宝贝幻蝶身上到底藏着什么秘密！"言罢，就嚷嚷着要出门去找幻蝶。

果落落道："老前辈，你可不知道这幻蝶的厉害！别人听见幻蝶，躲都躲不及的，哪有无事找事，主动去寻它们的？再说了，这两天幻蝶早已被驱蝶长者赶走了，哪里又找得到？"

阴阳老怪哈哈大笑，从口袋中掏出一面铜鼓来，炫耀道："方圆一里之内，但凡出现幻蝶的身影，我这宝贝就会报信，告诉我幻蝶藏在哪里！这幻蝶可是宝啊，弄到中都城里，每只可以卖到五十个金币以上！"

蓬莱诸人嗟叹不已。

第 44 章 逼宫

李尉更是瞪圆了眼睛,脑子中开始盘算五十个金币可买多少辅修药物。

果落落对阴阳老怪手中的那面鼓更感兴趣,惊问道:"难道这就是传说中的珍宝探测鼓?"

阴阳老怪得意地拈了拈胡须,道:"正是!这鼓分阴阳两面,能捕捉附近奇珍异宝的气息。但凡奇珍异宝,其气息总不同于常物,会有些异象,造成周边阴阳不稳,就能被这面探测鼓收集到,并鸣鼓示警。鼓声越大,表示宝贝越珍稀!"

正说话间,珍宝探测鼓的阴面突然微微颤动,响了几声。

阴阳老怪警觉起来,道:"有宝物出现!是天下至阴之物!"

刚说完,探测鼓的阴面突然又是一阵急骤的响声,虽然声音不大,但鼓点很密集,就像是梅雨季节的一阵急雨。

"想不到它们竟然还主动找上门来了!"阴阳老怪兴奋说道,"从鼓点上判断,看来只数还不少,至少是一大群!"

鲁打柴见过幻蝶的厉害,大惊失色道:"大伙赶快关紧门窗,别让幻蝶进来!"

学员们连忙手忙脚乱地去关门窗。

阴阳老怪笑道:"有大名鼎鼎的神医渭水仙姑在此,就算不小心沾上点幻蝶粉,那还能算个事?"

渭水仙姑谦虚道:"这幻蝶粉我从未见过,能治不能治,现在还不好说,大家还是谨慎点好!"

说话间,遮天蔽日的蝶群已挟卷着一股轻风来到驿馆,天色好像突然阴暗了一些,隔着纱窗能看见成千上万的彩蝶在屋外翩然飞舞。

鲁打柴道:"这驿馆周围花草也不多,蝶无定性,应该片刻后就会飞走。"

众人皆觉有理,就安心在驿馆中等待。

果落落突然发觉了什么,惊问道:"李尉呢?怎么不在屋内?"

众人四下张望,果真不见其踪影。

柳吟风道："不用找了，他必定是出去抓幻蝶去了！中都城内五十金币一只啊，这等好机会他怎会放过？"

渭水仙姑道："这孩子，果真是贪财不要命了！"

众人思忖，李尉一向机灵，应该可以自保。他们商定待幻蝶飞离后，即刻出门去寻他。

一个时辰过去，蝶群却丝毫没有离开的迹象，只是越飞越快，好像很急躁的样子，有些幻蝶，扑的一下撞在纱窗上，鳞粉四散。

鲁打柴惊道："大家小心！只怕纱窗也不能完全挡住鳞粉！"

话音未落，成群的幻蝶轮番向纱窗扑过来，一些抖落的细小鳞粉已透着纱窗飘进屋内，惹得几位学员咳嗽不已。

鲁打柴细细观察窗外的群蝶，良久才道："只怕这些幻蝶是专门冲我们来的了！"

渭水仙姑点点头，道："蝴蝶并无思维，天性散漫，像这种目标感很强的攻击行为，背后必定有人操纵。"

"难道说，是红翅、红斑兄弟在背后捣鬼？"鲁打柴沉吟道，"他们一直想把我们赶离西帝城，但幻蝶怎么会听他们使唤？再说了，他们蜂人族本身也是蝶灾的受害者。"

"很奇怪啊！"果落落突然纳闷道，"这几日每次闹蝶灾，驱蝶长者很快就会出来平息，今日这么久了，驱蝶长者怎么还不现身？"

"我明白了！"鲁打柴顿悟道，"驱蝶长者既然能驱蝶，就极可能具备完全操纵幻蝶的能力，红翅、红斑兄弟深得拜月城信任，莫非他们想借驱蝶长者之手来谋害我们？"

阴阳老怪嚷嚷道："这驱蝶长者是什么人？有机会一定要结识结识，向他讨几只极品幻蝶来玩儿！"又道，"这幻蝶都送上门来了，哪有将宝贝拒之门外的道理？我得先出去抓几只！"

戒木大师连忙阻止，道："前辈武功高强，那幻蝶自是无法侵害你，但这屋内蓬莱学员甚多，一旦开门，幻蝶飞进来，岂不害了他们？"

第 44 章 逼宫

阴阳老怪闻言，只好作罢。

说话间，屋内蝶粉越来越浓，有些体质较弱的学员，已开始剧烈咳嗽，甚至产生幻觉，手舞足蹈。

渭水仙姑按住了一位中毒较深的学员，翻开他的眼睑，细细查看了一下，又急忙打开药包，找出几粒药丸，帮他服下。片刻之后，学员情绪平静下来，慢慢沉睡。

渭水仙姑见药丸有效，又掏一些来让那些中毒较轻的学员分食，一边解释道："这幻蝶常年生活在西方雪山之上，传说以剧毒植物雪域红株的花粉为食，时间一久，体内聚集了毒素，又通过翅膀上的鳞粉散发出来。这鳞粉虽说有毒，但也并非完全致命，很多中毒较浅之人，是可以通过自身抵抗力存活下来的。概而言之，染蝶毒致死者大致十之二三而已，但一旦大面积闹蝶灾，死的人总数就多了，这才是人们对它极其恐惧之处。中毒者如果能服用对其毒性有抑制作用的药物，能大大降低死亡率，刚才我分给大家的药丸，由滇南极热丛林中的沧山老普精炼而成，对雪域红株的寒毒刚好有抑制作用。只不过，这种药我带得不多，若西帝城大面积闹蝶灾，我恐怕也无能为力了。"

果落落祈祷道："希望这些幻蝶不要再去城内袭击蜂人，不然眉儿可就难了！"

正说话间，诸人发觉窗外蝴蝶越来越少，转眼间就像秋水卷落叶一般，一只都看不见了。

鲁打柴道："难道是那个背后操纵者发觉幻蝶拿我们没办法，就把蝶群收走了？"

渭水仙姑道："大家各自带上几枚药丸，出门去找李尉吧！"

诸人分了药丸，小心翼翼地打开门，走出客栈外，四处张望。

商无期往客栈后面看去，突然发现一棵大树旁，躲着一个身着黑袍的熟悉面孔。他的手中，还拎着一个男孩的衣领。

"驱蝶长者！"商无期大叫起来，"李尉被驱蝶长者抓走啦！"

那黑袍人闻言转身就走，众人顺着商无期的指向看去，只看到了他黑色的背影。

"朋友，不要走！"阴阳老怪大叫一声，人已冲出几丈远，只朝驱蝶长者追去。

一黑一白两个背影，瞬间消失在客栈后面的山坳深处。

半炷香时间过去，阴阳老怪垂头丧气地回来了，道："竟然让他跑了！这个人太小气，就讨几只蝴蝶而已，跑得比鬼都还快！"

戒木大师惊道："竟然还有连阴阳老前辈都追不着的人！更何况这人手中还拎着李尉，这得多好的脚力！这拜月教内的确卧虎藏龙，不可小觑！"

"是啊！"鲁打柴深以为然，"原以为这驱蝶长者不过是个有点邪门异术的糟老头子，没料到他有如此武功！只是，他抓李尉干什么？"

果落落道："必定是李尉抓他的幻蝶，惹恼了他！"

"希望这几天还能找到他！"渭水仙姑道，"接下来也不知这拜月教还有什么诡计，大家一定要特别谨慎才是！我听闻前几天西帝城内有数万人中了蝶毒，至今未愈，想出去转转，看能否找到一些草药，帮他们疗毒。若能成功，没准可说服蜂人族上下，让我蓬莱人借道西帝城，直取北帝城！"

众人闻言，大受鼓舞。

果落落更是迫不及待，嚷着要和渭水仙姑一道去找药，仙姑慈爱地笑笑，带着她，骑了两匹木马，一同进山了。

渭水仙姑带着果落落在山坳里转了两个时辰，终于在向阳的山脚处，发现了一大片碱性沙土，沙土中长着一株株叶如大手掌般的带刺植物。果落落看到如此奇怪的植物，惊道："这不是《药物图谱》中提到过的仙人掌吗？"

渭水仙姑含笑道："正是！这仙人掌在西域大漠，倒也不是什么罕见之物，但很少有人知道它有行气活血、清热解毒、消肿止痛的功效。虽然药效比起沧山老普差很远，但捣成泥，加入药引，炼成膏药之后，

第44章 逼宫

治疗蜂蝶蚊虫叮咬过敏有奇效,应该也能大大缓解幻蝶所引发的毒症。"

果落落叹道:"在高明的医师眼中,真是遍地黄金宝贝啊!我发誓到了上院,一定选修药女科!"

两人抽出剑,砍了数十株仙人掌,用藤条捆好,拖出山坳,放到木马背上。

回到驿馆,渭水仙姑指挥蓬莱学员们一起将仙人掌捣成泥,又散入一些沧山老普做药引,搅拌之后,置于阴凉处。

第二天一大早,渭水仙姑带着新制成的药膏,和蓬莱诸人一起来到西城门外。

今日守城的十夫长仍是那个老蜂斗士,他一眼就从人群中认出了李微蓝和果落落两人,又听这群人是来献幻蝶解药的,不由得乐了,道:"两次撒同一个谎,你们都不会换一个理由吗?"

渭水仙姑笑道:"我们且先不进城,你把这些药膏拿一些去,给那些中了蝶毒的人敷上,一会儿你们女王就要亲自来接我们进城了!"

老蜂斗士将信将疑地接过一些药膏,让手下快马加鞭送进城去。

约莫过了半个时辰,城内传来一阵车马声,有人高声传来口令:"女王驾到——"

蓬莱诸人惊喜地伸长了脖子,朝城门内张望,果落落更是兴奋得跳起来。

一辆豪华的车辇,在大批蜂斗士的簇拥下驶出城门,停在蓬莱诸人面前。护国将军蓝衣亲自护送车辇,他跳下马来,扶叶眉儿下车。

果落落早已跳过去,抱住叶眉儿。

渭水仙姑嗔道:"这丫头,高兴也不分个场合。"

叶眉儿给渭水仙姑等前辈一一行礼,道:"药膏的效果很好,我猜城外一定来了高人,便来见见,没想到是仙姑亲自来了!这下,蜂人族有救了!"

言罢,又给渭水仙姑行了个大礼。

渭水仙姑慌忙去扶,道:"女王客气!就是往亲了说,你我都是蓬莱人，出生同门，千万不要见外啊！"

叶眉儿听到这话，竟然真个像见了亲人，想起这半年经历的种种艰难和委屈，不禁眼圈一红，眼泪都掉了下来。

这可能是女王第一次人前失态，蓝衣将军看了看周围的卫士，小声提醒道："女王！"

叶眉儿擦干眼泪，平静地道："你认为，我现在还用得着怕他们吗？"

蓝衣将军闻言，竟然也展开了数月以来的第一个笑脸，他明白女王话中所指的"他们"是谁。

是啊，有了这些药膏，女王再也不用向红翅、红斑委曲求全了。

她本来就只是个十四岁的女孩。

正是想哭就哭，想笑就笑的年龄啊！

叶眉儿让蓝衣将军先行进城，将药膏分给各旗，自己带着蓬莱诸人径直回到了女王宫。果落落笑道："几天前还像是生死离别，没想到这么快就又相逢了。"她也不把自己当外人，拉着一班的几位蓬莱学员在宫中四处乱逛，还貌似很知情地给他们介绍宫里的情况。

正值此时，宫门外突然一阵喧嚣，数以万计的蜂人突然蜂拥而来，他们只是些普通的百姓，拿着木棒、铁铲就要往宫门内冲，在遭到宫廷禁卫的制止之后，一些脾气火爆的蜂人开始往宫内扔石头。

叶眉儿皱皱眉头，道："怎么回事？"

女官匆匆赶来，道："听那些人喊话，说是要求女王处死蓬莱诸人，否则大难就会降临蜂人族，现在上万只幻蝶已又开始袭击西帝城了！"

叶眉儿惊道："药膏不是已分到各旗了吗？幻蝶之毒，已不足矣为患！"

女官道："方才蓝衣旗下有蜂斗士来报，说分药膏的人被红斑旗下的蜂斗士围住，他们抢走了药膏，并封锁了消息。城内绝大部分族人，对药膏的事并不知情，围困宫门的人，无疑是听了红翅、红斑的煽动！"

叶眉儿道："看来，红翅兄弟已经决定鱼死网破了，我们出去看看！"

第44章 逼宫

她一面请蓬莱诸人暂且回避，一面带着随从急匆匆赶往宫门。

宫门口的蜂人见女王出来，顿时停止了喧嚣。

女王的威信，还是在的。

叶眉儿环视四周，正要说话，宫门两侧突然传来急促的马蹄声，四周红旗招展，尘土飞扬，老远就有人大声传令："红翅将军驾到——"

围困宫门的蜂人们四下张望，却见红翅大踏步走上宫门台阶，跟在他身边的一位千夫长大声喊道："女王已全权委托红翅将军监国，大家有什么事情，不要为难女王，请与红翅将军说！"

蜂人们闻言，纷纷将头转向红翅。

叶眉儿身边的女官怒斥那名千夫长："女王在此，哪有你说话的份！"但她的声音很快便湮没在蜂人们的怒吼声中。

"杀了蓬莱人，救我蜂人族！"在千夫长的带领下，他们举起拳头，高声怒喊。

警惕的宫廷禁卫们犹豫不决地把长矛对准了打算强行进宫的人群。

双方形成对峙之势，冲突一触即发。

成千上万的幻蝶此时突如旋风卷来，落到宫廷周围，一些体质过敏的蜂人，已开始激烈咳嗽。

红翅高声喊道："幻蝶来袭，快请驱蝶长者！"

他身边的那名千夫长揖手道："蓬莱诸人不除，驱蝶长者不肯现身啊！"

红翅一声长叹。

那名千夫长振臂长呼道："蜂人族生死存亡在此一举，大家冲啊！"他的愤怒迅速感染了其他蜂人，那些手持木棒、铁铲的民众与红翅旗下坚兵厉甲的蜂斗士一起，迅速冲垮了宫廷禁卫的防线，攻进了女王宫。

叶眉儿在随从的护送下，回到正殿，来到东侧室。蓬莱诸人一直待在那里，透过侧室的暗窗关注外面的动静。

殿外局势虽已完全失控，但那些肇事者暂时还不敢直接闯进正殿来，他们先在宫中其他地方细细搜索。

渭水仙姑道:"这场乱局由幻蝶而起,现在如果制住了幻蝶,或许能控制局势。"

"仙姑之言在理!"鲁打柴道,"幻蝶受驱蝶长者操控,想必这驱蝶长者也在附近,只要将他制服,不愁蝶灾不除!且待我出去会他一会!"说罢,拿起尖头斧就要出门。

渭水仙姑道:"驱蝶长者武功鬼神莫测,阴阳前辈、戒木大师不妨也与鲁学监一同前往,相互有个照应。"

阴阳老怪道:"正是!这次一定不会让这驱蝶长者跑了!"说罢,人影已像纸片一样飘到门外。鲁打柴和戒木大师连忙跟上。

三人才出殿门不久,便被一群蜂斗士发现,前来围攻。但以这三人的武功,一般蜂斗士哪能伤其皮毛,他们一边与蜂斗士周旋,一边四处搜寻驱蝶长者的下落。

他们一路打斗,到了女王宫的最西边,鲁打柴眼角余光突然注意到宫墙上坐着一个黑袍人,正伸开双臂,对着天空念念有词。

"驱蝶长者!"鲁打柴高喝一声,飞身过去。

黑袍人见状,径直从墙上仰身跌落,落到了宫墙之外。

鲁打柴等三人翻过宫墙,只看到了数十丈外一个黑色的背影,其速度之快,鬼神弗如。

阴阳老怪大喝一声"哪里逃",人也飘忽而去,宽大的衣袍猎猎生风,宫墙外的树枝竟然被吹得左右摇晃。

戒木大师和鲁打柴速度稍慢,跟在后面追了片刻工夫,前面两位早已不见了踪影。

鲁打柴叹道:"阴阳前辈和那驱蝶长者真是世所罕见的高手,若不是亲眼所见,怎么也不会相信凡人竟有如此快的速度!"

戒木大师道:"现在离女王宫已有十多里地,这驱蝶长者已被赶走,宫内的幻蝶没人指挥,也该飞散了吧!"

鲁打柴觉得有理,心中顿时松了口气,但二人也不敢滞留,急急赶回女王宫去。

第44章 逼宫

女王宫内，香风习习。那群幻蝶竟然仍在，它们在一只簸箕大小彩蝶的率领下，像一阵五彩的旋风，突而向高空飞行，突而俯冲下来，袭击宫内的人群。宫内一片混乱，四处都是神志不清、手舞足蹈的中毒者，严重的已面色发黑，倒地不起。在红翅等人的煽动下，这次蜂人们没有四处逃窜，他们抱着保家卫国的必死信念，一面忍受着幻蝶的袭击，一面在宫中搜寻蓬莱诸人，愤怒的情绪眼见就要把女王宫掀翻。

其他的地方都搜遍了，蜂人们最终将正殿团团围住。

鲁打柴和戒木大师在宫外见状，担忧正殿失守，径直冲进重围。那些蜂斗士突然背后受敌，他们虽然人多势众，但短时间内组织不起足够的反击力，眼睁睁地看着鲁打柴和戒木大师冲开一条血路，冲进正殿。

鲁打柴请戒木大师进殿报告情况，自己亲自在殿门外防守。戒木大师的四个机械人偶也早已被渭水仙姑调到门外，与宫廷禁卫一起守门。鲁打柴加入之后，防御力量瞬间大增，红翅旗下的数千蜂斗士，竟然一时也攻不进来。

戒木大师进到大殿东侧室，把驱逐驱蝶长者的情况告知众人。

果落落道："这驱蝶长者既然已走，为何幻蝶还在？莫非，这幻蝶使者果真只能驱蝶，却不能将蝶唤来？"

柳吟风附和道："这么说来，攻击西帝城，竟然是蝶群自发的行为？"

渭水仙姑沉吟片刻，道"我因采药之故，与上万种花鸟虫鱼打过交道，对蝴蝶的习性多少有些了解。蝴蝶应该不会有目的性如此强的自发行为，莫非在背后操控蝶群的另有其人？这驱蝶长者一直在西帝城装神弄鬼，不过是在掩护藏在背后的那个操控人罢了！"

果落落道："那究竟是谁在操控幻蝶呢？"

渭水仙姑道："经我观察，发觉那只簸箕大小的彩蝶是头蝶，所有的幻蝶，均跟随它行动。那只七彩簸箕蝶飞行时，没有普通蝴蝶的自在属性，就像只在风中飘忽的风筝，明显是被人操控了。在东方大陆，有一种人具有罕见的异能，这种异能一旦被开发出来，就能成为召唤师。

我怀疑,这七彩簸箕蝶是被召唤师操控了!"

听渭水仙姑提到召唤师,蓬莱诸人的眼光,竟然全部投向了叶眉儿。

叶眉儿微微色变,她在蓬莱学院时,曾几次展现过召唤小动物的本事。正因如此,她当初才会被蓬莱深深误解,以为她是在帮拜月魔教做事。

果落落见状,吞吞吐吐道:"眉儿,你不要误解啊,我们可不会怀疑你……"

叶眉儿淡然笑笑,道:"我的确会点皮毛的召唤术,当初幻蝶作乱时,我也曾想用召唤术把它们驱走,哪知用了几次,都不见效,这些幻蝶似乎完全不受召唤术的影响。"

果落落迟疑道:"如此说来,难道仙姑的判断是错误的?"

渭水仙姑并不见怪,道:"女王的召唤术对幻蝶不见效,极有可能是因为有召唤能力更强的对手,提前在幻蝶身上施加了召唤术。不知女王是否认识其他更高等级的召唤师?"

"难怪!我怎么没想到这一点呢?"叶眉儿豁然明了,"莫非,她也在西帝城?"

果落落道:"谁?"

叶眉儿道:"拜月教残月使——凤如花!"又黯然道,"我的召唤术,就是她教的。"

渭水仙姑道:"凤如花武功的确了得,而且多奇门异术,但在西帝城内从来没有发现过她的踪迹啊!"

叶眉儿道:"我试试吧!下级召唤师虽不能召唤上级召唤师,却有能力感知上级所在方位。"

渭水仙姑骤然失色,道:"女王慎重!我听闻下级召唤师对上级进行感知定位,乃逆势而行,十分耗费体能,危险重重,甚至……有性命之虞,女王请三思!"

商无期一直不说话,此时闻言,竟倏地站起身来,喘着粗气,紧张不已。

叶眉儿看他一眼,收回眼光,黯然道:"是我的命重要,还是四十万蜂族人的命重要,眉儿心中自有分量。我意已决,诸位不用为我担心!"

第44章 逼宫

她决然出门，走入一间密室。

微小密室之中，黑暗浩瀚无边。

她悬浮在黑暗之中，渺小如宇宙洪荒中的一粒尘埃。耳边只有轰轰的雷声，呼啸的风，她使劲睁大眼睛，只能看到墨汁一样浓稠的黑暗。

滚滚而来的潮水冲击着她的灵魂，冰凉的身子在水中忽沉忽现。

集中注意力，再集中一点……

很快就可以找到她了……

漆黑的天际边突然出现一朵浑浊的荧光，闪闪烁烁，忽明忽暗。

她向那朵荧光奋力游去。

一个巨浪滚滚而来，在礁石上拍出一声巨响，那朵荧光消失在水花四溅中……

啊……她在昏眩中被卷下水底……

冰冷冷的水竟然慢慢变暖，好舒服，真想泡在里面不再起来……

我乏了，想睡一会，好迷恋这种慢慢下沉的感觉。

好舒服，不再挣扎……

不，不要！有人在水底向她伸出手掌，似要阻止她的下沉……

那是他的脸……

焦灼而绝望的脸……

你，回去！眉儿，你快回去啊……

哦，无期哥哥，我回去，我听你的，这就回去……

还有四十万族人等着我……

我怎么把他们都忘了呢？

无期哥哥，我听你的……

因为，眉儿知道，你，也在上面等我！

她奋力浮出水面，看到天际边的那朵荧光又出现了，离她越来越近，越来越近……

好了，我就要抓住它了……

她奋力伸出手去。

荧光突然爆炸开去，化成一团暴虐的火焰……

"啊"地大叫一声，她头痛欲裂，失去了知觉。

密室之外的人，听到室内一声大叫，就再没了声响，不由得面面相觑。

商无期使劲拍了拍门，大声叫道："眉儿，你怎么啦？快开门啊！"

没有人回应这个脸色苍白的男孩。他心中泛起一丝绝望，后退两步，用整个身子沉闷地撞在门上，门开了。

屋外的光斜斜地射进密室，落在地上，落在叶眉儿身上。

她的嘴角，有一丝血迹。

商无期跪在地上，抱住她的头，哽咽……

渭水仙姑安慰道："你且别急，我来看看。"她翻看了叶眉儿的眼睑，又去摸她的脉搏。

叶眉儿突然缓缓地睁开眼……

众人重重地松了一口气。

"无期哥哥，我像是掉水里了，"她微弱地道，"你叫我，我就回来了，眉儿听你的……"

顿了顿，又对众人道："我感知到她的位置了，那个女人，凤如花，现就在宫中。"

"在宫中？"渭水仙姑惊道，"难道她混在红翅旗下的蜂斗士中了？"

"扶我出去！"叶眉儿平静说道。

商无期怔了一怔，还想阻止，叶眉儿已挣扎着要站起来。

"也好！"戒木大师道，"殿门外的攻击越来越猛，我们正好去帮鲁学监一把！"

蓬莱诸人闻言，扶着叶眉儿，一起向殿门方向赶去。

殿门外战斗正酣。

红翅带来的蜂斗士，有近万人之多，他们轮番对殿门展开激烈的进攻。大部分蜂斗士都只有一马力的战斗力，近千名十夫长、近百名百夫

第44章 逼宫

长大都是两三段的武功,这些人加在一起,共有一万三千多马力的战斗力,远胜于鲁打柴和四个机械人偶,以及少量的宫廷禁卫,但因为正殿的台阶较高,殿门又小,易守难攻,竟然一直没能攻下。

红翅有些着急了。

既然已经完全撕破脸了,就必须快刀斩乱麻,尽快结束战斗。刚才已有探子来报,虽然蓝衣和那些送膏药的属下已被红斑的人马围困不得脱身,但北城门方向却有异动,估摸紫衣很快就会带着旗下的蜂斗士赶来救援了。紫衣一到,局势就会更复杂,最终鹿死谁手难以预料。

眼前的情形,派普通的蜂斗士进攻怕是解决不了问题了。

红翅回过头,看了看身后的那群蒙面蜂斗士。

那群蒙面人心领神会,各自抽出兵器,挤上前去。

鲁打柴刚把一名蜂斗士踢下台阶,就又有两名蜂斗士从左右两侧挥刀砍来。鲁打柴没有太在意,这些蜂斗士与他相比,武功实在是差了太多个重量级,他并不想伤害他们,而且还必须保存体力,以便能在殿外防守更长的时间。所以,他每次出招,都只用了两三成的功力。

但这一次,鲁打柴错了,这次从左右两侧挥刀砍来的蒙面蜂斗士,功力明显不同于普通蜂斗士,出招的速度与力量大大出乎鲁打柴的预料。等鲁打柴意识到这一点时已经晚了,蒙面蜂斗士已然近身,他竭尽全力躲开了左边的一刀,但右边的那一刀几乎同时也到了,径直在他后背上拉开了一道大口子,血流如注。

蓬莱诸人正好走出殿门,见状大惊。右边那位蒙面蜂斗士正要补刀,戒木大师奔上前去,用利剑将其弯刀砸开。渭水仙姑抢过身负重伤的鲁打柴,往他伤口上洒了些铁头虫粉。

鲁打柴吐出一口鲜血,指着那位蒙面人道:"原来是你……何必蒙着面罩,难道有什么不可见人的地方吗?"

蒙面人哗啦一下撕掉面罩,哈哈大笑道:"姓鲁的,你鬼点灯爷爷在此!在南帝城你害得我好苦,这次还你一刀,算是扯平!"鬼点灯在南帝城被鲁打柴设计装入他自己的天山金蛛网中,用了十天时间才解开网口脱身,自然对鲁打柴恨之入骨。

这七位蒙面人,正是拜月三鬼、魏圆通和盗贼公会的三位分会长,武功均在六段到七段之间。南帝城失守之后,他们奉拜月教主之命,助守西帝城。

蓬莱这边,鲁打柴已经受伤,剩下的人中,戒木大师武功最高,已达八段;渭水仙姑七段;裘半仙学监六段;四名机械人偶,守门之前已被渭水仙姑调到了它们所能达到的最高段——六段;剩下的十多名学员,除商无期达到四段,其他都在四段以下。

双方这些高手,整体实力相当,一时间战成平局,双方各有损伤。

红翅在台阶之下挥剑高呼:"蓬莱诸人均已现身,各位将士,速速将其格杀!"

叶眉儿挣扎着站直身子,高声喝道:"大胆红翅!你竟然不上报本王,就将拜月城诸多高手私藏军中,到底有何阴谋?"她走下一级台阶,伸开双手,拦住了正要冲上台阶的蜂斗士们,"诸位将士,我们蜂族人不要听他人挑拨,自相残杀!幻蝶并不可怕,蓬莱已给我们送来治疗蝶毒的解药,只不过,这些膏药被红翅、红斑兄弟扣押,他们的目的,正是要搞乱蜂人族,大家千万不要上当!"

那些蜂斗士们面面相觑,不知女王的话是真是假。

红翅见状,亦大声道:"女王已中幻蝶之毒,精神错乱,大家赶快护驾,扶她进宫休息!"

红翅的几位亲信闻言,蠢蠢欲动。叶眉儿厉声道:"谁敢?"他们不敢造次,回头去看红翅。

正值此时,蝶群突然又从空中袭来,地面上顿时惊叫声一片。

红翅喝道:"大家快上啊,杀了蓬莱诸人,神教就帮我们驱蝶!"

"我们上当啦!"叶眉儿高声道,"拜月教不是救我们的人!相反,正是他们在操控幻蝶袭击蜂人族,目的是为了控制我们!那个真正能操控幻蝶的人,是拜月教残月使凤如花,她现在,就站在红翅身边!"

一些蜂斗士将眼光投向红翅,果然看到他身边还站着一位蒙面人,

第44章 逼宫

从身材上看的确是位女性。蜂人族是可以感知同族人的信息的，只不过今日现场混乱，没人调用感知能力而已。现在经女王提醒，他们果然就感知到这个蒙面人是外族人，心中不由对女王的话有了几分相信。

红翅身边的那位蒙面人此时再也按捺不住，她突然飞身而起，像个纸人一样飘向叶眉儿，人未及身，爪子已向她抓去。

在场的上万蜂人心中同时一沉。

数百年来，女王在蜂人族中的地位一向神圣不可侵犯，即便有些蜂人想杀蓬莱人，但对女王却丝毫不敢有不敬之意。今见女王有难，一些人早已奋不顾身扑上去救援。

眼见蒙面人就快要抓到女王，一个白色身影闪电般一晃而过，挡在了女王面前，原来是位白袍长者。他推出一掌，径直把蒙面人推开，在空中连翻了两个跟头，才在地面站定。

"阴阳老怪！"蒙面人一声惊叫，捂住胸，看来一招之间，她已受伤不浅。

白袍长者吹了吹胡须，道："凤如花，上次在中都城外的地宫中交过手，今日又见面了，还打吗？"

凤如花明知打不过，恨恨地看了阴阳老怪一眼，纵身一跃，很快就消失在了宫墙之外。

正在低空飞行的那只七彩簸箕蝶突然间有些徘徊，像一只断了线的风筝，摇摇欲坠。上万只幻蝶也不再攻击蜂人，只是跟着那七彩簸箕蝶摇晃不已，现场一片混乱。

阴阳老怪突然掏出一个布袋，纵身跳起两丈多高，扑向那只七彩簸箕蝶，待他落回原地时，七彩簸箕蝶已被他装入袋中。

"这趟西域没有白来！"阴阳老怪满足地手舞足蹈，"这只蝴蝶可是稀世之宝！"

那上万只幻蝶顿时像无头苍蝇一样，团团悠悠地转了片刻，就散得无影无踪了。

正在殿外台阶上酣战的八位蒙面人见凤如花已负伤败走，而蝶群又散去，再也无心恋战，他们交换了一下眼神，突然一起撤离，转眼便消失在人群之中。

"诸位将士，不要犹豫，杀了蓬莱人，兴我蜂人族！"红翅犹在做最后的挣扎。

红翅身后的一位年轻的百夫长，突然拔出弯刀，径直砍向红翅……

武功七段的红翅，猝不及防间，颈间中刀，鲜血四溅……

"多行不义，必自毙！"那位百夫长环视四周惊愕不已的人群，平静地说道。

这名年轻人是5505！

他扔了弯刀，向正殿单膝跪下，高声呼喊："女王万岁！"

大多数蜂人其实对红翅分裂蜂人族、专权弄政早有不满，而今又弄清了幻蝶之灾的真相，对红翅更是激愤不已。在5505的带动下，宫墙内上万名蜂人瞬间拜倒，齐声高呼：女王万岁！"

王宫之外，传来一阵急促的马蹄声，紫旗招展，紫衣的援兵也赶到了！

叶眉儿静静地站在殿阶之上，紫红色的王裙在风中猎猎飞舞。

第45章　狼王门

幻蝶之灾，历时近两年，死亡蜂人5385名，伤者数万，是蜂人族有种族记忆以来的最大一次灾难。要不是有渭水仙姑炼制的药膏，伤亡必定会更大。红翅被部下斩杀之后，红斑旗在蓝衣、紫衣两旗的夹攻下迅速溃败，武功七段的红斑仓皇逃窜，不知去向。因这次灾难乃祸起萧墙，是由红翅、红斑兄弟勾结外族人而造成，蜂人族历史上也称之为"双红之乱"。

蓬莱诸人在数日的战斗中也有些损伤，鲁打柴和裘半仙两位学监受了重伤。他们在西帝城休养了近十天后，伤情也不见大好，两位学监商量，决定带着学员们回中都。

一些没受伤的学员听到这一决定之后，长长舒了口气，在见识过如此惨烈的战斗之后，他们早已意志崩溃。

但也有持反对意见的人，坚决要去北帝城。

他们的理由是：如果半途而废的话，先前的苦头就全部白吃了。

知难而退，绝对非蓬莱精神所倡导。

这些人包括商无期、柳吟风、果落落、李微蓝、蒙恬五位学员。

他们武功都不太高，鲁打柴学监实在有些放心不下，但见他们意志坚决，最终只是叹了口气，算是同意了他们的要求。

渭水仙姑已在大战时顺手捕捉到了一些幻蝶，完成了采药任务，本来可以回中都了，但她看去北帝城的人势单力薄，自己毕竟也出身蓬莱，实在是于心不忍，就邀戒木大师与阴阳老怪一同前去。戒木大师自不用说，他一向对渭水仙姑唯命是从，阴阳老怪向来无所事事，是个标准的闲人，近日又因捕获了七彩簸箕蝶心情大好，马上就同意了渭水仙姑的建议。

鲁打柴见有三位高手陪同学员们前往，这才心下稍安。

这天正要出发，叶眉儿突然骑着凤辇龙，带着个千人大队来到，一时间旗帜招展，好不热闹。

果落落笑道："眉儿好大的排场，送个行，竟也弄得如此拉风！"这些天她们小姐妹们总粘在一起，言行举止早已如同在蓬莱学院时一般随意。叶眉儿身边的那些女官和近卫们，也早都见怪不怪了。

"我哪里是送行？"叶眉儿含笑道，"我思忖那幻蝶虽走，但背后驱使之人却仍在，保不准哪天她又将幻蝶唤出，危害族人，所以我决定与你们同去拜月城，找到拜月教主，讨个说法，不要再让这幻蝶危害西帝城！"

"也好！也好！"果落落连声道，"这样就可以天天守在你无期哥哥的身边，再也不用担忧他的安危了！"

商无期闻听叶眉儿同去，心中大喜，此时突遭果落落调侃，脸竟然红到耳根。

叶眉儿也满面羞红，道："死落落！"她再不理会果落落，也不看去商无期，只是转头吩咐身边的千夫长准备出发。

那名年轻的千夫长揖手道："遵命！"

商无期惊喜地发觉，这名千夫长竟然是他唯一的蜂斗士朋友——5505！

因平叛有功，5505获得了火箭般的提升。

成为蜂人族最年轻的一名千夫长。

从西帝城北门出发，有条唯一的小道通往北帝城。大队人马在这样

第 45 章 狼王门

的小道上行军，速度必定不会太快。前面的步兵稍微要快一些，后面马队拉着辎重粮草，时时会卡在狭窄的山道上，费尽力气才能通过。浩浩荡荡地走了近十天，路边的戈壁和沙漠慢慢变成了稀疏的草场，远处偶尔会出现帐篷和牛羊，看来附近有游牧部落的居住点。

此时已到了一块宽阔的草地，眼见天色已晚，渭水仙姑建议在草地上休息，叶眉儿忙命令蜂斗士们搭起帐篷，生火造饭。

篝火烧起来时，天色已全黑。不远处的暗地里突然传来凄惨的马嘶声，5505 立即握紧了刀柄，赶过去巡查。蓬莱的几个学员一直和他在一起，连忙跟上。

一匹马的后腿被撕咬得血淋淋的，一位牧马的蜂斗士正对着不远处的一个黑影高跳着叫骂。从黑影的身形和绿莹莹的眼珠来看，那应该是一头狼，它安静地蹲在那里，好像并不急着离开，似乎戏谑地看着愤怒的蜂斗士。

"沙狼！"蒙恬的语气竟然有些惊喜。

其他的人有些奇怪地看了蒙恬一眼，不知他在激动什么。唯有商无期心中一动，他想起第一次与蒙恬结识时的场景，嘴角边竟然露出一丝笑意。那是蒙恬十三岁的生日，他为自己点的生日礼物竟然就是一头沙狼，谁知沙狼被调包，当蒙恬打开笼子时，滚出来的不是沙狼，而是商无期！谁也不明白蒙恬为什么会如此迷恋肮脏而丑陋的沙狼，但商无期似乎隐隐约约能理解他的兴奋。

他的朋友，蒙恬，好像天生就属于草原，属于大漠。当商无期扭头看他时，竟突然发觉他与不远处的那头沙狼身上，具有某种相同的气质：隐忍、孤傲、自信，或许还有点桀骜不驯。这一发现让商无期脸上再次淌出笑意。

"这个家伙，胆儿太大了，竟敢到篝火附近来偷袭马匹！"5505 拉开了弓箭，对准了不远处的黑影。

"且慢！"蒙恬按下了 5505 的弓箭，"如果不是饿极了，它不会到这里来！"蒙恬从怀中掏出一大块酱牛肉，远远地抛向那头孤狼。

那头狼一跃而起，在半空中叼住牛肉，头顶的一撮白毛在微弱的火花中显得极其打眼。四肢还未落地，它已旋转身子，消失在远处的黑暗中。

夏夜凉如水。

除了值夜的蜂斗士，其余人均已沉沉睡去，越烧越薄的篝火突明突暗，也像在打瞌睡。

营地附近突然出现了一声警惕的马嘶，值夜的蜂斗士揉了揉惺忪的睡眼，看到数十丈远的地方，蹲着数十头沙狼。

值夜的蜂斗士感到有点难以对付，他吹响了警哨。

蜂斗士们操着兵器，纷纷从各个帐篷中钻出来，与那群狼对峙。

狼群完全没有害怕的意思，反而做出了个集体前倾的动作，这看上去像是进攻的前兆。

蹲在最前面的那头沙狼，头顶上赫然一撮白毛。

"狼是喂不饱的！"5505狠狠骂道，"忘恩负义的东西，竟然把整个狼群都带来了！"

他再次抽出一支箭，搭了弓上。

"不行！"他身边的蒙恬再次按下了5505的弓箭。

5505奇怪地看了蒙恬一眼，"你跟这群狼是亲戚？"

"上天让它们在这里生存，就必定有让它们生存的道理！"蒙恬淡然道，"再给它们一些吃食吧！"

5505嘎嘎嘎地笑了，他当然不会同意蒙恬这个荒唐的建议。他一扬手，他身边的数百名蜂斗士已同时抬起了手中的弓箭。

白毛沙狼往后缩了缩身子，然后弹簧般地跳起来，径直冲过来。

后面的数十头沙狼一拥而上。

它们竟然主动向人类发起了进攻。

5505睥睨了蒙恬一眼，庆幸自己刚才做出了正确的决定，他果断放下扬起的右手，蜂斗士的羽箭立即雨点般地射了出去。

草地上响起一阵短促的嗷嗷惨叫，那是中了箭的沙狼发出的。但惨

第45章 狼王门

叫的狼群丝毫没有放慢进攻的脚步，所有的沙狼，包括受伤的，没受伤的，身上还插着羽箭的，带着风一样的速度，转瞬间就来到了蜂斗士面前。蜂斗士们大惊失色，他们仓皇抽出利剑，对准狼群胡乱砍杀，片刻间草地上就多了七八具沙狼的尸体。蜂斗士阵营也略有损失，四名蜂斗士被咬伤，其中一名十夫长竟然被一头背上中箭的恶狼一口咬掉了整个手掌。

在实力悬殊如此之大的情况下，这些沙狼竟然主动挑衅，唯一合理的解释只能是，它们已经饿疯了。这群疯子表现出来的凶残，让蜂人们真正明白了，为什么对各种巨兽都已司空见惯的漠北草原民族，提起看似不起眼的沙狼会勃然变色。沙狼这轮攻击没能持续多久，在蜂斗士强有力的反击之下，一些沙狼在火堆边叼了块蜂人们吃剩下的肉骨头，掉头狂逃，一些没吃到肉骨头的沙狼，在逃跑中心有不甘地扭转身子，似乎还要回头来抢食。它们的嚣张彻底激怒了蜂斗士们，在那名断了手掌的十夫长的惨叫和痛骂声中，数百名蜂斗士操起弓箭和兵器，冲向那些不知死活的沙狼。

狼群在蜂斗士的追逐下，玩命逃窜，可只要蜂斗士们放慢脚步，它们就又转过身来，做出准备反攻的姿态，似乎只等那些蜂斗士转身回营帐时，就会从背后扑过来，咬断他们的脖子。

那么，打吧，灭了它们，一只不剩！

愤怒的蜂斗士冲向黑暗深处，向那些绿莹莹的眼睛放出急雨般的利箭。

直到那些绿莹莹的亮光在惨叫声中慢慢变少，慢慢消亡。

5505这才擦了一把脸上的汗渍，心满意足地准备回去，远处的营地处突然传来一声无比惨烈的马嘶，5505心中一沉。

更多的马嘶声响起，一阵紧过一阵，一声惨似一声。

完了，中计了！5505现在连死的心都有了！

现在离营地已有两里多地，当5505带着蜂斗士主力部力赶回营地时，战争已经结束了。

说是一场屠杀，其实更准确些。

在留守的蜂斗士们断断续续的惊惧描述中，5505大致知道了事情的经过：在他们走后，上千头沙狼突然从黑暗中拥来，袭击了营地附近的拉辎重粮草的马群，两百多匹马，无一幸免，全部被咬死，很多马被开膛破肚，热乎乎的内脏无疑是沙狼们的最爱。事情发生得太快了，纵然营地里还有戒木大师等高手，但毕竟人数有限，短时间内哪能应付得了数量如此庞大的狼群？他们所能做的，无非就是多打死几十头狼而已。

没有人再有心思睡觉，包括女王叶眉儿在内，大家重新烧起了篝火，一直坐到了天亮。

"都怪你！难道你不知道，狼是怜悯不得的吗？"一名蜂斗士终于打破了沉闷，对着蒙恬发出了抱怨。

就像一块石头被抛进了平静的水面，草地上顿时群情激奋，更多的人加入了对蒙恬的讨伐。

蒙恬沉着脸，一言不发。

后来他站起来，像是要离开。

商无期连忙道："蒙恬，这事也不全怨你！"

5505也有些愧疚，昨晚的损失同他指挥失当绝对有关系，他站起身来，却不知说什么好，转而又坐下了。

蒙恬回过头，看了商无期一眼，像是勉强给了他一个笑脸。

此时太阳已快升起，天边露出红霞，大家以为，蒙恬想走走，散散心而已。

谁知他竟再也没有回来。

接下来的路途，走得格外沉闷。因为没有马匹，大量的粮草辎重只能靠人拉，速度就更慢了。走了两天，前面一个山坳之中，突然出现大片大片的帐篷，看来这是个不小的草原集镇。众人顿然来了精神，想着进了集镇就可以买到马匹，他们一鼓作气向前方的山坳处冲去。

刚到集镇，就有一大群面黄肌瘦的人主动围了过来，羡慕地看着蜂斗士们挑着的粮草。

第45章 狼王门

5505问道:"此处是何地?可有马匹交换?"

其中一人答道:"此处是沙狼坳。马都饿死了,我们上万人的沙狼部落,已剩下不到一千匹马,哪还有换给你们的?"

柳吟风奇道:"此乃夏季,马如何能饿死?"

"这两年野兔成灾,草根都被它们啃掉了,牛羊马都没得吃了!"那人答道。

"哦,还有这事!"柳吟风道,他突然想起这两天来,看到的草场都是光秃秃的,好像被火烧过一样,当时隐隐觉得奇怪,只是未往心里去。

"那你们为什么不离开这儿呢?"商无期看到对方穿的是游牧部落的衣服,心想找片好草地去放牧,应该不是个难事吧?

那人眼中露出一分感伤,"这个山坳一直水草丰美,极其养人,我们沙狼部落祖祖辈辈在这儿生活上百年了,一直衣食无忧,早已舍不得离开。你别看我们穿着牧民的衣着,住着帐篷,但你看看,我们的帐篷和别的草原部落是不相同的。"

商无期等人这才注意,路边的帐篷都是用粗大的木桩、铜丝固定在地上的,根本不可能随便迁移。看来,这个部落虽然还保留着游牧部落的某些传统,但生活方式其实与内地的中原人已有几分相似。

"你们是来换马匹的吧?"边上突然有个五大三粗的沙狼青年大声道,"你们先把这些粮草给我们救救急,来年待马下了崽再补给你们,如何?"

好多沙狼人随声附和,有些心急的已迫不及待去解粮车上的麻绳。

5505抽出弯刀,厉声喝道:"你们打算抢劫吗?"

那些沙狼人也唰地亮出了兵器,"我们沙狼人说话向来算数,马匹来年一定给你们,这些粮食我们也要定了!"

更多的沙狼人也举着兵器从远处跑来,上千人的蜂斗士队伍,竟然被他们团团围住。看来这个部落的确不小。

双方形成对峙之势。

凤辇龙打着响鼻,颠颠地跑了过来,龙背上坐着三个女孩,除了叶眉儿，果落落和李微蓝二人竟然也在。这两日苦行军，叶眉儿一直邀请她们二人同骑。

沙狼人被高大威猛的凤辇龙唬住了，都停止了动作，看着龙背上神一样的三个女孩。

叶眉儿缓声道："你们缺粮草，匀你们一些也不是什么大事，但你们如此大的部落，做事还是得讲个礼仪吧？"

沙狼人闻言，竟然面有愧色。

一位长者道："我们请左将军来与贵方具体交涉吧！"说罢，就差人速报左将军。

果落落道："为什么是左将军？堂堂蜂人族女王，不是应该同你们沙狼部落王会晤吗？"

长者惊道："原来是蜂人族女王驾到！蜂人族乃西域大族，按礼确该由沙狼部落王接待，只不过本部落自先王十多年前去世之后，就一直没有新王，部落大事均由左右两位大将军裁定！"

正说话间，一群手握刀柄、身被重甲的沙狼勇士来到凤辇龙前，为首的勇士弯腰行礼道："左将军帐营有请！"

叶眉儿略一思忖，决计带上蓬莱诸人，以及5505千夫长同往。

左将军的营帐在位于部落中间靠西的地方，帐篷明显比普通帐篷高出几倍，看上去像一座小小的宫殿。诸人进了帐营，早有位五十多岁的精瘦老人迎上来，给叶眉儿施礼，想必他就是左将军了。

叶眉儿回了礼，诸人按主宾之座坐定。叶眉儿表达了愿意捐赠粮草的想法，左将军大为感动，起身揖手称谢。两个部族同意建立外交关系，从此交好。

叶眉儿道："听闻沙狼部落原来也是富庶之邦，不知为何陷入如此困顿？"

左将军叹了口气，道："沙狼部落原本是草奴族的一个分支，一百多年前来到这沙狼坳，定居下来，一直与中央帝国友好相处，生活习性

第45章 狼王门

慢慢与中央帝国接近。草原上草奴部落甚多，性情各异，但野莽好战者居多。前几年，草奴族其他部落南侵中央帝国，掠夺财物，帝国派太尉百里封疆兼任三军元帅，亲自率部出征，平定草奴之乱。百里封疆兵分几路，将草奴各部逐一追杀到极北苦寒之地，可他们一撤兵，草奴各部又立即南下，这样反反复复，中央帝国也不胜其烦。有一支中央帝国军队见我沙狼部落也属草奴族，数次来征讨，我们尝试与他们友好沟通，但他们毫不理会。好在我沙狼部落向来骁勇善战，连连击败他们，几次无功而返之后，他们不再与我们交战，反而在沙狼坳边境开设了'互市'，交易双方特产，这样皆大欢喜。这沙狼湾有水有草，养活各种动物牲畜，沙狼上百年来也一直在这儿出没，'沙狼坳'正以此得名，沙狼偶尔侵犯牛羊，但与我们基本算是相安无事。这两三年，互市里的中央帝国商人说中都城里流行狼皮衣帽，狼皮的收购价几乎日日上涨，我部落里的一些族人，慢慢放弃了养马放牧，改成了以捕狼为生，短短两年间，沙狼竟然被捕杀殆尽，剩下的狼群也被赶到了西边沙漠之中。沙狼的主食是野兔，没了沙狼之后，这繁殖能力极强的野兔一日较一日猖獗，加上野鼠，转眼间将草场啃了个底朝天，这两年牛羊本来就在减少，兔灾之后更是所剩无几。因为可以拿狼皮同中央帝国的商人换粮食，起初我们并没有太在意，可前些天，中央帝国突然拆了'互市'，那些粮商一夜间消失得无影无踪。我们这才明白中了中央帝国的诡计，但也实在舍不得离开这儿，只能靠打些野兔野鼠度日，可草场被毁，接下来兔鼠也饿死了，族里开始闹起饥荒。中央帝国军队就驻扎在我族东面二十多里处，我估摸着我们若还不走，他们近日可能会趁我们给养不足，发动进攻了！幸好你们到来，给我们补充了些粮草，足可支撑一段时间了！"

蓬莱诸人，包括商无期在内，一直接受中央帝国最正统的教育，心中爱憎分明，向来是立场坚定地站在中央帝国一边的，现见左将军把中央帝国军队说得如此狡诈不堪，心中隐隐有些不快，但从左将军的表述来看，又看不出他是在撒谎，一时间竟不知说什么好。

倒是叶眉儿和5505，此时的身份是蜂人族的代表，能设身处地为沙狼部落考虑，也没觉得左将军话中有什么不妥。但叶眉儿还是能看出蓬莱诸人心中的不快，转移了话题，道："敢问左将军，哪儿是北帝城？"

左将军立马警惕起来，道："你们打听北帝城干什么？"

叶眉儿看左将军表情突变，心中突地一动：莫非……

在座的蓬莱诸人中，渭水仙姑无疑最为聪明细致。叶眉儿看了渭水仙姑一眼，却见仙姑也正看向自己，心中已然明白，仙姑心中所想的和自己是同一个问题。

这儿，会不会就是北帝城？

在漠北地区，这样固定的集镇并不多见。一个游牧部落，固守在这个山坳不走，原因不会仅仅只是留恋故土吧？也可能是在为拜月教守城吧？

看着渭水仙姑向自己微微点头，叶眉儿更坚定了自己的判断。她道："不瞒左将军，我乃拜月教西域蜂王，有要事需面见拜月教主，而北帝城是通往拜月城必经之道，是以问之！"

左将军面露诧异的神情，像是在思忖叶眉儿话中的真假。

叶眉儿见状，从口袋中掏出一块半月形的绿色玉牌来。这样的玉牌，拜月教五王手中均有一块，可凭此识别身份。

左将军像是舒了口气，道："不瞒蜂王，沙狼坳便是北帝城！沙狼部落王，同时也是拜月神教漠北狼王！"说罢，也掏出一块相同的玉牌，解释道："但因本部落尚无新王，神教漠北狼王的这块玉牌暂且由鄙人保管！"

原来，拜月教五王均是与教主单线联系，彼此间都不知对方是谁。叶眉儿和左将军把话说穿，双方顿时觉得亲热了不少。

叶眉儿道："既然是一家人，将军可否告诉我，从北帝城如何去拜月城？"

左将军叹了口气道："且跟我来！"

诸人跟在左将军身后，出了帐营，向北行了一炷香工夫，来到山坳

第45章 狼王门

北边的一座大山脚下。"这座山,叫狼王山。"左将军一边介绍,一边带着诸人,沿着山坡一路往上,拐了几道弯,来到一个山洞前。这个山洞像是人造,呈规则的圆弧形,洞口是一扇紧闭的石门。

"这个洞,叫狼王洞;这道门,叫狼王门。"左将军道,"通过这扇门,就可以看到拜月城!"

果落落急忙道:"那拜托左将军打开门,让我们过去吧!"

左将军看了看叶眉儿,一摊手,道:"教主在拜月城修炼九段神功,不喜人打扰,所以十年前修了这扇石门。这扇门,只有用教主的令牌才能打开。教主闭关十年,将唯一的令牌交给残月使使用,教主的命令也全靠残月使来传达。"

叶眉儿道:"那就是说,若无令牌,其他人就无法通过了!"

"其他人?"左将军机械地重复了一句,"其他人……教主闭关前告诉我们,只有将来的神教漠北狼王,也就是我部落的新王,不拿令牌也能通过!但本部落自老王去世之后,已十多年没有新王了,我们也正着急地等待能开门的人呐!"

果落落道:"我倒要看看,这道石门有何神奇之处!"说罢,她就要上前推那扇门。

左将军顿然变色,急喝道:"休得鲁莽!"

但为时已晚,果落落手掌已然推到了那道门上,门上突然火光流溢,似有雷电过境,果落落尚来不及缩手,整个人就被重重地弹开,仰面跌倒在地,手掌已全黑,脸色苍白不省人事。

众人大惊,渭水仙姑连忙扶起果落落,往她嘴里塞了一颗速效救心丹,又反复切其脉搏,估计尚能保住她性命,这才放心。

左将军沉痛道:"这十年来,每年我们都会挑选几个有王者之相的族人,希望他们能打开这道门。很不幸,这门口迄今为止已牺牲二十三人了……"

众人皆骇然,决定先回北帝城住下,再想对策。

黄昏，残阳如血。

沙狼坳西边的山谷中，一声凄厉的狼嚎传来，令闻者头皮发麻。

一些沙狼人走出自家的帐篷，彼此间交换着恐惧的眼神，道："前两年这些畜生被我们打得四处逃窜，现在好像是疯了，竟然时时主动来攻击我们！"

一位老者叹道："饿得活不下去，就不怕死了！"

那些族人把家中所剩无几的牛羊牲畜拉进了帐篷，手持尖刀利斧，准备极力保护自己最后的家产。

蓬莱诸人和蜂人族的营地设在沙狼坳的西北角，他们均见识过沙狼的凶狠，也积极准备防御。

渭水仙姑道："沙狼是很现实的动物，哪儿有吃食就往哪儿去。可眼下沙狼坳正闹饥荒，牛羊所剩不多，兔鼠也很少见，它们为什么还盘踞在这儿不走呢？"

戒木大师道："我出去看看。"

商无期等几位蓬莱弟子也要跟去，戒木大师同意了，他们带了四个机械人偶出了门，向西边的山谷中行去。

狼群还在山谷中嚎叫，一声紧似一声，相互呼应，可能是在召唤同类。按照沙狼的习性，在天黑之前，它们应该不会发起攻击。戒木大师一面叮嘱诸位弟子要小心，一面往山谷中走，刚进山谷，就发现地上有一行新鲜的血迹。戒木大师蹲下身子仔细查看，商无期又在附近找到了一些碎肉块。

戒木大师道："这些碎肉块应该不是食肉兽留下的，眼下附近正闹饥荒，食肉兽抓住了吃食，骨头都会嚼碎了咽下，哪有剩肉的道理？再说，这碎肉的边缘很光滑，也不像是被食肉兽撕开的，而像是被刀斧切开的，所以，这些肉块必定是有人故意放在这里的！"

商无期道："那会是何人所为？"

戒木大师道："再往里走走。"

几个人又向山谷中走了两三里地，柳吟风又发现了一堆碎肉块。

第45章 狼王门

戒木大师道："我推测，每往里走两三里地，就会发现一堆类似的碎肉块。现在情形已很明显，有人故意在这山谷中放置新鲜的马肉，逐渐将沙狼群从远处吸引到沙狼坳。这些马肉分量也很有限，只是引子，狼群吃不饱，但野性却被激发出来，最终必定会在山坳中攻击沙狼部落的牛马牲畜！"

蓬莱弟子闻言皆惊，道："那会是谁干的呢？"

戒木大师叹口气，道："如果我估计的不错，中央帝国的军队一定就在附近虎视眈眈，他们在等待沙狼人与狼群打得两败俱伤之后，大举进攻，对沙狼部落发出最后的致命一击！"

众人闻言，一时间竟不知说什么好。他们原以为草奴人都是凶狠狡诈的嗜血恶魔，可在与沙狼部落接触了之后，却觉得他们本质上与中央帝国百姓也没什么两样，同样珍惜不可割舍的亲情，同样遵循可以判断的是非，高兴时会喝酒，同样会有欢快的笑声从内心深处溢出，面对不堪的生活处境，同样会伤心会恐惧会害怕。那么中央帝国的军队呢？他们有错吗？他们怀揣着平定边疆的理想，手里或许正攥着妻儿留给自己的信物，寻思着尽早打完这一仗就可以回家与家人团聚。他们的理想和信念，不也正是蓬莱学院时常教给弟子们的吗？

好像都没有错。

但那为什么会有战争？

蓬莱弟子们顺着戒木大师的眼光，抬头向上看去，却见一面镶着红边的黑色旗帜在远处的山坡上一晃而过。

那正是中央帝国的军旗。

这座山不算太高，但山势纵横交错，地形复杂。山路十八弯，曲折向上，半山坡上竟然藏着一处开阔的平地。平地之上，帐篷鳞次栉比，黑旗猎猎，俨然是一处军营。

一位少年拄着一根木棍，像是走了很久的路，从一条崎岖的小道上，慢慢爬上这块平地。

此时，黄昏的太阳正好落在他身后，映射着他疲惫的身影。

"站住！"几位身披盔甲、手持长矛的军士挡住他的去路。

少年抬起头，看着不远处随风飘扬的黑旗，拱手道："这儿可是中央帝国的军营？"

"你是什么人？"长着络腮胡子的军士长，傲慢地扬起手，将长矛对准了少年的额头。

"是我先发问的！"少年沉声道，"所以，请你先回答我的问题。"

络腮胡子怔了怔，纵声大笑，好像听到了一个过于荒唐的笑话，之后他倏地收起笑脸，脸上换上了极度厌恶的表情。

"抓起来！"络腮胡子道，"这必定是沙狼部落的奸细！"

"混账！"少年厉声喝道，"我中央帝国的军人，竟然不分青红皂白就胡乱抓人，是谁给了你们如此嚣张的权力？"

几位军士在少年的怒斥声中收起了傲慢，他们用疑惑的眼光打量着这个不怕死的少年，心中猜测着他的来历。少年只有十四五岁的年纪，但在他略显稚嫩的脸上找不到任何惊惧的痕迹。

络腮胡子在十多年的行伍生涯中，见得最多的，无疑是各种慌乱与恐惧的脸，因而对少年脸上的凛然正气颇感不适。他强压住心中的怒火，道："这儿的确是中央帝国的军营，敢问阁下何人？"

"我嘛……"少年迟疑了一下，道："是一位前来献计的帝国子民！"

络腮胡子抓住了少年眼中的那丝迟疑，已料定他并非什么惹不起的世家子弟，不过是个虚张声势的沽名钓誉之徒而已。

"献计？"他戏谑看着少年的脸，"献什么计？"

"平定边疆之计！"少年平静地回答。

"好！"络腮胡子与身边的军士对视一眼，兴致盎然道，"你且说说，你有何良计？"身边的那些军士也跟着起哄，看来山中的日子的确枯燥乏味。

"请问，百里太尉……在营中吗？"少年的语气中像是又多了一分迟疑，"我想，直接与他说！"

络腮胡子吃惊地瞪圆了眼睛。

"大胆！"他呵斥这个不知天高地厚的少年，"百里太尉怎会见你……你是来刺探军情的吧！"他已没了逗弄少年的心情，手中的长矛已扎向少年颇为清秀的脸庞。

五大三粗的他，对这些清秀俊雅的少年向来有着本能的厌恶。

少年并未躲闪，只是在长矛快要刺到面前时，才倏地伸出一只手，抓住了那矛杆，顺手一掰，竟将那矛杆掰成两段。

其余军士大惊，已操起各种刀枪剑戟，前来围攻。

少年顺手操起一直拄在手中的那根木棍，阻挡几名军士的进攻，却并不怎么反击，只是时不时瞅准空子踹出一脚，将那些军士一一踹飞。

他看似并不想伤害他们。

几名军官纵马而来，停下来看着少年与那些军士打斗。

中央帝国的军官分为几级：太尉、都尉、校尉、下尉、军士长。太尉掌管全国军事，一个都尉掌管一个万人军团，一个校尉掌管一个千人营，下尉掌管百人，军士长掌管十人。

中间那位军官身着都尉服，已是帝国高级军官。

他看着蒙恬，赞叹道："好身手！武功应该在三段以上，在他这个年龄的少年人中很是罕见！"

边上一位校尉笑道："辛都尉向来惜才，何不将其纳入军中？"

辛都尉拈了拈胡须，也笑道："那也得看他自己乐意不乐意。"

那校尉高声道："少年人身手不错！都尉大人问你，是否愿意参军，为国效力？"

诸位军士发现辛都尉来到，早已停止了围攻。

少年拱手道："我要见百里太尉！"

"有什么话，你对我说，可好？"辛都尉和颜悦色道。

少年迟疑了一下，道："我来献平定边疆之策！"又道，"孙子曰：夫用兵之法，全国为上，破国次之；全军为上，破军次之。不战而屈人之兵，善之善者也。故上兵伐谋，其次伐交，其次伐兵，其下攻城。攻城之法，为不得已。草奴各部，善恶有别，沙狼部落受中央帝国民俗影响颇深，早已不是茹毛饮血之邦，与其死战，不如与之交好，恢复边贸，双方定能相安无事，边疆太平！"

辛都尉微微颔首，似乎很赞赏少年的想法。

"所以，我要面见太尉！"少年大声道，"他一定会撤军的，化干戈为玉帛！"

辛都尉微微摇头，他看似很想说点什么，但欲言又止。

"你的建议，我会转告太尉的！"辛都尉最后说道。

"那太尉何时会撤兵？"少年显得不依不饶。

辛都尉苦笑了一下。

到底是少年人，纵然天资聪慧，但又如何能领悟到成人世界的复杂？从历史上看，草奴族的确给中央帝国造成过很大威胁，二十多年前，额尔拉部统一了十多个草奴部落，人口达百万以上，其首领大单于甚至曾有过吞并中央帝国的野心，蓬莱学院创始人易不世因此带领弟子偷袭大单于，却反被草奴人包围，殒身漠北。但奇怪的是，仅仅一年之后，额尔拉部大单于不知为何突然死于非命，草奴族再次分崩离析，已完全无法对中央帝国构成太大威胁了。不要说太尉，就是作为太尉心腹的他，又如何不知道现在开设互市比交战更有效？但战，或者不战，又岂是太尉能决定的？中央帝国以武立国，横扫东方大陆，可以说，皇室的荣光曾经一直与战争形影相随，但现在已建国数十年，朝野上下奢靡之风渐盛，官吏贪图享乐，军队战斗力削弱，需要通过一些小型的战争来提振士气，凝聚人心。再说了，还是经常会有草奴部落南侵，不狠狠教训他们一下，边疆如何安宁？只可惜那些草奴部落太狡猾，总是抢一把就跑，也追不着，只有沙狼部落死待在这儿不走，部落刚好也是不大不小，正适合拿来练手，不打它打谁？反正沙狼人也属于草奴族，今天看似驯服，并不意味着将来也一直驯服，只有把他们撵得远远的，朝廷和百姓才能放心啊！

想至此，辛都尉笑道："太尉何时撤兵，那我就不知道了！少年人，如果你不愿从军，就请回吧！"

第45章 狼王门

"我必须见他!"少年盯着辛都尉的眼睛。

辛都尉也看着这位倔强的少年,心里有点烦了,正寻思着如何打发他,却听见他一字一顿地说道:"因为,他是我父亲!"

辛都尉怔在了那里,他这才看到,少年汗水潸潸的额头上,有一道刀疤一样的胎记。

他突然记起什么来了。

他与百里太尉关系颇近,曾经两次在太尉府中见过这个长有胎记的少年。

他的手突然有些发抖,一时之间,竟不知道该如何处理这件事了。

少年期冀地望着辛都尉。

是啊,父亲。

他也许就在不远处的某个帐篷中,与将军们商量军国大事。

自己努力挣扎了十四年,竟然没有在苦难中沉沦,为的不就是有一天能在这茫茫大漠中与他相见么?

但相见了又能如何?

向他证实自己?

为已死去的母亲证实自己?

让他去后悔,当初不该那么漠然地对待自己的母亲?

因为,她同样也为他诞下了一位优秀的儿子!

但是,即便这样,又能如何?

少年眼中的期冀之光,慢慢黯淡。

但让他的世界彻底黯淡下来的,是辛都尉接下来与他的对话。

辛都尉摆出一副疑惑的神情,道:"太尉是你父亲?那么,你叫什么名字?"

"蒙恬。"他小声,但有力地回答。

"太尉姓百里,不姓蒙。"辛都尉的话冰冷冷的,已没有了一丝温度。

"这么说,他是不愿意见我了!"少年艰难地说道。

"少年人,请回吧!"辛都尉道,"我记得,太尉只有一位独子,叫百里乘风。"

少年脸上露出一种奇怪的笑容。

这种笑容只属于那种极度善于控制自己情绪的人。

当这种笑容出现的时候，内心里必定如火山爆发。

他拄着木棍，转身离开。

辛都尉看着少年还略显单薄的背影，竟然叹了口气。

"都尉大人！"他身边的那位校尉问道，"他真是太尉的儿子吗？"

"是。"辛都尉道，"但他同时也是太尉心中的一道不愿提及的伤疤！"沉默片刻，又道，"他随母姓。他的母亲是个地位低贱的胡人，所以，他的出生是个意外，也是个错误。"

不远处，少年像沙狼一样竖起耳朵，手拄木棍的手突然抖动了一下，木棍在他手中断成两截。

错误！

少年眼中的泪水已被悲愤烧干。

他的牙齿生生咬破了嘴唇。

他像沙狼一样，吮吸着来自体内咸咸的血液。

我会让你们明白，什么才叫作真正的错误！

第46章 狼战

山谷中的狼群嗥叫了一夜，但最终没有对沙狼坳中的沙狼部落发起进攻，因为戒木大师带着诸位弟子早已将那些弃于山谷中的碎肉块收集到一起，抛向了另外一个方向。这等于是破坏了帝国军队的计划，狼群沿途寻找那些碎肉块，反而离沙狼坳越来越远了。

沙狼坳暂时躲过了一劫。

但狼群却没有片刻的宁静。

它们嗥叫着，让这个月圆之夜的山谷倍显凄清。

因为饥饿。

这种前胸贴后背的饥饿，是这个种族上百年来从未有过的体验。

它们祖祖辈辈生存的沙狼坳环境实在是太好了，水草丰腴，黄羊野兔几乎吃不完，它们世世代代与沙狼人和平相处，狼群数量逐年增长，前几年达到了四五千头之多。它们不理解一直相安无事的沙狼人为什么会突然大开杀戒，只看到兄弟姐妹的皮毛被他们高高挂起，还有他们在狩猎后欣喜地饮酒，热烈地讨论即将到来的富裕生活。两年间它们数量骤减，只剩下一千头左右，被逼得背井离乡，离开了沙狼坳，到西部贫瘠的沙漠上去讨生活。可那些穿中央帝国军装的人，好像与沙狼人不和，时常用新鲜的马肉诱惑它们回到沙狼坳。那些马肉远不足以填牙缝，却能恢复它们嗜血的热切欲望，引导它们向沙狼部落残存的马匹牲畜发动丧失理智的攻击。

太饿了啊。

现在也是这样。

狼群旋转着，嗥叫着，用这种极其消耗体能的方式来对抗饥饿。

这个以暴戾闻名的种族，向来不会妥协。

对抗是它们的本能。

哪怕是面对死神。

少年远远地看着狼群。

他喜欢它们。

因为，它们是天生的沙漠之王。

除了人类，沙漠上任何动物在它们面前都闻风丧胆，不堪一击。

少年在中都时，经常对着图谱细细地观察它们，分析它们的习性，在他的想象中，他与它们已亲如家人。

是的，家人。

同样的卑微、隐忍，从不悲天悯人，永不妥协。

血液里流淌着对生命和胜利的渴望。

他对家的感觉早已淡漠。

这样的物种，才算得上是他真正的家人吧？

少年竟然仰起头，对着银盘般的圆月，发出了一声狼嗥。

这是他用生命发出的叫声。

所有的狼，都停止了转圈。

包括额顶白毛的头狼。

它们竖起耳朵，聆听这那声似乎从远古传来的嗥叫声。

这声嗥叫，像狼，又不像狼。

却如磁铁一样，吸引它们，让它们身不由己地向叫声处汇集。

然后，它们看到前面的空旷处，月影之下，坐着一位安静的少年。

第46章 狼战

狼群向他逼近。

它们朝他露出了白森森的利牙。

并非完全是因为饥饿。

还因为，这个神秘的男孩，对它们有着一种神秘的吸引力。

所以，它们决定扑过去……

撕咬他……

并非所有的喜欢与热爱，都是热烈的欢呼与亲吻。

沙狼表达热爱的方式，或许还有撕裂、流血与大口大口地吞噬。

在这个种族数千年残存的生命意识中，热爱，与食物并没有什么本质区别。

少年在狼群快要逼近的时候，站起身来，他的右手慢慢旋转着，摆出了一个奇怪的招式。

狼群风卷残叶一般，瞬间已来到少年面前。

少年径直推出了右掌，一招，又是一招，再一招……

九招过后，世界安静了。

他身边几尺开外，堆积了十多具沙狼的尸体，剩下的沙狼已不再打算进攻，都蹲在地上，怔怔地看着这个天神一般的少年。

少年无法告诉狼群，他刚才使用的是帝国兵家绝密武功绝技——死士斩！

死士斩只有九招，前三招能让使用者武功一瞬间增至两倍，中间三招能让其武功增至四倍，后三招能让其武功增至八倍。少年武功已超过三段，使用死士斩，战斗力瞬间能达到数十马力，对着密密麻麻、迎面撞击而来的狼群连连发招，能杀死十多头实不为奇。

死士斩九招，基本上会耗费掉使用者所有的精力。如九招使完，对手还没有被击退的话，自身就只剩死路一条了。

所以，才称"死士斩"！

少年其实完全无须采用这种背水一战的打法。以他的武功，即使斗不过狼群，想要逃生还是绰绰有余的。

但少年压根就没有准备逃走。

他甚至已做好了死的准备。

在遭到父亲部下令人屈辱的拒绝之后，他主动找到了狼群，要么征服它们，要么被它们吞噬。

二者有什么区别吗？

都是和它们，彻底在一起。

这已是典型的狼的思维。

他多年来对沙狼的研究与理解，已深深嵌入骨髓。

幸运的是，他赌赢了。

少年看着俯首臣服的狼群，仰头发出一声长啸："嗷——"

额顶白毛的头狼趴在地上，仰头附和："嗷——"

群狼齐声跟随："嗷——"

本能告诉它们，相信这个天神般的少年，他能带领它们远离饥饿的恶魔。

狼的思维中没有仇恨。

只有生存。

少年指了指身边的狼尸，尚且活着的群狼一拥而上，噬咬着，咀嚼着，享受着它们父母兄弟的血肉。

至少今天不用挨饿了。

在狼的社会法则中，这是合情合理的行为。

它们的亲人，以这种方式，永远活在了它们身边。

它们温暖的肠胃，正是亲人们永恒的墓地。

天亮的时候，蒙恬带着狼群离开了山谷。

他们径直走向沙狼坳。

与往日不同的是，这次狼群没有嚎叫，也许是因为已吃得太饱，也许是怕蒙恬责怪不敢造次，反正它们静悄悄地就到达了沙狼部落的营地。

这是狼群第一次在清晨时来犯。沙狼人在慌乱中操起刀剑，一边嗷

第46章 狼战

嗷地叫喊着给自己壮胆,一边向狼群发起攻击。

与安静的狼群相比,此时他们更像狼群。

蜂斗士们也加入了沙狼勇士的阵营,他们心中对沙狼的仇恨,丝毫不亚于沙狼人。

人和狼的队伍在沙狼坳西边相逢。

不过,他们没有马上就干起来。

因为,所有沙狼都看着它们前面的一个少年。

而那个少年,所有的蜂斗士都认识。

"蒙恬!竟然是蒙恬!"蓬莱诸人也混在蜂斗士之中,柳吟风认出了蒙恬,踮着脚挥手同他打招呼。

商无期远远地看着蒙恬,竟然笑了。

他以前就觉得蒙恬有点像沙狼,现在他竟然真的和沙狼混到一块儿去了。

渭水仙姑叹道:"这个孩子,竟能把一群沙狼驯得服服帖帖,真是天赋异禀!"

戒木大师道:"以前读《庖丁解牛》,便知这世上万事万物,皆有习性可寻。统率狼群,并非需要多少天赋,只需谙悉狼性即可,这比起你我炼药、造械之事,其实未必更难一些。"

渭水仙姑道:"说的也是。但怎么说,这蒙恬也算是个做事肯用心的孩子,他日必有大成。"

戒木大师点头称是。

"喂!"一位沙狼勇士喊道,"你这孩子,跟沙狼混在一起,不要命了吗?"

蒙恬大声道:"我代表沙狼,前来谈判!"

一些沙狼勇士嘎嘎地笑出声来,他们觉得这个一本正经的孩子实在太过滑稽了。

沙狼部落的最高领袖——左将军站在队伍的最前面,他没有发笑,浑浊的眼睛直直地盯着蒙恬,口中喃喃念道:"漠北狼王,我沙狼部落王,

真的出现了么？"

　　沙狼部落的第二号人物——右将军是位三十出头的汉子，与左将军相比算是晚辈，他问道："难道您觉得这个男孩，可能是我沙狼部落王么？"

　　"我现在才明白，为什么我们自称为沙狼部落，不是因为我们住在沙狼坳，也不是因为我们从这些沙狼身上学到了勇猛和机警的习性，而是因为，我们上百年来能与这群沙狼相生相倚，没有沙狼，就没有我们沙狼部落！现在，这个少年把走失的狼群又带回来了，他若不是沙狼部落王，那谁又能是？"

　　"不！"右将军反驳道："沙狼屡屡侵犯我部，食我牛羊，早已不是从前和睦的邻居！它们此番前来，绝无善意，我们切不可掉以轻心！"他扬起手，沙狼勇士们纷纷举起了手中的弓箭。

　　对沙狼抱警惕态度的沙狼人，无疑占绝大多数。

　　数年的相杀之仇，怎可瞬间消除？

　　沙狼是认识人类手中的弓箭的，两年之内，数以千计的同族就是死于这弓箭之中。狼群开始骚动起来，愤怒与恐惧同时发酵，有些沙狼已发出警告意味极强的低嗥声。

　　蒙恬回头扫视了一眼，狼群安静了下来。

　　蒙恬张开双臂，似乎要把激动不已的双方隔开。

　　"不要放箭！"他大声叫喊道，"中央帝国军队在山坳外对沙狼部落虎视眈眈，一旦沙狼部落与沙狼战得两败俱伤，他们即刻就会杀进沙狼坳来！如果沙狼勇士能联合这些沙狼，再加上蜂斗士相助，定可大败中央帝国军队，保沙狼坳之太平！"

　　蒙恬的建议的确很令人心动，一些沙狼勇士垂下了手中的弓箭。

　　"只要，我们能分给它们一些食物！"蒙恬喘着气，继续道，"它们必定会与我们同仇敌忾，共同抗击中央帝国！"

　　沙狼勇士们重新抬起了垂下的弓箭。

　　谁都知道，这沙狼是要吃肉的。

第46章 狼战

整个沙狼部落所剩牛羊都已不多,平时他们自己都舍不得吃肉啊。

再说了,这狼不过是畜生,它们如何懂得同沙狼人联合抗敌?

"相信它们!"蒙恬看出了沙狼人的想法,道,"有时候,狼比人更聪明,也更守信!"

"小孩,虽然你能驭狼,但你说得也太玄了!"右将军讥笑道,"你如何让我们相信,狼也知道守信?"

蒙恬不知如何回答,生平第一次,他急得热汗淋漓。

一直蹲在他身边的那头白额头狼,已嗅到空气中的紧张气氛,不安地站起来。

"我有办法!"一个女孩突然平静地说道。

所有人都看向说话的人,却见她是蜂族女王叶眉儿。

"我会一点召唤术,"叶眉儿道,"可以与狼群对话。"

"我看出来了,那白额狼就是头狼!"右将军用马鞭指着前方道,"女王且与它说说。"

叶眉儿安静地盯着白额头狼。

头狼顿时安静下来。

它安静地看着叶眉儿,眼中竟然露出温和的光芒。

这让它看上去不太像沙狼,而像一只牧羊犬。

良久,叶眉儿收回目光,转向右将军,道:"这头狼的意思是,只要能吃个三分饱,它就愿意带着这一千头狼,听从沙狼部落指挥,打败中央帝国军队之后,共享沙狼坳,从此相安无事。"

右将军对叶眉儿的话,似乎不太相信,但也不好驳她蜂族女王的面子,只是"哼"了一声,道:"那它必须以实际行动,给我们做出承诺!"

叶眉儿盯着白额头狼,将右将军的意思向它转述完毕,转头又对右将军道:"它不过是一头狼,能做得了什么承诺?"

她话音刚落,却听见"咔嚓"一声传来……

所有的人,都瞪圆了眼睛。

他们看清楚了,白额头狼突然抬起前爪,放至嘴边,干干脆脆就咬断了自己的前掌。

群狼哀嚎。

它们知道，它们的首领，为了族群的生存，已经用热血做出了承诺。

狼，也是有担当的。

"好吧，成交！"右将军终于认可了眼前的事实，只是恶狠狠对狼群吼道，"但每天只能吃两分饱，我们的牛羊，也已经不多了！"

这天的月亮仍然很圆，很亮。

中央帝国的军营很安静，只听得见夏虫在草地里的叫声，萤火虫一闪一闪地忙碌着，照亮了值夜军士惺忪的睡眼。

这半年多来，既没有仗打，也无须行军，一万人的军队，就驻扎在这半山坡的营地里，安静地等待。孙子曰，"胜于易胜，败已败者"，沙狼部落与沙狼的大决战应该快了吧？那个时候，就是他们下山摘取胜利果实的时候了。

帝国军队稳操胜券，就在这半山坡养精蓄锐，睡得非常安稳。

相信很多军士，都会梦见回到故乡与家人团聚的场景。

在这个静谧的月夜，他们笑得格外甜美。

但一声突如其来的马嘶惊醒了他们的美梦。

值夜的军士长声嘶力竭地叫喊："狼来啦！沙狼偷袭啦——"

帝国军士操着兵器，从大小不一的军帐中钻出来，四处张望，不知道敌人在哪里。

事实上，他们的对手已经离开了。

上百头沙狼偷偷地攀上半山坡，趁着守军打盹的功夫，冲进了帝国军队的马厩。它们杀马很有一手，仅仅只是一眨眼的工夫，就有四十多匹马被咬断了咽喉。当值夜的守军反应过来时，它们矫健的身影已消失在远处的月色之中。

辛都尉带着几位军官检查了马厩，他吃惊地看到，这群饿狼没有吞食死马身上的任何部位，包括它们最喜欢的热乎乎的肚肠。

第 46 章 狼战

它们的目的，只是单纯的杀戮。

在有限的时间内，杀死最多的马匹。

消灭中央帝国军队的有生力量。

这已不是普通意义上的狼灾。

这是目标清晰的战争。

它们是饿狼。

同时也像是纪律严明的士兵。

它们不贪恋一时的口腹之欲，当它们带着完成任务的喜悦冲下山脚时，沙狼勇士们正带着牛羊肉等待它们。

沙狼勇士将手中的肉块抛向狼群，它们跳起来叼到口中。

不多，就两分饱。

沙狼是守信的。

辛都尉看着山脚下的幢幢人影，看到人与狼的狂欢，眉头拧成了一个结。

"沙狼部落使用了什么魔法，竟然和沙狼搅到一起去了！"辛都尉吩咐身边的将士们，"灭了这群恶狼吧！它们的存在已没有任何价值！"

沙狼速度快得像一阵风，生性机警，马匹和弓箭对它们都不太管用。

中央帝国军队谙习《孙子兵法》，知道"以正治国，以奇用兵"的道理，他们当然不打算与这群狼正面交锋，他们决定用毒。

军士们在马厩中拖出了几匹死马，砍成碎片，在鲜血淋漓的肉块与肠肚上抹上砒霜，抛在了沙狼群常去的山谷之中。

相信没有任何一头狼，能抵抗住这种致命的诱惑。

他们同时开始清点兵马。

是发动总攻击的时候了。

沙狼勇士再凶悍，也不过只有三千人而已，更何况他们已在饥饿中煎熬大半年了，战斗力早已不如当初。待群狼被毒杀之后，中央帝国的铁甲将冲下山坡，一举荡平沙狼坳。

"我们是不是想得太乐观了点？"有一位年轻的校尉提出了异议，"沙狼天性狡诈，嗅觉极其灵敏，它们会吃抹了砒霜的马肉吗？"

"饿急了，就会吃的！"辛都尉淡淡道，"反正都要饿死了，还怕做个饱死鬼吗？"

第一天，来了两头狼，围着马肉嗅了一圈，没有吃，走了。

帝国军士们颇为失望。

第二天，来了十多头狼，围着马肉嗅了一圈，仍然没有吃。它们离开的时候，一步三回头，显得甚是不舍。

辛都尉道："再等等，很快就会有结果了。"

第三天，肠肉已慢慢腐烂，山谷中充斥着浓浓的尸臭味。

这是沙狼最喜爱的味道。

散发着尸臭味的腐肉，几乎是每一头沙狼的毕生追求。

数十头狼围着马肉堆徘徊良久，一头沙狼终于忍不住了，突地噬咬下一块马肉，呼啦啦吞入肚中。其他的狼警惕地看着它，那头沙狼突然停止了吞噬，弓起腰身，做出了一个非常痛苦的姿势，片刻之后，它一声长嗥，挺直了身子，扒开马的内脏，一顿狂吃。

这头狼最后一头栽倒在马肉之中。

在它最迷恋的味道中离去，也算是死得其所吧。

帝国军士们等待着更多的狼走进死亡的圈套，但他们最终失望了。那数十头狼，围绕着马肉和死狼转了一圈，突然仰头齐声哀嚎，然后一起风一般地离开了。

"三天了，才死了一头！"有个军士小声嘀咕着，"这仗什么时候才打得完啊？"

辛都尉瞟了这个军士一眼，道："再等等吧！"

他自己心里突然也没了把握。

帝国军士们晚上多了一件事情，就是猜明天会毒死几头狼。有人说至少几十头，有人说一头也不会再有，他们争执着，差点打起来，最后双方约了个赌局，每人赌上了两贯铜钱。

第46章 狼战

第四天，来了一百多头狼，它们围着马肉堆转了足足一个时辰，却没有任何动静。

边上等候的那些军士显然比狼群还着急，事关两贯钱的输赢，你们到底是吃还是不吃啊？

那群狼似乎终于下定决心了，它们把头探进马肉堆，竟然每头狼都叼了一块。

赌沙狼会吃马肉的军士们顿然发出一阵欢呼。

但事实超出了他们的意料，那群狼叼了肉块，却并不急着吃，只是转身向山谷外跑去。

一位赌沙狼不会吃马肉的军士叫起来，"它们没有吃肉，它们只是叼着玩玩。"

"你这分别是耍赖！"赌沙狼吃马肉的军士们急了，"到嘴的肉哪会吐出来的？没事你倒去叼块玩玩呀！"

双方越吵越烈，那群狼似乎想知道它们在争吵什么，竟然放慢了脚步，回头观望。

"你们吵个毛啊！"一位急性子的军士长大声道，"追上去看看不就知道了！"说话间，他已跨马追上前去。

其他人看了看辛都尉。

"这群狼很狡猾！"辛都尉身边的那位年轻校尉道，"它们既舍不得这些马肉，又不想死，必定是想将马肉拖到河边洗洗再吃！"

辛都尉微一思忖，道："机会难得，直接杀向沙狼河，先在河边将这一百多头狼围歼了！"

中央帝国的马兵、步兵一拥而上，取道沙狼河。

沙狼河离山谷不远，像一条碧绿的玉带，环绕着沙狼坳，围成一个半圆。

它是整个沙狼坳的生命之源。

那群沙狼叼着大块的马肉，影响了奔跑速度，帝国军队眼看就要追上。

辛都尉向后摆摆手，示意身后的马兵放慢一点，与狼群保持适当的距离。他担心与狼群离得太近，那些狼会扔了马肉逃跑。

但那群狼显然比辛都尉想象得更贪婪，它们实在是舍不得丢下已到口的马肉，一路颠颠地跑到沙狼河边，将马肉放进河水中，大幅度摆动着脑袋，来回地洗肉。

帝国军队在离河岸百丈远的地方聚集，足有五六千人之多。

如此兴师动众，定然不会让这群狼跑掉。

前面就是河滩了，细细的黄沙，松松软软的，一脚踏上去能没掉脚踝。

辛都尉让骑兵全部下马，与步兵一起，搭上弓箭，踏着沙滩，慢慢地向河边逼近。

两百丈，一百丈，八十丈，五十丈……

好了，狼群已完全进入弓箭手的射程了。

辛都尉扬起了手，几千军士扬起手中的弓箭。

"狼是嗅觉很灵敏的动物，这群狼怎么还不逃跑？"辛都尉身边那位年轻校尉问道。

辛都尉瞟了他一眼，道："死亡，往往归结于贪婪！"

他挥下了手。

万箭齐发，急雨般落在河边。

那群狼甚至还来不及嗥叫，就倒在了河岸边。

一头不剩，每一头身上，都插着几支羽箭。

帝国军士们欢呼着，奔向河岸，举臂庆祝他们的胜利。

五六千军士在河岸边密密麻麻地站了一排，对河里的狼尸指指点点，丝毫没有注意到身后的危险。

一个军士偶尔回过头来吐口痰，他张开了嘴巴，痰却没能吐出来。

他瞪圆了眼睛，惊恐地怔在了那里。

他看到，身后沙滩上的沙子突然飞扬起来，就像一个个炮仗在沙子中爆开，数以千计的沙狼从沙子中弹跳起来，它们甚至来不及抖掉身上的细沙，就红着眼向河边的帝国军队扑去。

第46章 狼战

谁也不知道这群沙狼在沙子中埋伏了多久。

也没有人关心它们在沙子中如何呼吸，如何忍受干渴和饥饿。

人们似乎早已忘记了，这个奇怪的种族为什么会叫"沙狼"。

它们"沙漠之王"的头衔，远不止限于传说。

帝国军士都面朝河面站着，他们觉得有人搭上了自己的后肩，便回头来看，沙狼就在那一瞬间龇出利齿，果断地咬断了他们的咽喉。

他们甚至还来不及叫喊，就鲜血四溅，所有的光荣与梦想，从此永远留在这大漠深处。

几乎每一头沙狼都在这种鬼魅般的偷袭中咬死了两个以上的帝国军士。但这是整个东方大陆最有军事素养的军队，他们很快反应过来，准备组织反击。

但他们的对手似乎并不恋战，纷纷扭头就走，转眼间就风一般地消失在河滩远处。

"我们中计了！"辛都尉悔恨交加，热泪纵横，"沙狼太狡猾了！"

岂止是狡猾？它们是在以生命作诱饵，把他们带进了这死亡河滩！

在整个东方大陆上，还能找到比他们更狠的物种么？

辛都尉身边的那位年轻校尉发出一声叹息："死亡，往往归结于大意！"

待他叹完这口气之后，才发觉更大的死亡威胁才刚刚到来。

数千全副武装的沙狼勇士和蜂斗士，突然出现在不远处的河滩边，他们举着弓箭向他们狂奔而来，在离他们五十丈远的地方，一齐将手中的箭射出。帝国军队在猝不及防中又遭到了一轮新的偷袭，士气全无，一些惊慌失措的军士已经开始跳河逃生。

这是一个很不理智的选择，一些水性不好的军士迅速被急流冲走，另一些奋力渡河的军士再次遭到了进攻方急雨般的羽箭射击，他们的鲜血几乎要把整个沙狼河染红。

辛都尉带领剩下的军士，顽抗反击，经过半个时辰的浴血奋战，终于带着数百人冲出重围，向营地一路狂奔。

沙狼河之战，沙狼部落与蜂人族联军，联合一群沙狼，歼灭中央帝国军士五千余人。

这是帝国军队进入漠北以来，损伤最大的一次战役。

双方实力从此彻底发生逆转。

沙狼部落与蜂人族在这次战役中几乎没有重大伤亡，两军将士合一块足有四千人之多，加上残存的数百头沙狼，战斗力空前强大。驻守在半山坡的那支帝国军队，也只剩下四千多人，他们已无力与那支士气高昂、骁勇善战的异族联军对抗了。

依然是那座不算太高的山。

依然是当日那个少年。

这一次，他轻车熟路就来到了半山坡上的那座军营前。

少年抬头看了看营门前随风飘扬的黑旗，对值勤的军士道："我要见百里太尉。"

军士长不再是那个长着络腮胡子的壮汉，他已在昨日的沙狼河之战中葬身河底。这次换了一个清瘦的年轻军士长，他看着面前这个气宇不凡的少年，有些犹豫，不知道该不该进营去通报。

"放行吧！"军士长身后的一个营帐里，传来辛都尉略显疲惫的声音，"带他去见太尉。"

军士长带着少年，穿过鳞次栉比的军帐，最后在一顶最大的军帐前站定。

"你进去吧！"军士长道，"太尉在里边等你。"

少年深吸了一口气，他的眼眶突然有些湿润。

他在帐外站了片刻，然后掀开了帐门。

然后，他就看到了……那个人。

中央帝国太尉。

百里封疆。

他的父亲。

第46章 狼战

应该有好几年没有见过他了。他多数时候都在为帝国镇守北部边疆，偶尔回中都的时候，两个人也总是借故不见。

几年间，他看上去有点老了。

大漠的风霜在他土黄色的脸上镌下了一道道褶皱。

两鬓之间，已生华发。

与他留给外人的沉稳干练、意气风发的印象不同，这个独坐在中军帐的人，看上去，有些……颓废。

也许，任何人都有疲惫的时候。

"你……长高好多了。"这是他说的第一句话。

他的声音有些沙哑。

少年不知如何答话。

面对这个熟悉又陌生的人。

"过来，到这儿来坐着。"他整理好身边的一个坐垫，又拍了拍上面的灰，叫少年过来坐。

少年的眼睛有些湿润，他慢慢走过去，坐在他身边。

"沙狼河之战，是你的主意？"这是他的第二句话。

少年在他的话中没有听到责怪，反而有些赞赏的意味，安下心来。

"真有意思，我这辈子唯一的一场败仗，竟然是败在我儿子手上。"他又道。

少年听到"我儿子"这三个字时，听出了他语气中的骄傲。少年强压住泪水，任眼泪在眼眶中打转，也没有让它掉下来。

"我就知道这主意是你的。"他叹道，"你小的时候啊，每天就抱着沙狼的图册不撒手，我还听老仆说，你有几次研究沙狼的书籍到深夜，忘了吃饭。很早以前，我就对老仆说，这个世界上，最懂沙狼的人，是你。"

是吗？

他说的这些琐事，少年自己都已全然忘却。他在说这些的时候，已经不是中央帝国的太尉，而只是一个琐碎的父亲。他那么忙，如何记得这些小事的？

少年很想问问，他还记不记得自己死去的母亲？

少年只记得自己小的时候，在那间漏雨的屋子里读书，他一连埋头读了三个时辰，抬起头时，看见母亲正举着个木盆，挡在他头顶上，接漏下来的雨水。他不知道母亲端了多久，只知道那个木盆里的水已经接满。

少年只记得母亲去世那天，他拼命哭泣着，无助地望着门外，可那个称为"父亲"的人，一直没有出现，没有人能体会少年心中的孤独与恐惧。

还有很多很多……

少年原以为，面前这个人，早已不关注他的任何事情……

任他自生自灭……

关于少年的成长，少年自己的记忆，与父亲的记忆，竟然是两个完全不相同的版本。

到底哪个版本更接近真相呢？

自母亲去世之后，少年就没有再哭过。

但现在，眼泪就像春日暖阳下的溪水，穿透冰封已久的心灵，潺潺而下。

心中那沉重的一页，好像突地就翻过去了。

"你上次来，我并不在这里。"他解释道，"这支一万人的军队，由辛都尉直接统率，我近日才巡视到此。上次是辛都尉自作主张，将你拒之营外，我知道后还责怪了他。"突然又大笑道，"我就知道，辛都尉拒绝了我百里封疆的儿子，那必定是要付出一定代价的！"

少年想起帝国军队在沙狼河边的惨败，心中隐隐不安。犹豫良久，他终于把几次都到嘴边的那些话说了出来："父亲，我以为，帝国此战之败，不是败在谋略，而是败在道义。沙狼部落与其他草奴部落不同，应该收服其心，而不是与之交战。"

他看了面前的少年一眼。

毕竟还只是少年人啊。

不过，能有这样的理解，也能让人倍感欣慰了。

他对少年的意见不置可否，却说了句看似不相关的话："塞翁失马，安知非福？"

少年不解地望着父亲。

他叹了口气，道："在朝廷某些人眼中，我百里封疆就是战无不胜的战神，掌管全国军事的太尉，还在前线兼任三军元帅，多么重量级的存在！这次打了个大败仗，好了，他们可以安心了，我也可以安心休息了！"又道，"如果我估计得没错，这场战役刚过，朝廷上弹劾我的函件必然满天飞，宣布换帅的千里加急应该也已经在路上了！"

少年吃惊道："朝廷会换掉您？"

他竟然笑笑，"不好吗？"又道，"我好久没回中都了，家里都好吗？"

少年点点头，补充道："百里乘风……他，听说在南帝城就离开了实习队伍，不知回到中都没有。"

他沉默良久，道："你们，都是我百里家族的好儿郎！有你们俩，我百里封疆知足了！"又道，"我老了，但中央帝国有你们这代人，定然更有希望！"

少年使劲地点头。

"父亲，我会回来的！"少年道，"蓬莱毕业之后，我会回到这里，成就百里家族的光荣与梦想，成为真正的沙漠之王！"

他转身离开军帐。

他要回到蓬莱的实习队伍中去。

前面，还有更多的任务与挑战。

"小子，我不知道，你那招'死士斩'是跟谁学的！"父亲略显苍老的声音从背后传来，"你以后不要再用了！"

少年偷偷笑了。

原来父亲什么都知道。

第47章 王者归来

沙狼河大战五天之后，中央帝国从沙狼坳附近撤军。

他们不可一世的黑色战旗，此后几年都没有在这个地域出现。

中央帝国撤军的时候，商无期心中百感交集，颇为难过。因为他们是蓬莱诸人母国的军队，所以除了蒙恬和叶眉儿，其他蓬莱人都完全没有参与沙狼河之战，更没料到帝国军队会败得如此之惨。

但说要恨沙狼部落和蜂人族吧，商无期也恨不起来。他都非常了解这两个部族，知道他们也并不喜欢战争。

倒是蒙恬，沙狼河大战的主谋，表现得非常平静。

"战争能让人认清对错。"他淡然道，"如果一场大战能带来五十年和平的话，那战争是值得的！"

商无期看着蒙恬，目瞪口呆。

蒙恬的思维中，有很多同龄人难以理解的东西。

商无期细细琢磨蒙恬的话，觉得也不无道理。

沙狼人仍然坚守着与沙狼的协定，每天匀一些肉食给它们，当然，只能让它们吃两分饱。事实上，沙狼坳的生态环境正在好转，一些嫩草开始钻出土壤，小型的野鼠野兔开始回归，它们又为沙狼提供了新的粮食。

一场急雨过后，草场恢复了勃勃生机，很多牧民家中，又传来了牲畜下

第47章 王者归来

崽的喜讯，集大自然万千宠爱于一身的风水宝地沙狼坳，眼见就要恢复昔日的荣光。

当然，烦心事也还有很多。

比如，左将军和右将军，他们期盼的部落新王迟迟也没有出现。

左将军认定蒙恬就是沙狼部落新王，因为是他给沙狼部落和沙狼之间带来了和平。

右将军觉得蒙恬不像，因为他与沙狼部落没有任何血缘关系。右将军提出了另外几个合适的部落人选，但也仅仅只限于猜测而已。

狼王门之外，已牺牲了二十三位部落勇士。

谁也没有勇气做第二十四个。

蓬莱学院的一帮学员，到底是孩子，这几天玩得颇开心。沙狼坳有山有水，堪称漠北草原上的一颗明珠，他们白天在沙狼河戏水，晚上顶着星光出去打些山鸡野兔，埋在篝火下焖熟了再吃，沙狼坳处处响彻他们的笑声。叶眉儿脱下女王装，天天和蓬莱诸学员厮混在一起，那些蜂族人也早都见怪不怪了。经历了一路艰险，他们也的确需要彻底地放松几天。

戒木大师和渭水仙姑这些天倒没有闲着，他们每天都去狼王门，仔细研究，却一直无法弄清这道门的奥秘。渭水仙姑想起一件事，道："左将军曾道，拜月教主的令牌可以打开这道石门，目前令牌在残月使凤如花手中。幻蝶被我们驱离西帝城后，凤如花必定是要回拜月城向教主复命的，我们不妨在附近设个埋伏，等候凤如花，抢夺令牌！"

"这倒是个法子！"戒木大师道，"不过凤如花现在武功颇为了得，身边还有驱蝶长者、三鬼、中都贼王等人帮衬，战斗力实在不弱。我方数阴阳前辈武功最高，但他生性洒脱，一入沙狼坳，就不知跑哪儿去玩耍了，现今武功好一些的，也就你我二人了，我等要多加小心才是。"

渭水仙姑点头称是，又道："说来也怪，自蓬莱诸人进入西域实习以来，魔教那些人就一直尾随不放，意欲除之而后快，但近些天怎么没

见他们踪影了？"

戒木大师道："叶眉儿带了一千名蜂斗士随同，他们应该多少有些顾忌！但他们虽不与我们正面交锋，背地里肯定一直在算计我们！"

二人说至此，便将蓬莱弟子都叫过来，安排他们轮流在洞口值守，又反复叮嘱他们要防备拜月教的人暗地里偷袭。叶眉儿也让 5505 千夫长挑了一百名精干的蜂斗士，分散在狼王山其他各处站岗，一旦发现拜月教众的踪迹，马上来报。

这天晚上，轮到商无期值勤了，他早早地用过晚膳，就来到洞口。

正值盛夏，山洞的草丛边，荧光闪烁。

他伸出手，一只萤火虫竟然落在他手指上。

他正盯着那只萤火虫出神，突闻身边传来嗤嗤的笑声，回头一看，竟是叶眉儿来了。

他道："眉儿妹妹，你笑什么？"

她道："眉儿替哥哥高兴哩！"

他纳闷道："我有什么事值得高兴的？"

她道："哥哥向来人缘好，什么蜂啊蝶啊萤火虫啊都喜欢你。哥哥有没有想过给这只萤火虫也取个名字？我觉得叫萤儿就挺好。这样，如果将来眉儿不能陪你了，还有萤儿妹妹陪你啊！"

他一甩手，将那只萤火虫弹走，有些气恼地道："眉儿妹妹，我一点也不喜欢你说这样的笑话。"

"好啦，好啦！"她嘟起嘴，"眉儿不过说笑而已，哥哥竟然生这么大的气！"

两人面对面站着，良久，无语。

凉凉的山风，吹过他的黑发她的裙裾。

如果此刻能化为永恒，多好。

"可是，哥哥啊，"她垂下眼皮，发出幽幽的一声叹息，"眉儿终究是要离开的呀。"

他顿然抓住她的手，紧紧地。

第47章 王者归来

像是怕她一不小心，就飞了。

他知道她说的，都是真的。

是他们一直不敢提及却又不无法抗拒的事实。

可是，当她终于说出来时，一种痛入骨髓的感觉突然排山倒海地涌出来，侵袭了他的全身。"眉儿，你……你能不能不再回蜂人族，不再做那个什么女王？"他一只手捂着胸口，一只手抓住她，像溺水的人抓住岸边的一株小草。

"眉儿也不想啊！"她喃喃道，"但蜂人族女王，乃上天命定。要说不做，也有一个办法……"她的声音越来越小，小得他已完全听不见，"那就是，死亡。"

他胸口越来越痛，汗珠已大如蚕豆，人突然就晕厥过去。

情毒，已好久没发作了啊……这一次，为何如此剧烈？

她让他躺在自己的臂弯里沉睡，呆呆地看着他苍白的面容。

"哥哥啊，"她的眼泪掉在他脸上，"如果能够不让你如此痛苦，眉儿宁愿，你永远都没见过我……"

虽是夏夜，夜半的山风，还是有几分冰凉之意。

叶眉儿抱着他的头，又护住他的胳膊，怕他凉着。

天上的漫天星斗，一闪一闪地，好奇地打量着地上的这一对少年男女。

叶眉儿朝天空嘟起嘴，"看什么看，他是我哥哥呀！"

又一阵阴风袭来，她禁不住打了个寒战，却听见尖厉而刺耳的笑声传来："好一对痴情的人儿啊！"

叶眉儿惊问道："谁？"

一个黑影从一块岩石上飘然而落，落到她面前。

"这不是蜂人族女王吗？"黑影质问道，"你既然已皈依了神教，如何还要与蓬莱这小子来往？"

叶眉儿已听出来者是谁，心中倒没有刚才那么紧张了，笑道："原来是鬼媚姐姐！虽然我们有过过节，但毕竟都是神教的人，想来鬼媚姐姐姐也不会与我动手吧！"

"与你动手倒不至于！"鬼媚道，"神教教主之下，按二使五王三鬼排序，说起来你在教中位分，还在我之上！"

叶眉儿莞尔一笑，道："我就知道姐姐是讲道理的人！"说罢，扶起商无期就要走。

"站住！"鬼媚厉声道，"你走可以，但蓬莱这小子必须留下！遇敌不杀，岂不是坏了教规？"说罢，已亮出利爪，就要抓过来。

叶眉儿护住商无期，道："姐姐来此，想必有大事要办！商无期不过是蓬莱小小学员，姐姐岂能因他而坏了教内大事？"

鬼媚微微一怔，显得有些犹豫。

叶眉儿见状又道："我虽然带了千名蜂斗士到此，但可以向你保证，只要你放过商无期，那些蜂斗士也断然不会与你为敌！"

"哼，你那些蜂斗士……"鬼媚言语中显出不屑。

她的确有些看不起那些蜂斗士的实力，那些人战斗力一般只有一马力，十夫长、百夫长武功一般在二段到三段。刚才她从山下来此，沿途看到上百蜂斗士在巡山，竟然没有任何一个人发现她。

但他们武功虽然不高，却有上千人，总归是个不小的麻烦吧？

今晚的确有件大事要办，就暂且忍一忍吧！

"不杀他也可以！"鬼媚道，"但你们也不能走，我还担心你们回去报信！"

"二姐所言极是！"岩石后一个公鸭嗓音的人道，"这两个娃娃，暂且让我装在天山金蛛网中吧！"两个黑衣人走出来，正是鬼风、鬼点灯。

鬼媚看了看鬼点灯手中的天山金蛛网，"哼"了一声，却扭头四处张望，道："姓魏的，死到哪里去了？"语气中显得颇不耐烦。

"我是热脸贴上了冷屁股！"鬼点灯对鬼风笑道，"自从在中都遇到那姓魏的，二姐看我俩就横竖不顺眼，左右不领情。"

鬼风也笑道："你二姐就是那个脾气，你看她对那姓魏的又何曾轻言细语过？"

第47章 王者归来

说话间，山道拐角处走出一位身材已微微发福的锦衣中年男子，虽习惯性地踱着方步，但步法却有些凌乱，显出了几分匆忙。鬼媚看着这位锦衣男子，没好生气地道："这两个小孩，你处理一下吧！"

锦衣男子连声应诺，从一根树上扯下些藤条，就要去捆商无期和叶眉儿。

待叶眉儿借着月光，看清锦衣男子面容，不由大吃一惊，道："会长，怎会是你？"

锦衣男子正是盗贼公会会长魏圆通，此时他也看清要捆的人是谁，略显尴尬，微微犹豫了一下，还是虎着脸将二人反绑了双手，又捆在一棵大树上。完毕，他竟然又向二人拱手道："二位，得罪了！"

早在拜月教偷袭蓬莱学院的那天晚上，叶眉儿就知道了魏圆通与拜月三鬼一样，都是拜月教的人，但她无论如何也没料到，魏圆通和鬼媚之间，竟然有如此亲密的关系。

可这鬼媚的容颜，也实在是……

这世上之事，最难理清的，恐怕就是一个"情"字吧！叶眉儿偏头看了看仍在昏迷之中的商无期，在心底发出幽幽的一声叹息。

人若无情，无期哥哥何至于受情毒之苦？

商无期突然睁开了眼睛，想翻个身，却发觉自己被绑住了，正要挣扎，却见叶眉儿在一边直摇头，暗示他不要动，便停止了动作。

拜月三鬼和魏圆通并没有关注黑暗中的两个孩子，他们伸长脖子向远处张望，显出很焦急的样子。

"残月使通知我们子时在此碰面，现已是亥时，她一会儿就该到了。"鬼点灯道。

商无期闻言，打了个激灵，心道："看来戒木大师的分析不错，这残月使果真会在狼王洞口现身。"他想把这个信息赶快传递给戒木大师等人，无奈动弹不得，想起今天本该自己值勤，不由心生愧疚。

叶眉儿突然想起一事，把嘴凑到他耳边，小声道："哥哥，唤金雕。"

商无期被提醒，他朝自己胸口直努嘴。

叶眉儿会意，她低下头，靠近商无期胸口，用牙解开他的上衣纽扣，在他衣服内侧的口袋中，触碰到了一枚口哨。

商无期感受着她口鼻间呼出的轻微气息，竟然有种昏眩的感觉。

叶眉儿听到他怦怦的心跳声，脸颊突然红得发烫，她定定神，嘴巴好不容易才将那枚口哨从口袋中叼出来。她偏起头，长长地吹了一声口哨，给了他一个调皮的笑容。

他看到她的头缓缓离开自己的胸口，这才长长地吁了一口气。

她抿着嘴看他，月色之下，眼中波光流动。

傻哥哥。

这枚口哨音频很低，人根本无法听见，但雕的听觉要灵敏得多，是可以听见的。片刻之后，一大群雕出现在狼王洞口的天空之中，领头的正是商无期的金雕。

此时正值深夜，雕群的出现，并没引起三鬼和魏圆通的注意。雕可以夜视，金雕在空中盘旋一周，就看到商无期和叶眉儿被绑在大树上了，一个俯冲，就要来救，却见商无期对着它直摇头。金雕犹豫了一下，掉头飞向天空，带着雕群消失了。商无期估摸金雕已明白自己的意思，去搬救兵去了，这才稍稍松了口气。

子时已到，深山之中，气温似乎瞬间就变得更加冰凉。冷风从树枝中穿过，窸窣作响，洞口的人纵然都有武功在身，竟然也都缩了缩身子，觉得阵阵凉意。

百丈开外的树林之中，出现一个窈窕的身影，像随阴风袭来，随风而起，随风而落。

此时残月当空。

月凉如水。

身影飘忽而至，在山洞口落定，原来是一位蒙面女子。

魏圆通和三鬼向蒙面女子揖手道："见过残月使！"

残月使轻轻挥手，示意他们免礼。又缓声道："他们来了吗？"

第47章 王者归来

鬼风道:"敢问残月使还约了何人?"

残月使道:"我约了沙狼部落二位将军在此相见。"

正说话间,山道边出现了两个人影,一路紧跑过来,正是沙狼部落左将军和右将军二人。他们在蒙面女子面前站定,弯腰行礼。

看来,残月使必定经常在沙狼坳现身,传达教主旨意,即便蒙着面,二位将军也还是认得的。

残月使道:"你二人奉教主之命,镇守北帝城,现蓬莱诸人已现身,你们竟然毫不知情,岂不失职!"

左将军惊愕道:"我们一向恪尽职守,在整个沙狼坳从未发现过蓬莱的人,不知残月使何出此言?"

"说来也不全怨你们!"残月使缓和了一下语气,"蓬莱的人向来狡猾,他们混在蜂人族之间,你们如何能认出?"

"难不成,那些天天与蜂人族女王在一起的人,竟然是蓬莱的人?"左将军惊道,"可蜂人族女王同时也是我神教西王,她如何会与蓬莱的人混在一起?"

"西域蜂王的履历,你大概并不知晓。"残月使道,"在继位之前,她一直在蓬莱学院求学。现在她现身此地,就是想帮蓬莱诸人打通狼王门,直取拜月城!"

"竟然如此!"左将军道,"我等要是早点知道,何至于上如此大当!"语气之中,竟有抱怨残月使早知实情,却迟迟不告知他们之意。

残月使听出了左将军话里的意思,道:"我之所以现在才告诉你们实情,是想让你们借蜂人族之力,先击溃中央帝国军队。现敌军已退,蓬莱诸人该如何处置,就看你们的了!"

两位将军拱拱手,匆匆离去。

丑时时分,一声嘹亮的号角声打破了黑夜的沉静,沙狼坳中突然传来阵阵杀喊声。

狼王洞洞口,凤如花等人并未离去,遥相观战。

魏圆通看着坳中的火把之光,笑道:"看来两位将军已调集沙狼勇士,将蜂人族的营地围住,正逼他们交出蓬莱诸人。"

凤如花微微颔首,"沙狼勇士向来骁勇善战,有三千人之多,完败一千蜂斗士应该不在话下,我待事情有了结果,就入洞向教主报告了。"

魏圆通和三鬼齐齐拱手,道:"恭喜残月使,为神教立下大功!"

凤如花微微摆手,以表谦逊,自得之意却已透过蒙着的面罩,传递出来。

正值此刻,却听见岩石背后有人笑道:"十多年未见,如花师妹风采依旧啊!"

凤如花闻言一怔,难不成,这蓬莱诸人竟然不在蜂人族营地之中?她哪里知道,金雕带着雕群,已抢在沙狼部落二位将军之前见到了蓬莱诸人,并把他们带到了洞口。

凤如花迅速调整了一下情绪,笑道:"原来是仙姑驾到,何不出来相见?"

渭水仙姑和戒木大师从一块巨石后面走出,后面跟着柳吟风、果落落、李微蓝三名蓬莱弟子。渭水仙姑一边走,一边道:"如花师妹如今攀上了拜月教的高枝,贵为残月使,但毕竟也是我蓬莱出去的,想来不会对我等下此狠手!"

凤如花勉强笑道:"仙姑倒是一直把自己当成蓬莱人,只是那蓬莱学院,你还能跨进半步吗?"语气中竟是幽怨之意。

戒木大师性情耿直,喝道:"凤如花何出此言!一日为师,终身为师,我等虽遵循师命不能再入蓬莱,但蓬莱弟子的身份并无改变,仍应时时心系蓬莱安危,岂可有抱怨之心,甚至公然与蓬莱为敌?你既已投身魔教,何不自废蓬莱武功,把在蓬莱所学,从自己身上抹去?"

凤如花冷笑道:"如今我们各为其主,多说无益,动手吧!"说罢,一挥手,魏圆通与拜月三鬼已从身后冲出,直取戒木大师夫妇。

戒木大师也挥挥手,四个黑黝黝的机械人偶从岩石背后冲出来,挥舞着粗壮的檀木臂,挡住了迎面而来的拜月教四人。

第47章 王者归来

魏圆通与拜月三鬼，武功均为七段，总计有四百马力的战斗力；而四位机械人偶，均被戒木大师调到了它们所能达到的最高段——六段，总计两百马力的战斗力，双方武功刚好相差一倍。战不多时，机械人偶就明显落于下风。

渭水仙姑见状，拔剑而起，加入战局。她武功七段，有一百马力的战斗力，加入之后，实力虽然仍不及拜月教一方，但抵挡一阵，应该是没有什么问题了。

戒木大师与凤如花对面而立，静静地打量对方。

作为交战双方的最强者，他们之间必有对决。

轻风顿起，凤如花像是随风扬起，飘向戒木大师，未及近身，已张开双臂，化掌成爪，向戒木大师肩头抓来。

戒木大师心中暗道："好诡异的武功！"他不知深浅，不敢硬碰，连退几步，躲过了这一抓，却见凤如花如飘在空中的磷火一般，随着戒木大师退步而带出的微风，飘然而前，步步紧逼。戒木大师拔出背后的佩剑，斩向飘忽而至的人影，剑风未至，人影却飘至一边，一剑斩空。

戒木大师武功八段，能达到这个段位的，整个东方大陆也不过寥寥数人而已，但与凤如花如影如魅的奇怪武功对阵，竟丝毫占不到上风。他稳住神，力图先摸清了凤如花武功特点，再作打算，遂暂不进攻，以防守为主。凤如花出身蓬莱，对戒木大师的基本武功招式颇为熟悉，两下相比，她竟然显出了几分优势。

柳吟风等蓬莱弟子与这些高手武功相差太大，不敢加入围攻，否则反而会成为累赘。他们四处搜索，很快就在一棵大树后面找到了商无期和叶眉儿二人，连忙解开他们身上的藤条。

商无期道："怎么不见蒙恬？"

柳吟风道："你还不知道，这些天他根本就不在营地里睡觉，日日夜夜都跟那群沙狼混在一起，当狼王都当上瘾了！"

商无期道："我倒是忘了！"

诸位弟子来到狼王洞口，看戒木大师夫妇与拜月教众激战，眼见他们逐步落了下风，心下不由担忧。

正值此时，山下突然出现一个火把长龙，蜿蜒而上，直朝狼王洞而来。

柳吟风道："完了，必定是沙狼人兵分两路，一路围营，一路到这儿来了。"

片刻之后，火把长龙已到狼王洞前，领头的正是左将军。他带来的沙狼勇士，足有千人之多，将狼王洞前那个小小的平台，围了个水泄不通。

左将军高声叫道："残月使及各位教众，暂且退下歇歇，让我等来对付他们！"

残月使道："那就有劳左将军了！"言罢，与三鬼、魏圆通等人一起退入沙狼勇士队伍之中。

千名沙狼勇士全部举起手中的弓箭，戒木大师大叫一声"不好"，吩咐弟子们赶快退到狼王洞门前，自己与渭水仙姑挡在几位弟子前面，又让四位机械人偶排在最前面，借助洞口狭窄的地形，形成一道防护阵形。

左将军没有急着放箭，却叹了口气，道："诸位朋友数日前助我沙狼部落歼灭中央帝国军队，大恩大德，我们永远铭记在心！今日对决，刀箭无情，实在于心不忍！诸位何不放下武器，归顺我拜月神教，教主仁慈，没准会赦免你等的过错，保全你等性命！"

戒木大师道："多谢左将军好意！但我蓬莱向来只有舍生取义之士，但无贪生怕死之辈，我戒木夫妇十多年前没能死在这大漠，今日故地重游，追先师之足迹，死何憾兮！"他回头看了一眼身后五位弟子，叹了口气，道："你们怕死吗？"

几位孩子均面露恐惧之色，但均死命摇头。

戒木大师柔声道："蓬莱以你们为荣！"又高声叫道，"左将军，放箭吧！"

"慢着！"叶眉儿突然高叫一声，从洞口挤上前去，张开双臂，拦住众人，道："我乃蜂人族女王，神教西域蜂王，若伤了我，你们不怕我四十万族人报复，难道还不怕教主怪罪么？"

"沙狼部落并无意与蜂人族结仇！"左将军拱手道，"请女王到我们这边来！"

叶眉儿一字一顿道："你，先放了我身后这些人！"

"让你过来就过来！"凤如花冷笑道，"居然讲起条件来了！"她盯住叶眉儿的眼睛，朱唇微启，看似喃喃自语，众人皆不知其何为。

内心深处如龙卷风过境，叶眉儿拼命抗拒，身子却不由自主地向凤如花倾斜。叶眉儿娇喘吁吁，道："无期哥哥，快，拽住我，不要让我飘走！"

戒木大师一把拽住叶眉儿，把她拉至身后，叹道："妖女对眉儿施加了召唤术，你们且拽住她！"

"眉儿，不要走。"商无期拽住叶眉儿的胳膊，左右摇晃，想将她从召唤意境中惊醒。

"哥哥，眉儿不走。"她胸中五脏六腑如波涛翻滚，"眉儿……不走……"突然间晕厥过去。

商无期呆呆地看着她白皙的脸庞，如同初见。

不禁掉下了一滴眼泪。

凤如花见状，不想再等了。

"小小蜂人族，难道我神教还得罪不起么？"她"哼"了一声，"西域蜂王抗拒神教命令，视同叛教，格杀勿论！"

"等等！"突然有人大声叫道，"不要放箭！"

竟然是魏圆通。

凤如花看了看魏圆通，"为何？"

"因为……"魏圆通显得有些支支吾吾，"那个孩子……"

凤如花显然已非常不耐烦了，"想不到中都贼王对那些孩子也有怜悯之心，这可真是太阳打西边出来了！"她回头看了一眼，"左将军，放箭吧！"

魏圆通没再说什么，只道："好吧……"

左将军叹了口气，挥了挥手。

箭如急雨，向那个小小的洞口射去。

四个机械人偶挡在最前面，挥动黑黝黝的胳膊，把一些乱箭挡住。蓬莱诸人手持器械在后面，把机械人偶漏挡的利箭一一拨开。但箭雨实在太过密集，机械人偶武功虽高，但设计上侧重于两两格斗，力量大，动作精准，但灵巧性欠佳，对这种军事对垒式的对抗并不擅长，两轮箭雨过后，四名机械人偶头部、胸部全部屡屡中箭，被触停了暂停机关，停止了动作，仅能起到木桩一样的作用，稍能挡挡箭雨而已。

戒木大师道：“若咱们突然向前，冲进狼人族的队伍中，他们的弓箭就算废了，或许还有一丝胜算。”

渭水仙姑道：“我俩冲过去自是无忧，只是这些孩子怎么办？纵然能冲到狼人族阵营，以他们的武功，存活几率只怕不高。”

戒木大师叹道：“也罢，先保护他们，再寻机会突围！就算今日安息于此，比起昔日葬身于此的师兄弟，我们已多活十几年了，早已赚够了！”他用一只手拨挡箭雨，向渭水仙姑伸出另一只手。

渭水仙姑也伸出一只手来。

二人相视一笑，两只手紧紧握在一起。

渭水仙姑笑道：“你好久都没有牵我的手了。”

戒木大师道：“今日牵你，是怕黄泉路上你走丢了，下辈子找不到了。”

渭水仙姑笑里含泪，道：“你一辈子就知道和那些呆木头打交道，临终之前，倒学会哄人开心了。”

五个孩子听到戒木大师夫妇的对话，竟然也不像最初那么恐惧了。

柳吟风向果落落伸出手去。

果落落这次没有拒绝，伸出一只手，任柳吟风紧紧握住。

商无期早已将叶眉儿挪到一块石头后面，此时也抓住她的手，放至心口。

戒木大师说了，这样黄泉路上就不会走丢了啊。

只有李微蓝，始终直直站立着，机械地挥动利剑，将疾驰而来的箭雨斩断，似乎对身边的世界充耳不闻。

那个白衣飘飘的少年，似在她眼前浮现……

第47章 王者归来

下辈子……

还能相逢么？

箭雨越来越密，一刻也不曾停。

纵然武功够高，就这么不停地挥动手臂，任何人也会累的。加上又是深夜，借着不远处的火把之光，需睁大了眼睛，全神贯注才能看清那些疾驰而来的利箭，时间一久，眼睛也疼。

戒木大师和渭水仙姑站在诸学员之前，承担的压力也要大得多。半炷香过去，渭水仙姑突然觉得前胸一热，一支羽箭已射入她右肋之中。

渭水仙姑软软倒下，蓬莱学员一片惊呼，翻动包裹来找伤创药。

渭水仙姑连连摆手，意思是不要管她，但为时已晚，又一阵箭雨疾速而来，正在找药的果落落和柳吟风双双中箭。

戒木大师怒吼一声，左右挪动身子，填补了渭水仙姑刚才的空缺，手中的利剑舞得更是飞快，轮盘一样，把射入洞口的羽箭一一挡出。

只是不知他这样还能支撑多久。

窄窄的洞口，陷入深深的绝望。

不远处的山坡上，突然传来一阵高亢的狼嚎声，令人头皮直发麻。

狼人族勇士们纷纷回头张望，却见数百头沙狼突然从山坡一拥而上，向山洞处冲来。

沙狼之中，奔跑着一位焦急的少年。

"不要放箭，等等啊，不要放箭！"他厉声呼喝。

"是蒙恬！"左将军喃喃道，"他奔跑的姿势都透着王者之气！他若不是漠北狼王，谁还能是？"

左将军挥了挥手，所有的狼人族勇士都放下了弓箭。

转眼间，狼群簇拥着蒙恬，已来到洞前。

蒙恬张开双臂，像是要粉碎任何人打算继续进攻山洞的念头，狼群在他身边环绕，怒嚎不已。

"哪来的小子，想坏我神教大事！"凤如花大怒，人已飘忽而起，直向蒙恬扑去。

"残月使且慢！"左将军突然伸出双臂，猛地抱住了凤如花的双腿，凤如花猝不及防，竟被他从半空中扯下来，摔倒在地。

凤如花狼狈不堪地从地上爬起，拔剑怒指左将军，道："你疯了吗？"

左将军弯身行礼道："残月使不可伤了这孩子，他是我们寻了十多年的沙狼部落新王啊！"

凤如花奇道："你何以得知？"

"教主闭关之前，告知我们，寻到沙狼部落新王，即封神教漠北狼王！"左将军环顾四周道，"这个少年能任意驱使狼群，就像指挥自己的手脚一样！诸位数十年来，可曾见过第二个像这样的人？"

众人纷纷摇头。

"所以，他必定是我沙狼部落新王！"左将军老泪纵横，"我们等这一刻，已经十多年了啊！"说罢，已拜倒在地。

上千沙狼勇士见状，疑惑地面面相觑，最后也全部拜倒在地。

"且别过早下结论！"凤如花冷笑道，"漠北狼王不用教主的令牌，也可以将这道石门打开，他可以吗？"

"我无意做什么狼王、新王的！"那个少年平静道，"但如果能救我身后这些人的性命，我愿意一试！"

狼群自动让开一条路。

蒙恬沿路慢慢走到石壁前。

"请狼王用手指按一下石门中间的那个圆环，那是开门按钮！"左将军仍半跪在地上，抬头期待地看着蒙恬。

蒙恬在石壁前静静地站立良久。

周围的空气几乎凝固。

连山风也似乎屏住了呼吸。

他终于伸出了一只手指，轻轻按向石门。

一瞬间似有电光闪过，石门发出轻轻地颤抖……

但……门没有开。

第47章 王者归来

蒙恬像被雷电击中，在半空中翻了个跟斗，重重跌落在地，不省人事。

没有惊呼。

所有的人，都静静地站着，或跪着，看着地上那个少年……

还有那道怎么也打不开的门……

左将军瞪圆了眼睛，嘴唇直哆嗦。

火把静静地燃烧，映射着他干瘦的脸庞，让他显得比从前更加苍老。

跪在地上的沙狼人，都慢慢站起来。

勇士们手中的弓箭重新抬起。

对准石门前所有的人。

还有狼。

白额头狼突然发出一声悲嗥，数百只狼，全部弓起身子，摆出一副冲击的姿势。持箭的人均见识过这群狼的凶狠，手还在颤抖，狼群已经扑过来。

现场乱成一团，弓箭已派不上用场，乱刀对利齿，尖叫与低嗥，热血与残肢……

沙狼坳的两大主宰种族，在不到半月的和平之后，再次与对方展开了生死搏斗。

这一次，不是为了生存。

凤如花在激战的火光中，缓步上前，在山洞前站定。

她的身后，跟着三鬼和魏圆通。

他们中的任何一个，都是整个东方大陆罕见的武功高手。

而他们的对手，大都已躺在他们面前。幸存者正救助着倒下的伙伴，双眼的愤怒中，夹杂着本能的恐惧。

一切，都该结束了。

凤如花举起了手中的利剑。

其实，对付剩下的这几个人，她根本用不着剑。

剑，有时只是一种象征，彰显无可战胜的实力与荣光。

继渭水仙姑之后，蓬莱诸人中的另一位高手——戒木大师也在刚才的一阵箭雨中受伤，三支利箭分别射入了他的左右臂和右脚踝，虽不致命，但已让他基本丧失了战斗力。

没受伤的，只剩下商无期和李微蓝两人。

商无期站起来，手持一根黑黝黝的棍子，挡在凤如花面前。

凤如花盯着他手中的棍子，眼前一亮。

她曾两次与这根棍子失之交臂。

现在，这根棍子竟然又出现在她面前。

可见是有些缘分的。

她向这个男孩伸出手去。

"把棍子给姐姐，可好？"她的声音极尽温柔，远不如刚才大战时那么咄咄逼人。

或许在她看来，大战已经结束。

那个男孩看了她一眼，偏过头啐了一口。

那么……

凤如花缓缓地推出双掌，尚未触及商无期的身体，掌风已让他明显感到压力，他被迫一连后退了好几步，几乎就要贴到石门上。

"这道石门，可是带雷电的！"凤如花咯咯笑道，"你想尝尝被烤成肉片的滋味吗？"

"那又如何？"商无期淡然道，"人都有一死，我的父亲，也死在这片沙漠之中，我能步他后尘，也无愧于他的荣光。"

凤如花恨恨道："蓬莱的人，现在都学会夸夸其谈了么？"说罢，挥剑砍向商无期。

商无期连忙挥棍挡住，只听见一声脆响，看似松软的玄木棍纹丝不动，凤如花的剑刃上，却缺了一个小口。

凤如花大惊，佯装再出一剑，商无期又要去挡，凤如花已左手化掌，径直拍向他的胸口。商无期猝不及防，整个人已被拍得飞身而起，落在

第47章 王者归来

狼王门前。

商无期重重地跌倒在地，又拄着玄木棍站起来。因为伤得太重，他有些站立不稳，身子一晃，手指竟然按在了石门上的圆环之中。

众人预料之中的滋滋的烤肉声没有响起。

石门轻轻晃动了几下，发出"嘎吱"的声响。

就像一个沉睡了十多年的人突然间被推醒……

门，竟然开了。

无论是人，还是狼，都停止了打斗，怔怔地看着眼前发生的一切。

左将军仰臂高呼："狼王门开啦！"

他这句看似多余的话，让所有沙狼人不再怀疑自己的眼睛，他们喜极而泣，拥抱在一起。

"苍天有眼，狼王门开啦！"

一些沙狼人涌向商无期，跪倒在他面前，庆祝沙狼部落新王的诞生；另外一些人，警惕地将武器对准凤如花等人，以防他们继续攻击自己的新王。

商无期摆摆手，艰难地解释道："这……肯定只是一个巧合！"

左将军扶住商无期，道："这道石门前，从来就没有出现过巧合！"

震天的欢呼声，响彻云霄。

此时天已放亮，朝阳倏地就从地平线上蹦出来，露出红红的脸庞。

第48章 海市蜃楼

战斗无法再进行下去了。

沙狼勇士已在左将军的带领下,全部宣誓效忠商无期。未待商无期开口,他们已开始给蓬莱诸人疗伤。至于那群沙狼,不太明白发生了什么事情,它们蹲在石狼门附近的山坡上,遥望着昏迷不醒的蒙恬,不愿离去。

凤如花却有点蒙,"能开狼王门者封漠北狼王",拜月教主这个旨令她也听说过,她不知是该继续攻击蓬莱诸人,还是该先去拜月城将狼王现身的消息禀告教主。

商无期看到凤如花眼中的犹豫。

那丝犹豫中无疑隐藏着重重的杀机。

拜月城已近在咫尺。

蓬莱学院进入西域大漠以来,死伤数十人,为的不就是拜月城吗?

商无期看看身后洞开的狼王门,又看看受伤的蓬莱诸人,朝左将军拱拱手,决然道:"这些伤员,请左将军代为照顾,我现在便去拜月城!"

"照看伤员,自是应该!"左将军连连道,"但去拜月城一事,还请王先回部落,举办封王庆典之后,再行商议。"

"你们既然认定我就是沙狼部落王,那么,我当就是了!"商无期毅然道,"现在我以沙狼部落王的身份命令你们,不要阻止我的行动!"

他握紧玄木棍,转身跨进狼王门。

有人突然抓住他的手。

他回过头,惊愕道:"是你!"

李微蓝静静地看着他,"我和你一起去。"

她的手好软。

商无期牵着她,缓缓走过长长的石洞……

他的心很平静。

像是走向一座圣洁的祭坛。

他知道,身边这个软软的女孩,她害怕。

他其实也怕。

拜月城……

整个江湖都谈之色变的地方……

此番前去,可能连九死一生的想法都太过乐观了吧。

真没想到,陪自己走过生命最后一程的人,竟然是她!

商无期微微苦笑,禁不住回头张望,却看到地面上那个绿裙女孩突然翻了个身,就站起了来。她揉揉眼睛,四下张望,突然就向商无期奔来。

商无期大叫一声"眉儿",松开李微蓝的手,将那个急奔而来的女孩揽入怀中。

凤如花恨恨地看着商无期的背影。

灭了他。

她掉头看了魏圆通一眼,冰凉凉的眼神让魏圆通一阵心惊。

"残月使!"魏圆通道,"这个孩子,是……"

"我知道他是那个什么漠北狼王!"她打断了他的话,"但现在教主正在拜月城闭门修炼九段神功,倘若这孩子不知深浅地闯进去,惊扰了教主,你担当得起么?"

"是,残月使!"魏圆通额上冷汗潸潸,弓着腰,缓缓退下。

"教主，又是教主！"一边的鬼媚突然抱怨道，听上去仿佛在替魏圆通鸣不平，"难道我等就不是在为教主办事么？"

凤如花突然身影一晃，左爪已掐住鬼媚咽喉，冷笑道："这么说，你是对教主有意见？"

"残月使手下留情！"魏圆通连声道，"鬼媚对教主的忠心，日月可鉴！"

凤如花加重了手上的力道，"那就是对我有意见了！"

"岂敢！岂敢！"魏圆通连忙替鬼媚做了回答。

凤如花"哼"了一声，推开鬼媚。

鬼媚踉跄几步方站稳，恨恨地看了凤如花一眼，不敢再言语。

魏圆通看到鬼媚脖子上已有几个红红的爪印，叹了口气。

穿过狼王门后的那条石道，眼前突然一亮，太阳晃得眼睛发胀。一大片黄沙，从脚底一直延伸到天边。黄沙之上，零零碎碎地散落着一些巨石和沙丘，地上生长着少许的灌木，叶子都干成了刺状。仅仅一洞之隔，竟然与沙狼坳的景象全然不同。

几里开外的黄沙之中，影影绰绰地显现着一座城堡，看上去甚是壮观。

"上次听左将军说，通过狼王洞，就可以看到拜月城。"商无期道，"那眼前这座城堡，无疑就是拜月城了！"

身边的两个女孩闻言，不由心头一紧，叶眉儿握紧了商无期的手，手心居然汗潸潸的。

"哥哥，你也牵着她。"叶眉儿朝若即若离的李微蓝努努嘴，商无期怔了一下，把另一只手伸向李微蓝。

李微蓝犹豫了一下，也握住了商无期的手。

三人直盯着那座城堡，缓缓前行。

一个时辰过去……

两个时辰过去……

三个时辰过去……

第48章 海市蜃楼

那座城堡仍在不远的前方……

"真是望山跑死马。"商无期道,"原以为很快就可以到达拜月城的!"

叶眉儿表情突变,道:"糟了!"

商无期怔怔地道:"怎的?"

叶眉儿叹口气,道:"你们没有在西域生活太久,不知这沙漠中因气候和地势复杂多变,经常会出现'海市蜃楼'的奇观,前面的城堡,也许只是虚景,并不存在。"

"这世上之事,什么是实,什么是虚?"李微蓝突然叹道,"不过都在真真假假、虚虚实实之间罢了!"

叶眉儿笑道:"记得微蓝以前在蓬莱时,一向偏爱儒家,如今听你感慨,怎么感觉像是名家之言?"

李微蓝也笑笑,容颜之中,竟有几分凄然。

眼前突地又浮现出那个白衣飘飘的身影。

喜欢儒家,是因为他吧!

曾经那个痴痴的小女生,托着下巴,听他讲济世救人的宏伟理想,身边处处春暖花开。

可他救得了她么?

甚至于,他救得了他自己么?

"名家的确是热衷于名实之辩,诸如'物指非指''白马非马'之类。"商无期接口道,"我记得在蓬莱时偶读名家典籍,发觉名家对天地、山泽、方位之学,也探讨颇深,比如'天与地卑,山与泽平''南方无穷而有穷''日方中方睨,物方生方死''今日适越而昔来'之类,看法多恢诡谲怪,只可惜我蓬莱向来重法、儒、道、墨四家,视名家、阴阳两家学说为偏学,无从深入了解。或许在我们常人看到的世界,在名家眼中会是另外一个世界,我们认为假的,他们却能弄假成真。"

"你这么一说,我倒也记起,似曾在名家的哪本典籍中,见有人提到过'海市蜃楼'的天象。"叶眉儿道,"不如我们先休歇一会,商量

对策吧！"

三人找了丛稍高的灌木丛，在边上坐下来。

夏日的太阳，直直地落在他们身上，照着他们干裂的嘴唇。

肚子也开始饿了。

三人面面相觑。

没有粮食，没有水，他们能在这漫漫黄沙中待多久啊？

那么，回去吧？

他们看了看来时的路，哪有什么路？

背后有只有漫漫的黄沙。

也早已看不清狼王洞的方向。

确切点说，他们迷路了。

大漠的夏日，格外漫长。

商无期挖了些灌木根茎，分给叶眉儿和李微蓝食用，两位女孩无论怎么咀嚼，都咽不下去。商无期倒是吃得眉头都不皱一下，就像在嚼一节甘蔗。

叶眉儿突然头晕眼花，指着不远处的一丛灌木道："无期哥哥，那儿有朵花啊，你扶我过去看看吧！"

商无期怔了怔，扶着叶眉儿走过去，果然在灌木丛边发现了一株孤零零的野花，花瓣只有六片，却开得煞是好看，小小的花瓣分为红、黄、蓝、白几种颜色，显得娇柔而羞涩。

商无期几乎从未见过如此好看的花朵，更何况是在这了无生气的荒漠之上，他一时间怔住。

叶眉儿蹲下身子，轻轻地嗅了嗅那朵花。

"哥哥，你知道吗？"叶眉儿幽幽道，"这种花，叫依米花，只生长在大漠和戈壁之中。它只有一条主根，不能四面八方寻找养料和水分，所以只有尽力把根伸向大地的深处，最深，最深。为了开花，它需要足够的养料和水分，而这，需要它准备五年。在第六年，它开花了。可是，

第 48 章 海市蜃楼

令人遗憾的是，这种美丽，只存在两天。两天后，花儿凋落，整棵植株也会死去。"

"难怪它开得如此绚烂！"商无期叹道，"只可惜美丽如此短暂。"

"哥哥，依米花已然知足！"叶眉儿将唇轻轻触向商无期耳边，他能感受到她轻轻的呼吸，他听她叹道，"哥哥，眉儿就是依米花啊！能与哥哥相识，一起度过两年时光，眉儿此生无憾了！"

商无期心中一惊，顿然道："眉儿你胡说什么？"

叶眉儿粲然一笑，美艳动人，如依米花开，"哥哥，如果哪天眉儿不在了，让依米花陪你，可好？"

商无期怒道："叶眉儿，你才多大，总说这些不祥的话干吗？"

叶眉儿顿了顿，终于道："残月使，不会放过我，我已隐隐感知她正在使用召唤术，探寻我们的方位。"

"眉儿不怕！"商无期突然抱住她，他分明感到自己整个人都已在发抖，"有我在，你不用怕她。"又竟然笑道，"就算她召唤你，咱们死活不去，她又能如何？大不了你抗拒一次长一岁，我就叫你姐姐，又如何？"

"好的，有哥哥在，眉儿不怕。"她抬起头，仰望着清瘦的脸庞，这两年他长得好快啊，自己都还不到他鼻尖了。

"唉，说真的，你昨日抗拒了凤如花的召唤，我也没觉得你变老一岁了啊，反而觉得你比以前更小了呢！"他低下头，心疼地看着她。

"嗯，眉儿不是姐姐，眉儿永远是妹妹！"

说这话时，她竟然掉下一滴眼泪。

天终于慢慢黑了下来。

沙漠中温差极大，白日暑气转眼间便散去，待星星升起来时，凉风已吹得人直打哆嗦。叶眉儿和李微蓝依在一起，已沉沉睡去，她们的身上，搭着商无期的外衣。好在空气中稀薄的水分在骤然变冷时凝成了一些细小的水珠，沾在灌木叶上，商无期砍了一些沾有水汽的灌木，准备带回去让两位女孩舔食上面的露水。

不远处的黑暗中，出现了十多个人影，一直盯着商无期等人的动静。

"残月使好生厉害！不到两个时辰，就找到这几个孩子！"一个黑影小声道，听上去像是魏圆通的声音。

"哼，只要叶眉儿那小丫头在，他们就怎么也逃不出我的手心，我能感知到她的方位！"对魏圆通的恭维，凤如花显得颇为自得。

"看来他们是迷路了，干脆我们过去杀了他们，一了百了。"鬼点灯道。

"且慢！"魏圆通低声道，"叶眉儿那丫头虽说是神教西王，也杀不足惜；但那商无期……"

"好吧，好吧！"凤如花不耐烦地打断魏圆通的话，"商无期是神教新晋的漠北狼王，教主对这一位置上的人选，似乎格外在意……反正他们已陷入困境之中，那就让他们自生自灭好了！如果他们实在命大，我们再去制造点麻烦！"

其他人连连点头。

魏圆通转头吩咐身后的人："诸位就地休息，轮流监视那几个孩子，不要让他们跑了！"

他身后跟着的是盗贼公会的人，闻言纷纷四平八仰地卧倒在沙地上。

他们的确太累了。

经过这半年多的磨难，整个盗贼公会，包括总会和四大分会，如今竟然只剩下这十多人了。

月亮慢慢升起来。

远处突然传来一声狼嗥，倍添这夜的清冷。

想不到，这大漠之中也有狼。商无期看了看仍在沉睡的两个女孩，警惕地四处张望。这个夜里，他是不打算睡了的。

狼嗥声越来越近，商无期把耳朵贴到地面上，感到一阵纷沓的脚步声越来越近。

看来，这群狼还真不少。

第 48 章 海市蜃楼

他站起身来,握紧了手中的玄木棍。

数百头狼,转眼间便来到了眼前。

狼群之中,分明奔跑着一位赤裸着上身的长发少年。

商无期笑了。

他的朋友,蒙恬,来了。

长发少年也看到了商无期,他将中指放入嘴中,吹了声响亮的呼哨,又挥舞着手中的上衣,飞奔而来。

"你命真大,竟然没死!"商无期朝蒙恬胸口挥出一拳。

"拜月城未到,我蒙恬怎么能死!"蒙恬大笑道,"不过那狼王门上的雷电也真厉害,我手臂到现在都是黑的,多亏了渭水仙姑的速效救心丹,总算救回了我一命!"

"仙姑与戒木大师,还有吟风和果落落,他们如何?"商无期急问道。

"伤得不轻!"蒙恬道,"不过有仙姑在,绝无性命之虞!"

商无期这才心安。

"带水了吧?"商无期问。

"有。"蒙恬连忙取下挎在身上的水袋,递给商无期。

商无期打开水袋,想了想,先蹲下,喂到叶眉儿嘴边。

叶眉儿唇上沾了水,人就醒过来了,她歉意地一笑,道:"我睡得太沉了!"

商无期道:"你先别说话,快喝水吧!"

叶眉儿喝过水,蒙恬已递上一大块羊肉来,她不再客气,撕下一大块,想了想,却递至商无期嘴边。

蒙恬一声咳嗽,道:"你们就当我是透明人好了!"

叶眉儿闻言,脸色绯红,道:"噫,微蓝还没喝水哩,赶快给她喝吧!"

蒙恬早接过水袋,送至李微蓝嘴边。

李微蓝张开干裂的嘴唇,却不喝水,口中突然念道:"百里,百里,乘风……"她仍闭着眼,却倏地伸出手来,抓住了蒙恬的胳膊。

蒙恬一怔,缩了缩胳膊,却未挣脱,面露尴尬之色,道:"她……

她虚弱过度，可能出现幻觉了。"

叶眉儿扶起李微蓝，让她倚靠在自己身上，轻轻地抚着她的后背。

李微蓝嘴里不再念叨，手却仍轻轻地搭在蒙恬的胳膊上……

她的手，有点凉。

但是，好软……

他不再挣脱，甚至不敢放下胳膊，像怕是一不小心惊醒了她的美梦。

一股奇异的暖流从胳膊处传来，在他心底荡漾……

世界像是瞬间安静下来。

数百头狼，好奇地蹲在一旁，静静地打量这一切。

她终于睁开眼睛。

他竟仍端着那只胳膊，只是吃力地道："大嫂，是我……"

"你叫我什么？"她扑哧笑了，"大嫂？"

蒙恬顿了顿，道："方才，你认错人了！"

她收回手去，他端着的胳膊，顷刻间觉得轻松了不少。

"你和你哥，还真不相同！"她道，"他是雨，你是风。"

"不，他是风，百里乘风。"他竟然忙不迭地反驳。

"他叫风，但他是雨，你才是风。"她叹道。

"管他风啊雨的，终归是一家人。"商无期莫名其妙地插了一句。

叶眉儿在一边狠狠地掐了他一下。

"你掐我干吗？"商无期不满地咕噜。

天又亮了。

那座颇为壮观的城堡，再次出现在了不远处的黄沙之中。

这次看到的，不知是真的城堡，还是海市蜃楼。

"过去看看吧！"商无期道，"不去哪知是真是假！"

"等等吧，我让沙狼过去，看它们能否到达那座城堡！"蒙恬道，"我们四人就在此等待，可以节省体力。"

蒙恬吹了声呼哨，指指前面的城堡，狼群已风一般朝那儿冲去。

第48章 海市蜃楼

一个时辰过去了……

两个时辰过去了……

那座城堡还在那儿。

但狼群早已消失得无影无踪了。

它们很忠实,不到目的地,大概不会轻易回来。

"完了,又是海市蜃楼!"商无期道。

"也不一定!"蒙恬道,"或许那座城是真实的,只不过,有高人在城外利用光与影设了幻境,让想进城的人在城外迷失。"

"你是说,城是真的,我们所处的环境,是幻境?"李微蓝愕然。

"这只是一种可能性。"蒙恬简短地回答。

李微蓝禁不住多看了蒙恬一眼。

"我原以为,你只会养狼。"她道。

蒙恬无语。

"那残月使是如何到达拜月城的呢?"商无期道。

"我也在想这个问题!"蒙恬环顾四周,突然道,"你们有没有注意到,这荒漠之中,每隔数百步就有一丛灌木?"

"这个,我们昨天就发现了。"商无期道。

蒙恬思忖良久,道:"我发觉,这些灌木丛虽然形状不一,但有个显著的相似点,就是都有一个尖头,指向某一个方向,感觉像是经过了人工修剪的……"

商无期恍然大悟,"那是不是意味着只要按照尖头所指的方向行走,就可以到达城堡呢?"

"试试吧!"四个孩子精神大振,沿着灌木丛尖头所指,一路向前。

十多个蒙面人远远地跟在他们身后。

凤如花恨恨道:"他们竟然破解了通往拜月城的密码!"她看了身边的魏圆通一眼,"管不了那么多了!出手吧,杀了他们!"

魏圆通略微有些迟疑。

"用不了半个时辰,他们就可到达拜月城!"凤如花冷冷道,"你想让他们坏了教主的大事吗？"

魏圆通挥挥手，盗贼公会的十多名成员一拥而上。

身后突然喊声震天，凤如花回过头，却见上千名沙狼勇士，在左将军和右将军的带领下急奔而来。前面的马队跑得要快一些，他们抢在盗贼公会之前，将四个孩子团团保护起来。

"狼左、狼右，你们未经允许就进入拜月沙漠，是想谋逆吗？"凤如花对两位将军厉声道。

左将军拱手道："我等不过是护送新晋的漠北狼王面见教主，是否谋逆，由教主定夺。"

凤如花气急，纵身而起，手中铜箫直指向左将军，铜箫带着风声，发出一声空鸣。

左将军持刀接过一招，手臂微微发麻。右将军见状，也持刀上前，与左将军一道围攻凤如花。三鬼及盗贼公会的人也冲上前去，与上千沙狼勇士战成一块。

两位将军武功均为六段，在沙狼部落已是顶级的高手，再加上千名沙狼勇士，共有一千多马力的战斗力，与凤如花、三鬼及盗贼公会诸人相比，明显占有优势。但沙狼部落并没有战胜对手的意愿，他们的目标是将商无期平安护送到拜月城，所以只是死死防守，边战边退，按照灌木丛尖头的指引，慢慢向拜月城方向挪动。

一个时辰过去，沙狼部落最终以伤亡近百人的代价，将商无期等人安全送到了那座城堡边。

凤如花看着城堡，扬起手，三鬼和盗贼公会的人均轻手轻脚地退出战斗。

沙狼勇士也全部轻轻地放下武器。

没有任何人，敢在这座城堡附近舞刀弄剑。

这座绿色的城堡，向来只存在于传说之中。

它安安静静地躺在这片沙漠之中，一副与世无争的样子。

可近十年来，江湖的血雨腥风中最血腥的部分，大都与它有关。

第48章 海市蜃楼

它是噬血成性、杀人如麻的恶魔。

在场的绝大多数人，都是第一次见到它的真面目。

其实他们也没敢多看，全部低头垂手而立，等待城堡内的宣判。

站在太阳底下，身上竟然一丝丝发冷。

城堡里很安静。

像是住着死神，没有任何一丝动响。

时间慢慢过去……

城堡内的人，像是在这个慵懒的午后睡着了。

城堡外的人，仍然安静地垂手而立，像一群蜡像。

凤如花有些耐不住了，她不时抬起头，向城堡方向张望。

她期待的人终于出现了。

一个身着黑袍的干瘦老人突然出现在城墙之外，这个城堡没有门，他就像是直接从城墙里钻出来的一样。

凤如花疾步迎上前去，揖手道："长者。"

她很少对他人显出如此恭谦的表情。

黑袍长者却看都没看凤如花一眼，只是扫视四周，道："这些人，来干什么？"

他声音不大，但语气中的寒意，已令所有在场的人，暗自心惊。

凤如花连忙解释道："狼左、狼右两位大胆狂徒，竟然带着沙狼人私闯拜月沙漠，我等来此，是为了阻止他们！"

黑袍长者道："既然这样……"

右将军几步跨上前去，高叫道："长者请慢！神教漠北狼王现身，我等护送狼王至此，还烦请长者通报教主……"

他的话没有说完，因为黑袍长者已径直推出一掌，右将军来不及抵挡，便被击出几丈开外，喷血而亡。

余者大骇，城堡外一片寂静。

"我只是拜月城的门卫，"黑袍长者声音仍然不大，听上去有气无力，

"我的职责是替教主守门，而不是通报。"

人群之中，叶眉儿突然碰了一下商无期，道："这个黑袍人好生面熟，他不就是在西帝城装神弄鬼的驱蝶长者吗？"

商无期道："我也认出来了，原来他根本不是哑巴！"

叶眉儿惊道："一个门卫老头就如此了得，那教主该是何等武功？"

说话间，黑袍长者突然一闪身，手持利剑，鬼魅般飘向人群。转眼间一片血腥，那些沙狼勇士毫无抵抗之力，竟然像被切萝卜一样，转眼就倒下一大片。因为速度太快的原因，一些人在身首异处之后，才来得及发出一声哀号。

面对这种突如其来的屠杀，剩下的人，竟然忘记了逃跑。

仅仅片刻的工夫，倒下的沙狼勇士，竟达数十人之多。

商无期霍然抽出腰间的玄木棍。

他从未见过……

从未见过……

如此残忍的屠杀！

通天的愤怒已压制住本能的恐惧，突地就充斥到了他全身的每一个细胞，当他飞身而起向黑袍人挥出手中的玄木棍时，他的双眼必定已冒出了火花。

一个声音在他热如岩浆般的脑海中回荡：

阻止他！

阻止他！

不，杀了他！！！

以恶制恶，才是对待恶人最合理手段！

黑袍长者远没有商无期这么愤怒，或许他早已习惯了热血四溅、断肢纷飞的场面，他面对迎面扑来的鲁莽少年，微微一怔，然后随手甩出他的黑色长袖。

好多年以来，他都未遭遇过敢主动攻击他的人了。不知死活的东西，那就让他死得更惨一些吧！在黑衣人的想象中，这个少年会被黑袖卷住，

第48章 海市蜃楼

然后甩出几十丈远，在一块巨石上撞得粉身碎骨。

一个白色幻影突然旋风般卷过，还没来得及看清人影，商无期已被幻影卷住，带到几丈开外。幻影在地上落定，慢慢露出真容，道："无期小子，你竟敢去攻击他，不要命了吗？"

"阴阳前辈，你放开我！"商无期咬牙挣扎着，"我一定要，让他死！"

"那你首先得练成这个实力！"阴阳老怪道，"在整个东方大陆，能杀死他的人，还没出生！"

黑袍长者停止了屠杀，叹道："阴阳老怪，你到底认出我来了！"

阴阳老怪道："仇不弃，四十年过去了，你这脾气，竟然越来越暴戾了！"

现场一些年长点的幸存者，闻听两位老者的对话，方知他们的身份，不由得暗自心惊。

易不世，不世出的武学奇才，蓬莱派创始人，主攻法、儒、道、墨四科武功，创制了东方大陆顶级武功绝技——"天地一剑"！

宫飞雪，易不世夫人，蓬莱派创始人，主攻食、织、药、乐四科武功。

仇不弃，名家武功创始人，创制了东方大陆顶级武功绝技——"分身术"！

阴阳老怪，原名阴阳离，阴阳派武功创始人。

以上四人，四十多年前就名动江湖，被称为"宫廷四子"，其天分之高百年难得一见。在易不世夫妇殉身漠北之后，仇不弃与阴阳老怪也突然隐身江湖，不见踪迹。在一些年轻人看来，他们早已只是传说中的人物，哪知竟会双双在拜月城出现！

阴阳老怪似乎对仇不弃的行踪也颇为诧异，调笑道："仇老兄曾经一世英豪，谁能料到，如今会落到与拜月教看门的地步！"

"我做事，自有我的道理！"仇不弃怒道，"你偷偷摸摸在中都城外办什么段位补习班，既贪财又小气，被人称为'阴阳老怪'，又能比我强到哪里去？"

"我那大东亚段位培训班在中都大名鼎鼎，钱的确没少赚！"阴阳老怪却颇为自得，"你若肯屈就去那儿做个培训讲师，薪水应该比守门要高！"

"想你阴阳老怪，打年轻时就没志向，一辈子也就配赚点小钱！"仇不弃道，"燕雀不知鸿鹄之志，我仇不弃岂是你能懂的？"说罢，突然转身奔向城墙方向，众人眼见他直撞向城墙，正不解间，他整个身子已挤入墙中，消失在墙内。

城墙依然在那里，完好无损。

商无期情绪仍未平复，挣脱阴阳老怪，就要去追。

阴阳老怪一把拽住商无期，道："休得鲁莽！那道城墙，他进得去，你却进不去！"

商无期道："为何？"

阴阳老怪捡起一块石头，重重砸向城墙，正中刚才仇不弃钻进去的地方，石头被反弹回来，碎成几片。

阴阳老怪问商无期道："你的头，会比这块石头更硬么？"

商无期喘着粗气，心情慢慢平复，暂且按住了撞墙的念头。

叶眉儿在一边不解问道："那仇不弃是如何进去的？莫非他真有遁土术不成？"

"这世上哪有什么遁土术！"阴阳老怪道，"仇不弃能进去，不过是因为他熟悉这座城墙的构造而已！如果我没有猜错的话，这座城堡，就是仇不弃建造的！"

"向来只闻墨家善于建造城池，没料到名家也会！"叶眉儿在一边感叹道。

"名家向来强调名实之辩，思辨能力极强，强者可以做到弄假成真，无中生有。仇不弃自幼独喜名家典籍，钻研颇深，幼年时我们尚在皇宫为太子伴读，他就能借助光影和地势，将宫养的一只孔雀的身影，投射到空中，制造百鸟贺朝的假象，曾轰动一时。"阴阳老怪道，"我估摸，这拜月城的本相，可能不是现在大伙看到的模样，仇不弃利用地势和光影效果，虚构了一座城墙，又在城外方圆数十里的范围内，虚构了诸多虚影幻景，外人一旦闯入就会迷失方向，陷入幻境之中无法出去。想我阴阳学派，也是研究地势、光影、气息的专家，我破解城外那些虚影幻境，来到这里，竟也颇费了一番功夫！"

众人闻言，嗟叹不已。

"听前辈如此说来，这拜月城墙原来是虚拟的了！"叶眉儿道，"前辈快告诉我们，这城墙哪儿是实，哪儿是虚吧！我们从虚处钻进城去，不就可以？"

"这就难了！"阴阳老怪一摊手，道，"这道城墙，可能是仇不弃在虚实研究方面的最高成就之一，一时半会我也无法破解！而且，这城墙看似普通，实则处处机关，你们眼中平滑的墙面，没准是荆棘、利刃，甚至陷阱，所以的确不可贸然硬闯！"又道，"我估摸城墙上入口很少，而且只有仇不弃能看见，他每次从入口进去之后，就会用巨石或其他物件将入口堵住，所以方才我用石块砸他从城墙进入的地方，却被挡了回来。"

"想不到这世上竟有如此奇门异术！"叶眉儿啧啧称奇道，"只是这仇不弃，如何……甘心听拜月教调遣？"

"想当年的宫廷四子，何等风光！"阴阳老怪像是在自言自语，"他投身拜月教，断然不为钱财，必定另有所图！"

第49章 宫廷四子

四十多年以前，易不世、宫飞雪、仇不弃、阴阳离四人还在宫中伴读。

他们获得"宫廷四子"称号时，刚刚二十岁。四个人正值青春年少，朝夕相处，难免会生出男女朦胧情愫来。阴阳离年龄最小，活泼好动，对男女之事知之甚少；但易不世和仇不弃就同了，他们俩自十多岁起，就同时喜欢上了宫飞雪。

四个人中，易不世年龄最大，显得成熟稳重，而且才华出众，俊秀儒雅，宫飞雪少女情窦初开，身边有这样一位男子，想不喜欢都难！她平日里甚爱与易不世耍小性子，易不世也不生气，显得很宽厚。至于仇不弃，论才华武功，倒也与易不世在伯仲之间，但生性乖戾，平日爱好与人争辩，无理也要争三分，虽心地不坏，但毕竟显得心胸不够开阔，这样的男子，是很难讨女人喜欢的，所以，宫飞雪虽比仇不弃还小两个月，但她对仇不弃，就像姐姐对弟弟一样，虽然亲热，却从未往男女之事方面去想，有时候，仇不弃为武学或生活琐事与她争吵，她往往也只付之一笑，并不计较。仇不弃虽然精于武学，对男女之事却并无太大天赋，见宫飞雪总是迁就自己，却特别爱与易不世闹别扭，心中还暗暗高兴。

终于有一天，仇不弃鼓起勇气向宫飞雪表白，宫飞雪竟然大吃一惊，告诉仇不弃，她从未对他有过那方面的想法。仇不弃自然不甘心，连续

第49章 宫廷四子

几天追问宫飞雪不喜欢自己的原因，宫飞雪只得告诉他，自己早已有了心上人。易不世与宫飞雪本只是相互暗暗喜欢，经仇不弃这么一闹，两人关系反而越挑越明了，没几天就公然走到了一起，幸福之态，深深地刺激着仇不弃。

仇不弃怎么也想不通，易不世这小子到底比自己强在哪里，竟然能轻易获得宫飞雪的芳心。习武之人，满脑子都是武功高低，仇不弃想，难道宫飞雪是认为自己武功不如易不世吗？不行不行，得与他一争高下，即使要输，也要输个明明白白！想到这里，仇不弃给易不世下了挑战书，邀他比武。

易不世知道仇不弃心里在想什么，却并不生气，只是哈哈一笑，接受了仇不弃的挑战！

第二天清晨，比武开始，两人均使木剑，剑头上蘸上墨汁。仇不弃与易不世大战半个时辰，招式上不分胜负，但两下相比，仇不弃已气喘吁吁，而易不世仍呼吸均匀，不显疲惫。其实这时胜负已判，再战下去，势必对仇不弃不利。仇不弃心下着急，脸上早已露出愤恨之色，出招更急，越急越乱，频频露出破绽。易不世却似乎并不急于获胜，有好几次可以一招制胜的机会，却屡屡放过。

一个时辰以后，仇不弃越攻越猛，而易不世基本上只是防守，偶尔抽空攻上一招，逼得仇不弃后退几步。仇不弃久战不胜，慢慢感觉到易不世并没有尽全力，心下生出莫名羞愧，出招更狠，只攻不守，憋足全力，数剑齐发，使出一种两败俱伤的打法，一时间逼得易不世连连后退几步。

仇不弃没料到易不世突然后退，一时间脚底一滑，一个趔趄，连人带剑一齐向前冲去。

眼看仇不弃就要扑倒在地，他的木剑突然刺到了一样东西，人也顺势站稳，定眼一看，原来这一剑竟然正好刺在易不世的胸口上。仇不弃自己也愣住了，他实在不敢相信，自己运气会这么好，想不到会误打误成！

当然，也可以说是易不世运气太差了，如果易不世反应稍微快一点，轻轻就可以避开自己这一剑，再回手一击，胜负就应该是另外一种结局了！

易不世早丢了木剑，抱拳大声道："仇老弟，你赢了！"

仇不弃气喘吁吁地放下剑，脸上露出得意之色。

所谓旁观者清，宫飞雪与阴阳离在一旁观战，起初见易不世没有抓住攻击机会，两人还惋惜得只叹气，后来见易不世连连错失良机，就看出易不世的良苦用心了：仇不弃这人爱面子，追求宫飞雪失败，已让他大失颜面，要是再让他比武失败，十年的兄弟之情，只怕就要破裂了！这次落败，看来完全是易不世有意为之！

宫飞雪揣摩着易不世的心事，又想起四人这十年间不是手足、胜似手足的情谊，心头不禁生出丝丝暖意。她对易不世的爱意，不禁又深了一层。

哪知仇不弃在获胜之后，心中有了底气，没过几日，竟然重新开始追求宫飞雪。只不过，这下子没以前那么直接了，总是委婉地送花送草，情之所至，有时甚至还写了诗句，送来请宫飞雪鉴赏，少男之羞怯，现于言表。

宫飞雪不忍伤他，但又烦恼不过，便找易不世诉苦。

易不世竟然淡淡一笑，道："当初他约我比武，我就料定他对你仍怀有痴心，我要赢了他，他就会认定你喜欢的只是我的武功，而不是我本人！这样，他永远都不会死心的！所以我故意败给了他，果然不出我所料，现在他胜了，觉得有了爱慕你的资本，所以又来纠缠你，这时候只要你能果断加以拒绝，相信他以后就再也不会胡思乱想，从此大家便都安宁了！"

宫飞雪听得愣住了，脸色慢慢涨得通红，"呸"了一口，道："易不世，我原以为你让他，是念及兄弟之情，顾及他的面子，哪知道你竟有着如此深的用心！现在，你把所有的难题都推给我了，让我去拒绝他，你自己倒是轻松了吧！不过，易不世，你也太自信了，你凭什么就敢断定，

第49章 宫廷四子

我一定会拒绝仇不弃？你对自己的魅力，也太有信心了吧！"

易不世一怔，他原本只是想通过这种方式给仇不弃一个善意的提醒，不至于伤了兄弟和气，哪知道这样却伤了宫飞雪的自尊？易不世自知失言，一面在心里责怪自己想得不够周全，一面忙给宫飞雪赔不是。但宫飞雪自幼家世不凡、容貌出众，又冰雪聪明，向来骄傲，何曾受过半点委屈？加之情窦初开的少女，在心上人面前，自尊心自然格外地强，她扭头就走，无论如何也不肯原谅易不世。

见易不世和宫飞雪闹别扭，仇不弃趁机天天借故去找宫飞雪；宫飞雪似乎是为了气易不世，故意与仇不弃走得很近，两人经常王宫里散步，或促膝漫谈。

易不世这下着急了，他决定去找仇不弃说个明白，希望仇不弃退出。

易不世把比武胜败真相，以及自己与宫飞雪闹别扭的原因，全都直言不讳地给仇不弃讲了一遍。

仇不弃听得大怒，直骂易不世狡诈，比武明明是输了，竟然去找如此不堪的借口！仇不弃大叫道："既然你不服输，那我们重比一次，如何？"

易不世没有办法，只得答应。

仇不弃又道："还有，比武之前，我有一个要求！"

易不世问道："什么要求？"

仇不弃道："我们立下字据，这次比武，谁获胜，谁赢得宫飞雪，败者自动退出！"

易不世犹豫了，他没想到仇不弃会提出这样的要求！倒不是易不世怕失败，要战胜仇不弃，他自觉有九成的把握！易不世担心的是：一旦宫飞雪知道了他和仇不弃比武，竟然拿她去做赌注，那不知该怎么个生气法！于是，易不世道："比武归比武，宫飞雪是宫飞雪，这两件事，还是不要扯到一块为好！"

仇不弃道："比武和宫飞雪，这本身就是一件事！"

两人正争执不休，宫飞雪这时突然过来了，断然道："你们刚才的话，

我都听见了！我赞同仇不弃的主意！"

　　仇不弃喜形于色，易不世目瞪口呆。

　　纵然易不世武功稍在仇不弃之上，但比武之事，偶然因素很多，两人相斗，只是胜算多少的问题，最终谁胜谁负，还真很难说。这一点想必宫飞雪也是知道的，其实她这么决定的原因，只不过是想再杀杀易不世的傲气而已！谁让他总是那么自信呢，活该！看着易不世紧张的样子，宫飞雪偷偷抿嘴笑了，她想，这个傻瓜，还知道紧张啊！其实，只要尽全力，他落败的可能性几乎可以小到忽略不计哦！再说了，要他万一败了，自己也还是可以反悔的嘛，谁叫自己是女生呢，呵呵！只是，那样做的话，又会有点伤了仇不弃了……嗯？

　　虽然宫飞雪并不喜欢仇不弃，但有人为她打架，大概心里还是有点偷着乐的！古往今来，只要是女生，这点虚荣心大概都会有的吧！

　　于是，有了第二次比武。

　　这一次，易不世和仇不弃都尽了全力，两人从清晨打到黄昏，从地上打到屋顶，从城里打到城外，打得精疲力竭，引来无数百姓观战。中都城里的老百姓，几乎从来没有看到过这样精彩绝伦的打斗，当他们听说这场打斗的起因是为了争夺一个女人时，更激发他们无尽的激情和想象力。中都城里几乎万人空巷，人们自发地组成了两支庞大的啦啦队，有的为一身锦衫的易不世加油喝彩，有的力挺身着黑袍的仇不弃，喊声和惊叫声几乎掀翻了整个中都城。眼见天色将黑，好多人准备了火把，准备接着看夜戏！

　　仇不弃几乎是怀着必胜的信念在进行着这场庄严的打斗，这种信念支撑着他不停地打下去，要不然，他不可能支撑这么久！这场打斗，不仅仅是为了争夺宫飞雪，还是为了荣誉，更为了尊严！以前，他很少能赢易不世，这个混蛋，也许从前根本就没把自己放在眼里过！但是，就在不久前，就在前一次，自己还痛痛快快地赢了他！哪怕他并不承认失败！

第49章 宫廷四子

这一次，一样，一定要让他输得心服口服！

仇不弃要证明这一点：自己面前的这个人，并不是不可战胜的！

易不世从来不知道仇不弃竟然这么能打，从来！面对这么一个貌似疯狂的对手，他心中不禁涌出一丝丝寒意，不要再打了，不能再打了，一定要早点结束战斗！就像从前两人经历过的无数次比武一样，几乎每次都是一样的结局，易不世最终轻轻地一剑，击败了仇不弃所有的梦想与抱负，只留给他一个淡淡的、自信的笑容！

可是，今天易不世笑不出声来了！他感到自己手心里不停地渗出汗水，手中的木剑也在微微颤抖！仇不弃似乎成了一个永远也不会疲惫、没有知觉的木头人，不停地让自己进攻，再进攻，他在比武，却又似独自沉浸在一种物我两忘的境界中！

这种境界让仇不弃痴迷！

而易不世呢，这次比武竟然有点难以集中精力。想起这场比武的无聊缘由，他心中不禁有些后悔，宫飞雪的影子总在他心间闪动，他不禁长叹一声："飞雪，宫飞雪！"易不世不想再战，已经竭尽全力打了一天了，他几乎要对这个自己从未在意的对手放弃抵抗！两人在屋顶大战，此时，易不世竟慢慢竟被逼到了屋角。

听到易不世口中念出"飞雪"这个名字，仇不弃突然一怔，像是从梦魇中突然醒过来，他不由地朝屋底下看了看。他看到了宫飞雪！他的眼光从宫飞雪身上一扫而过，然而就是这一眼，导致了他突然失败的命运！

宫飞雪一直在屋底下观看两人的决战！她的心情随着比武的景况时起时伏。是的，她也没料到仇不弃今天这么能打，看来，这两个男人都动真格的了！不仅仅是动真格的，他们几乎是用整个生命在战斗！其实高手比武，一般人是看不出门道来的，但他们的激情、他们的投入却能感染着每一位观众，能让观众体验到一种莫名的愉悦的审美感受，让人想哭，却流不泪，想笑，却出不了声。这是一场惊心动魄的打斗，更是一场完美的表演！

而她，是这场表演的幕后女主角。

一辈子能当这么一回女主角，大概也没枉来人世一遭！

宫飞雪真怕这场比赛突然就结束了！她不愿意！

同时，她也好害怕知道比赛的结果，因为，无论谁输了，都会有人被伤害！宫飞雪甚至有些后悔，本不该让他们两人进行这场比武的！

当易不世被仇不弃慢慢逼向屋角时，宫飞雪的心揪紧了，她没想到会是这么一种结局！这时她明白，原来自己内心深处，仍然还是盼望着他能赢的！

仇不弃就是在此时对宫飞雪投来了匆匆一瞥，他看到了宫飞雪的眼睛！

那是一种什么样的眼神啊！紧张，担忧，失望，绝望，幸福……

仇不弃一刹那间在那双眼睛里读懂了一切！

仇不弃明白：她喜欢的人，不是自己！

所以，一开始，他就输了。

这本是一场没有任何意义的战斗！

惊鸿一瞥，胜过百万雄兵！仇不弃像一只皮球，突然间泄了气，他失去了所有的灵感和才华，那只木剑，在他手中，再也划不出天才般的弧线……

直到易不世把木剑轻而易举地架在仇不弃脖子上，易不世还在惊奇对手好像突然变了个人似的！

仇不弃木木地扔下木剑，说道："易不世，你赢了！"

易不世也垂下剑，感到自己整个人都已累得虚脱了。

那场比武，成了中都城里百姓茶余饭后的谈资，影响达数年之久。那几年，中都城里送孩子去习武的百姓猛然增多，很多私塾，在教文的同时，也开始习武，私塾先生这样教导孩子：武学，实际上是一门艺术！

仇不弃第二次比武落败之后，这一天专程来找易不世和宫飞雪告别，原来，他决定离开皇宫，另走他乡。

易不世和宫飞雪苦苦相留。

仇不弃道："易不世，你不要留我！我仇不弃这次离开中都，并非是为了云游，而是想找个安静的地方，参悟武理，待我参透了，二十年之后，还会回来与你再战一场，如何？"

易不世笑笑。

仇不弃又道："我仇不弃长到这般年纪，最服气的人，是你！最不服气的人，也是你！平生两件大事，都没能胜过你去：争女人，争不过你；打架吧，这几天两次比武，一胜一负，顶多也只算打了个平手！二十年之后，我再回中都时，希望你不要败得太惨！"

宫飞雪听得满脸绯红。

易不世哈哈大笑："仇老弟，休要太小看人！二十年就二十年，老兄我自然也不会放松练功，到时候一战定胜负！"

说话间，阴阳离居然也背着个大包裹赶来告别。原来，皇宫伴读到了一定年龄之后，是可以申请出宫的。阴阳离见仇不弃要走，易不世和宫飞雪又确立了关系，他觉得待在宫中再无甚乐趣，又天性好玩，便申请出宫云游了。

"宫廷四子"就此分手。

仇不弃从中都离开，向西走了八百里左右，来到黄羊山，在那儿隐居起来，研究武学。当年宫廷四子在皇宫读书时，兴趣点大相径庭：易不世读得比较正统，主要是读儒家、道家、法家、墨家这四大家的书；宫飞雪比较喜欢诗书、女工等方面的书；阴阳离特别爱好阴阳八卦的书，主攻阴阳学派；而仇不弃，则一直迷恋名家，沉溺其中，几乎是不能自拔。所以，他们四人依据书籍研创的武功招式，自然也有很大不同。

这名家的学者以惠子和公孙龙子为首，爱好辩论，无理也争三分，能把黑的说成白的，死的说成活的，其理论在常人看来，往往觉得不可理喻，但以仇不弃的性格，天生爱好争执，这名家正好对了他的胃口，他根据名家诡辩理论创制而成的名家武功，自然也是诡异万分。当初仇不弃在皇宫时，原本还什么书都读一点，负气离开中都时，他一心想与易不世争个高下，见易不世主攻儒、道、法、墨四家，就干脆这些书都不带了，只带了名家的书籍去黄羊山。他性格原本就有些偏执，二十年来又长期身陷名家理论的逻辑推理和语言思辨中，言行举止也越来越怪异，时而清醒严谨，时而糊里糊涂，看上去竟像走火入魔了一般。

仇不弃在黄羊山研读名家著作二十年，独创了一整套后来名震江湖的名家武功，招式诡异，鬼神难测，他因此也成了不世出的武学大师。

当四十岁的仇不弃在闭关二十年以后，第一次走出黄羊山时，他是充满了必胜的信心的！

二十年了，中都，我来了！

易不世，我来了！

在仇不弃离开中都后不久，易不世和宫飞雪就成了亲，很快也出宫了，找个地方隐居起来，潜心研究武理，并开发出了儒士科、道士科、法士科、墨士科、食女科、织女科、药女科、乐女科八套武功，并开馆授徒。

仇不弃来到中都，稍作打听，就找到了易不世的武馆。易不世夫妇摆了酒席来招待仇不弃，三人二十年才得重逢，自然十分亲热，彼此嘘寒问暖，比武之事，暂且都忘到了脑后。听说仇不弃竟然在荒凉的黄羊山待了二十年，易不世嗟叹不已，道："这些年可苦了你了！你干脆回中都来，我们一块儿开馆教武，岂不快哉！"

易不世本是好意，但仇不弃天生好强，容不得别人同情他，便道："我没觉得在黄羊山有多苦，倒是你们在中都教这么一群小屁孩习武，到底有什么价值，真是浪费大好光阴！依我看，你们俩还不如跟我去黄羊山，潜心修习武学，岂不比待在这个破院子里强上百倍！"

易不世心道："我也没有说什么呀，怎的就伤了他的自尊？这仇不弃在深山老林里待了二十年，看来性格真是越来越怪了！"想到这，易

第49章 宫廷四子

不世婉言道:"我们是享不起隐居山林之福了,这么多孩子还等着我们教习呢!在此陋巷教文习武,虽不能建功立业,扬名立万,但一则能弘扬武学,再则能为我中央帝国培养栋梁之材,岂不也是一件乐事!"

仇不弃道:"古言道,一心不能二用!我早就觉得你读书过杂,只怕对习武不利,所谓儒墨法道兼修,肯定是样样都只能浅尝辄止!而如今,你竟连习武也不专了,过起这当师傅的瘾来了,日后怎能大成?"

易不世道:"善读书者,能进能出!若只知读书,不问世事,何以明事理?不明事理,又怎样能真正读好书?习武也一样,若只关心自身武功,而将天下全抛于脑后,胸襟太小,只怕武功也难练好!"

仇不弃愤然着色道:"依你的意思,是说我的武功不如你了!二十年之约,今日一试如何?"说罢,以手中筷子为剑,刺向盘子中的易不世正准备去夹的一块鹿肉。

易不世用筷子挡住仇不弃的筷子,哈哈大笑道:"也好!今天就切磋切磋,看看到底是我的博学兼修好,还是你专修一门顶用!"

易不世自研创出这多套武功后,平时也只是与宫飞雪反复演练,与其他高手过招的实战机会并不多,今日有如此机会,自然兴致盎然,他将儒、道、法、墨四科的武功逐一使将出来,趁此机会加以检验、修正,仇不弃则用名家武功逐一接招。两人隔着桌子,围着那块鹿肉斗了半个时辰,屁股都没有离开凳子。宫飞雪也没有离桌,聚精会神地看着易不世和仇不弃打斗,大气都不出一下。不是内行之人,谁也不会发现,这方小小的餐桌上,竟有两位绝世高手,正在进行一场惊心动魄的决斗。

一个时辰过去了,两人仍不分胜负。仇不弃道:"看来,你纵然修得四科武功,功力也不过只相当我名家一科而已!"

易不世笑道:"你不是也没占到我半点便宜吗?谁胜谁负,还很难说啊!"

仇不弃突然冷笑一声,道:"那你试试我名家绝技'分身术',如何?"话音未落,仇不弃的持筷子的手突然变成了九只,每只手上一双筷子,从九个不同的方向朝那块鹿肉夹去。

易不世大惊，举筷便挡，但他动作再快，也只挡住了四个方向的筷子。待他抽回身，准备去阻挡另外几双筷子时，那块鹿肉早已被仇不弃稳稳地夹在筷中。

易不世愣了好久，黯然失色道："仇老弟，你赢了！"

仇不弃得意地"哼"了一声。

易不世突然道："敢问仇老弟，你这招'分身术'，是多久才炼成的？"

仇不弃答道："十年。"

易不世喃喃自语道："十年……十年……如果再过十年……"

仇不弃自得地哈哈大笑："有我这招'分身术'，你就是再练十年恐怕也没用！依我说，你不要去修得那么杂，还是专心修炼一门武功比较好！"

易不世没有说话，他缓缓地举起手中的木筷，慢慢地在空中划了半个圆圈。

仇不弃的笑容僵在了脸上。

易不世刚才轻轻地一划，让仇不弃感到了绝望。那一划中，竟然包含了儒、道、法、墨四科的武功，而且竟然还能极好地融合在一起！那意味着什么？意味着，如果有人能将这四科武功糅合在一起，练成一种新的招式的话，武功将会增加四倍……也许还会更多？那么，他完全可以挡住九双，甚至更多双筷子！

理论上，这完全是可行的。

易不世刚才那一划，显然没有做到尽善尽美，甚至显得有点笨拙，漏洞百出，想必他还没有完全练成。但如果他练成了，这场比武也许就是另外一个结局了！

仇不弃突然觉得自己背上冷汗潸潸。

易不世缓缓道："我这招叫'天地一剑'，可惜的是，练成它，还需要十年时间……"

仇不弃放下筷子，道："易不世，这场比武，你没有输，顶多只算平局……那么，再过十年，我再来领教！"他喝干了杯中的酒，提起包裹，

第49章 宫廷四子

转头就走。

宫飞雪想起身挽留，易不世止住了她。

易不世看着仇不弃的背影，也饮尽了杯中之酒。

仇不弃回到了黄羊山，三天不吃不喝，对着名家典籍冥思苦想。易不世的"天地一剑"虽然目前还只停留在初创阶段，但也足以深深地刺激他！仇不弃希望能创造出更高的武功绝技，以期在十年后的比武中与易不世的"天地一剑"相抗衡。遗憾的是，仇不弃竭尽全力，也无法在武学思路上取得新的突破。莫非真的是因为自己兴趣点过窄，无法做到像易不世那样触类旁通，以至于失去了进一步提升的能力？如果真是这样的话，迟早有一天，他注定会被易不世远远地甩在后头！仇不弃痛苦万分，脾气变得越发急躁，性格也越来越古怪，动不动就对着满山的山禽野兽、花鸟虫鱼大开杀戒，吓得过路行人都不敢在黄羊山附近驻足。

创造更高武功绝技的想法泡汤之后，仇不弃转而把精力花在巩固原有的武功绝技上，名家武功在他手中日益得到完善，尤其是顶级绝技"分身术"，他更是练得炉火纯青。同时，他还以"分身术"为基础，创造出了"变脸术""隐身术""鬼魅术""风雷术"等一系列的辅助技能，对东方大陆武学界讳莫如深的"召唤术"也颇有研究。仇不弃思量着，虽然新创的这些武功谈不上有多大威力，但总归真是有胜于无，十年后再战易不世，或许也可以派上一些用场！

时间如白驹过隙，转眼间又过了十年，仇不弃再出黄羊山时，已经五十岁了。此时的仇不弃，全然没有上次走出黄羊山时的豪情，他只在想一个问题：易不世的"天地一剑"，到底练得怎么样了？仇不弃心情复杂，不知是希望易不世的"天地一剑"练成了，还是没有练成。

但这一次出山，仇不弃没能见到易不世。

仇不弃赶到刚刚建成的蓬莱学院，才知易不世夫妇率八名弟子，刚好于半个月前远赴漠北，去阻击草奴族额尔拉部大单于的邪恶计划。

仇不弃在中都城足足等了一个月，也没等到易不世回来。

他只等到了一个噩耗。易不世等人在漠北被草奴人包围，弟子几死几伤，易不世夫妇以身殉国。仇不弃叹道："自夫子之死也，吾无以为质矣，吾无与言之矣！"

这句话出自《庄子》，是道家代表人物庄子在老朋友兼老对手——名家代表人物惠子墓前所言，用来表达仇不弃此时的心境，甚是贴切。

仇不弃失魂落魄地离开了中都，孤零零不知所往。

从此英雄空留憾。

分身术与天地一剑之争，成了昔日江湖最大的一宗悬案。

第50章 古井

宫廷四子的恩怨，当今江湖已只剩下零星传说，此刻有机会听阴阳老怪讲完整个事情原委，商无期等人均嗟叹不已。商无期道："这仇不弃醉心武学，苦苦修炼数十年，却再无机会解开心头之谜，也甚为可悲。只是他因此而丧心病狂，滥杀无辜，又甚是可恶了！"

阴阳老怪道："仇不弃天性偏执，要是不将分身术与天地一剑比出个高下来，这辈子恐怕都不会罢休！"

此时已到下午，拜月城外还活着的人已站了快两个时辰，却不敢离去。

地上的血，已经凝固。

商无期道："总站在这儿，也不是一个办法，得想办法进城去，见到拜月教主！"

"的确！"阴阳老怪突然一转身，夹裹着一股小小的旋风，人就来到凤如花身边，手中的利剑已抵在凤如花的颈上。"拜月教残月使，教中地位仅次于教主和满月使，不会没有进城的办法吧！"阴阳老怪道。

阴阳老怪武功的确鬼神莫测，战斗力达五百马力以上，在众人的印象中，整个东方大陆现存于世的九段高手恐怕也只有他和仇不弃两人而已。凤如花有八段武功，虽远不及阴阳老怪，应该足以抵挡一阵，只是她在拜月城外毫无斗志，阴阳老怪的攻击又发生在猝不及防间，她竟然轻易就被制服。

"前辈误会！"凤如花解释道，"教主虽封我为残月使，并赐我令牌，统率教众，十年来我数十次进入拜月沙漠，但一次也没进过拜月城，教主的所有指令，均是通过驱蝶长者来传达！说起来，我都有十年时间没见过教主了！"

"如此说来，拜月教主还挺信任仇不弃这个老怪物？"阴阳老怪将信将疑地收回了利剑。

转眼就过去了一炷香时间。

阴阳老怪朝城堡方向朗声道："阴阳老怪及蓬莱诸位代表求见拜月教主！"

城内仍然没有动静。

阴阳老怪怒道："既然不让我等进去，那我等就守在这城外，一日不出守一日，一年不出守一年，不信你们没人出来！"

城墙上突然光影变幻，出现了一道拱门。

仇不弃站在拱门口，施礼道："既然你们执意要进，那么……教主有请！"

门外的人面面相觑。

一些胆小的，已吓得两腿直筛糠。

这座绿色的城堡，在他们眼里恰似一座巨大的坟墓。

它会不会成为他们一生的终点？

凤如花貌似不敢违命，率先向拱门走去。

三鬼和盗贼公会的十多人连忙跟上。

商无期见状，也要跟过去，左将军连忙拦住，道："狼王请慎重，切莫中了那仇不弃的诡计！"

商无期道："我蓬莱人一路艰辛，伤亡惨重，目标就是这拜月城。如今城门大开，哪有不进去的道理！"说罢，大踏步向前。

有人在后面拽住他的衣襟，商无期回头一看，是叶眉儿小跑着跟上来了。

第50章 古井

"哥哥去哪儿,眉儿就去哪儿!"她道。

商无期伸出一只手来,叶眉儿紧紧握住,二人相视一笑,相伴而行。

蒙恬与李微蓝对视一眼。

蒙恬紧了紧手中的弯刀,小声道:"莫怕!"

李微蓝抿嘴笑笑,去追叶眉儿。

蒙恬顿了顿,也跟了上去。

"我倒想看看,这个拜月教主究竟是何方神圣?"阴阳老怪一挥手,道,"胆儿大的,不妨跟上,但需多加小心!"

左将军叹了口气,道:"百夫长以上跟我进去,其他人离开拜月沙漠,回部落等候消息!"

进入拜月沙漠的一千名沙狼勇士,此时已只剩下五百多人,其中有五名百夫长,他们跟在左将军身后,有些恐惧地挤成一团,慢慢走向拱门。

穿过拱门,应该就进入城堡里面了。

他们没有在拱门内看到符合想象的场景。

那儿一片荒芜,只有凄凄的野草,在风中零乱。

天空中空荡荡的……

天空中?

城堡是有屋顶的,如何能看到天空?

"不好!我们根本没进城堡!"阴阳老怪道,"仇不弃把我们带入了一个虚影幻景!赶快撤退!"

撤退?

只怕已来不及了。

众人听到身后传来一阵轰隆隆的声音,像是那扇沉重的拱门突然关闭了,当他们惊慌失措地回头看时,却发现更为惊诧的一幕。

压根就没有什么拱门。

甚至连城墙也消失了。

身后空荡荡的。

与他们前方一样,只有凄凄的野草,在风中零乱。

阴阳老怪纵身而起，意欲追赶前方的仇不弃。

仇不弃往地上一蹲，突然凭空消失了。

他们突然就被遗弃在了这个荒凉的地方。

二十多人在荒野中走了一天一夜，也没有找到出去的路。

前路茫茫。

看不到地平线。

"这片荒野到底有多大啊？"一位百夫长幽幽提出了自己的疑问。

"也许方圆五百里，也许只有五里，也许我们只是在原地绕圈，谁知道呢？"阴阳老怪道，"看来，仇不弃是想把我们困死在这虚影幻景中了！"

他的话让人感到更加疲惫和饥饿，意志崩溃的人已一屁股坐在地上，再也不肯行走。

"远处可能有羊群！"蒙恬突然耸了耸鼻子。

"真的假的？"李微蓝睁开惺忪的睡眼。

"骗你的！"蒙恬道，"怕你睡着。"

"你这样一惊一乍的，很消耗体能的，我现在更觉得饿了！"李微蓝抱怨道。

远处的土坡背后，突然翻过一只绵羊来。

接下来又是几只。

李微蓝两眼放光，"蒙恬，鼻子真灵，你还真是一头狼啊！"

二十余人同时向羊群飞奔而去。

眼睛盯着羊群。

鼻子中已闻到了烤羊肉的香味。

他们贪婪的眼神让牧羊的少年很不开心。

"你们想干什么？"牧羊少年道，"这是我的羊！"

一位百夫长在怀中摸索了很久，掏出了一枚金币。

"小子，这个给你，换两只羊！"百夫长道，"算你运气！同样的钱，

第50章 古井

在沙狼坳可以买十只羊！"

牧羊少年哧地发出一声冷笑，"你知道我每天放羊的工钱是多少吗？"

"多少？"百夫长压住怒气，问道。

牧羊少年伸出一个手掌。

"五个铜币？"百夫长道，"的确比沙狼坳要贵一点！"

"不！五个金币！"牧羊少年表情很平静。

百夫长大怒，"敢情你是打劫来了！"

商无期挤进人群，看着牧羊少年，突然大声叫道："李尉！原来是你！"

李尉抹了抹有些凌乱的头发，这才在人群中看到了商无期、蒙恬等蓬莱弟子，脸上微微有些尴尬，不过很快便神态自若道："没想到你们也来到了这里！"

商无期道："在西帝城，见你被驱蝶长者仇不弃抓走，还一直为你担心哩！"

李尉道："他请我在这儿放羊，价钱不低。"

"嗯，你刚才说了，一天五个金币。"商无期道。

"才两个月，我已攒下三百金币了！"李尉颇为自得，"回中都后，我可以买点上好的辅修药物和武功秘籍了！"

"回中都？"商无期两眼放光，"这么说，你知道如何从这里出去？"

"我也不知道。"李尉看上去有些沮丧，"这个草原大得无边，我从来没有走到过尽头。不过，待我赚够了，就找长者要了金币，提出去的事！"

"原来金币你还没拿到手啊！那你现在就向他提吧！"李微蓝在一边插话道，"你想赚够多少金币，回中都后，我给你。"

"哦！"李尉淡然道，"我现在放羊都上瘾了，不急着出去。"

李微蓝冷笑道："只怕你也好久没见过仇不弃了吧？"

李尉"哼"了一声，不再说话。

"你就直接告诉我，多少钱一只羊？"方才的那位百夫长不耐烦了，

"我们沙狼人的耐心向来是有限的！"

李尉并不理会，抱着双臂，鼻孔朝天。

"他只是替仇不弃放羊的牧童，哪会知道价格？"阴阳老怪道，"仇不弃是我兄弟，他的羊，我先吃了，日后有机会碰到他，再跟他结账吧！"说罢，就要去抓羊。

"谁说我不知道价格？"李尉急道，"一只羊，五个金币……不，稍微肥点的，得十个金币！"

阴阳老怪哈哈大笑，从怀中掏出一袋金币，抛给李尉，"小子，点个数吧，看看能换多少只羊！"

叶眉儿偷偷对商无期道："没想到一向嗜财如命的阴阳老前辈，今日竟然变大方了。"

阴阳老怪耳朵颇灵，他对叶眉儿的评价并不领情，道："谁说我变大方了？"表情突然有些凝重，"要是在这荒原上困一辈子，金币什么的还有何用呢？"

周围的氛围顿然有些沮丧。

先吃饱肚子要紧，几位沙狼勇士一边生火，一边宰羊，滋滋的烤肉声让他们暂时忘却了一切烦恼。

转眼间，在荒原上已待了快十天。

仍然没有找到出去的路。

众人在荒原上建起了临时窝棚，做好了打持久战的准备。

二十多个人每天都要消耗一只羊。李尉的羊群，也不过一百多只，如此下去，生存也将会成为问题。

更何况，李尉的羊，还有其他的用途。

因为寂寞，李尉与商无期走得比蓬莱学院时要近，毕竟都是从盗贼公会出来的。两个人居住的窝棚离得也不远，商无期注意到李尉每天清晨都赶着一只羊，往北走一两里路，来到一口井边，瞅见四处无人，就抱起羊，投入井中。

第50章 古井

那口井很深,商无期等蓬莱弟子都去过,李微蓝和叶眉儿更是常去,她们经常对着井水梳理自己的长发。

荒原上,除了草,还是草。

实在没有太多的去处。

寂寞得令人心烦意乱。

那井也不知是什么年代留下来的,井口是整块的环状青石块。井底有水,但从未有人从那儿取水,因为没有谁去做那么长的井绳。荒原上有一条细细的小河,不知从哪儿流来,也不知要流到哪儿去,二十多个人用水的问题,那条小河完全可以解决。

很快地,众人都知道了李尉每天向井中投羊的事情,有人开始责怪他,李尉理直气壮道:"这是长者的交代,不干这个活,每天五个金币就领不到了!"

阴阳老怪带人过去,仔细观察了一下井口,道:"年代太久的井,大都会凝结很深的幽怨,甚是危险。仇不弃交代李尉每天往井中投羊,极可能是在滋养井中的幽怨之气,诸位可得小心,以后没事就不要到这井边闲逛了吧!"

众人闻言,逐个散去。

又过去快十天。

荒原上的人们,闲得快要发疯。

凤如花带领的三鬼和盗贼公会诸人,原本是与沙狼部落和蓬莱诸人为敌的,现在相互间暂时也没了敌意,他们烤了羊肉,偶尔还会一起分享。

人多的地方,他人就是敌人。

人少的地方,寂寞才是敌人。

商无期和叶眉儿却没有觉得太寂寞。

他们每天带着羊肉和水袋,在荒原上走很远很远,像是要一直走到天边,走到地老天荒。月亮升起的时候,他们才会回来,报告阴阳老怪,他们仍然没有找到幻景的出口。

叶眉儿一次竟然说道:"哥哥,一辈子待在这个地方,其实也挺好。"

商无期嗫嗫嚅嚅道:"可是,蓬莱……"

"眉儿不过开个玩笑而已,"她勉强笑笑,"眉儿知道哥哥心中有蓬莱。"

他咧嘴笑笑。

她道:"哥哥,我给你读诗吧!"

他一怔,道:"好。"

"哥哥在蓬莱时,就很少读诗,蓬莱也不主张读诗,可我曾听人说道,一个卓尔不凡的男子,心中必然会装着诗和远方。"她道,"哥哥现在就在远方,可哥哥心中没有诗。"

他正体会她话中之意,突听她唱而吟之:

击鼓其镗,踊跃用兵。
土国城漕,我独南行。
从孙子仲,平陈与宋。
不我以归,忧心有忡。
爰居爰处,爰丧其马。
于以求之,于林之下。
死生契阔,与子成说。
执子之手,与子偕老。
于嗟阔兮,不我活兮。
于嗟洵兮,不我信兮。

这首诗名为《击鼓》,出自《诗经·邶风》,讲述士兵久戍在外,怀念家人,唯恐不能白头偕老的苦楚。叶眉儿轻轻吟完,已是泪眼蒙眬。

"这首诗,哥哥听懂了吗?"她道。

他看着她仰起的头,月光下光洁如玉的脸庞。

"我听懂了。"他道,"这诗中有眉儿,还有……蓬莱。"

第50章 古井

"眉儿错了！"她的眼泪都掉下来了，"哥哥心中，原来是有诗的。"

此时明月升起，荒原上万籁俱寂，只剩下呜呜的风声。

可是，心中有你，应该不会寂寞。

他在心中道。

她也在心中道。

不远处突然走过一个纤瘦的身影。

慢慢走向古井方向。

"是微蓝。"叶眉儿有些担忧道，"这几天，她每晚都去古井。"

商无期想起阴阳老怪的告诫，突然头皮有些发麻，"她去那儿干什么？"

"我也不知道。"叶眉儿道，"我和她住一个窝棚，知道她心里苦，本应该多关心一下她的……只是，那样一来，就没有太多的时间来陪哥哥了。"

商无期道："那你现在过去看看吧。"

叶眉儿闻言，疾步走向李微蓝。

"这口井中，果真结着很深的幽怨。"李微蓝似乎已知道身后来者是谁，却并不回头，"说也奇怪，自打上次听阴阳前辈这么一说，我每天晚上都想到这里来看看。"

"微蓝，有些事情，信则有，不信则无。"叶眉儿道，"你不要想太多。"

"真有的。"李微蓝发出一声叹息，像是从深深的井底传来，"要不然，我何以在井中能看到那个人的身影？"

叶眉儿闻言，禁不住打了个寒战。她勉强笑道："微蓝你糊涂了，井中的倒影，是自己的才是。你忘了，我们还对着井水梳头来着？"

"白天看，与晚上看是不同的。"李微蓝幽幽答道，"你只能看到自己的影子，那是因为，你心中没有幽怨。"

"唉，你听，远处有人在吹箫哩！"叶眉儿想岔开话题。

"可我真想下去看看……"李微蓝道，梦魇一般。

叶眉儿大惊，连忙拽着她离开井边，走向窝棚。

路边一位手持竹箫的少年，担忧地看着她们。

"蒙恬，有空时，你多陪陪她吧。"叶眉儿对路边的少年说道。

蒙恬没有答话，他的苦笑被浓浓的夜色掩盖。

陪她？

当她身边坐着一个错误的人时，内心会不会更加寂寞？

蒙恬走向那口古井。

他刚才听到，她在井中看到了那个人的身影。

真的如此吗？

蒙恬把头探到井边。

他几乎要发出"啊"的一声惊叫……

虽然，他并没有在井中看到那个人的身影。

但，他自己的影子，也并没在井中出现。

井中出现的那个人，是……他早已离世的母亲。

就那么慈爱地看着他。

他像是回到了幼年时的那个自己，向母亲温暖的脸伸出手去……

"蒙恬！"有人突然抱住他，强行将他拉离井边。

"无期……"他哽咽道，"这个井中，有……"

商无期第一次在蒙恬脸上看到满面的泪水。

桀骜如斯的蒙恬，心中竟然也有如此大的幽怨？

商无期把头探向那口深井。

他内心很安静。

除了自己的倒影，他在井中只看到了一轮静静的圆月。

"井中什么都没有，真的！"商无期安慰蒙恬道。

可当他抬起头时，看到天空挂着的，却分明是一轮……新月。

啊？！

商无期惊奇地将头再次探向井边。

那轮圆月仍在。

第50章 古井

耳边响起的，不再是轻轻的风声，而是……

嗒嗒的马蹄声。

他突然感到无比疲惫，眼皮一沉，竟然就要睡去。

当阴阳老怪把商无期和蒙恬二人从井口带回营地时，已快子夜。

阴阳老怪又将叶眉儿和李微蓝也叫至身边，训斥几个孩子道："我早已提醒你们不要去那口古井，你们为何不听？一些古井，有成百上千年的修行，吞噬生灵无数，其魅惑之功，哪是你们的定力能抗拒的！"

"哪里是魅惑！"蒙恬仍像在梦游一般，"那分明就是真的。"

"唉！"阴阳老怪道，"你们看到的，不过都是自己内心的影像罢了！"

"可我……"商无期道，"为何看到一轮圆月，还听到马蹄声？"

"那必定是你一生中最深刻的记忆！"阴阳老怪道，"或许是发生在你婴幼儿时期也未为可知。"

商无期仍懵懵然："虽然我们被困于虚影幻景中，可身边的一切景象，却全然与真实无异。只是这口井，还真是个例外了……"

"我也正在思量这个问题。"阴阳老怪思忖片刻，道，"人的视觉是有盲点的，位于盲点的物象，即便离眼睛再近也看不见。所有的虚影幻景，均利用视觉原理成形，即便看似无懈可击，也必定有盲点存在。现在看来，这口井极有可能就是这幻境的盲点，这才出现景象与投影不同的错觉。"

几个孩子听得怔怔的，却觉得颇有道理。

"盲点，往往也是气门之所在。"阴阳老怪继续道，"搅动这气门，兴许是一个破解幻境的办法。"

几个孩子闻言，顿然兴奋起来，恨不得马上就去井中搅动一番。

"你们千万不要轻举妄动！"阴阳老怪道，"道行不深，兴许会搭上性命。"

他们这才安静下来。

几个孩子并没有按捺住心中蠢蠢欲动的念头。

他们只睡了半宿，第二天刚蒙蒙亮时就聚在了一起，找到一些藤蔓枯草，搓了两根粗绳。早餐依旧是羊肉，他们均吃了个大饱，趁其他人不注意，就来到了那口井附近，躲藏起来。

李尉带着一只羊，投入井中之后，离开了。

他们这才偷偷来到井边。

井口很小，每次只能下去一个人。

商无期和蒙恬都跃跃欲试。

商无期道："我和你划拳吧，谁赢谁先下去。眉儿和微蓝不用下去，就在边上放风，小心有人过来。"

蒙恬很痛快便答应。

他们并没有征求两位女孩的同意，就开始划拳，结果是商无期胜。

商无期把一根粗绳的一头拴在井边的石块上，另一头系在自个儿腰间，又从口袋中掏出两团棉花和一个眼罩。

他没有去看叶眉儿，在他将两团棉花塞进耳中，又戴好眼罩后，才对着井边的几个人做了个胜利的手势。

叶眉儿的眼泪都要掉下来了。

他既看不见，也听不见，这样就不怕古井的魅惑了吧？

他双腿撑着井沿，慢慢向下滑动。

耳边分明还是传来一个声音，轻轻柔柔的。

"死生契阔，与子成说。执子之手，与子偕老……"

竟然是眉儿昨日吟唱的那首《击鼓》。

他在黑暗中独自笑了。

眉儿妹妹，你说对了，我心中，是有诗的。

附近突然平地升起一阵黑烟。

烟雾散去，一个神情愤怒的黑袍长者出现在井口边。

"仇不弃来了！"叶眉儿一声惊呼。

第50章 古井

仇不弃也不说话，伸手便向井边的几个孩子抓来，黑袍卷起一阵狂风，将路边的枯草吹得遍地翻飞。

一道白影倏然闪过，将仇不弃截住。

两人双掌对击，均在空中倒翻一圈，落在相隔数丈的地方。

空气中竟然火星四散，噗噗爆响。

"仇不弃，你终于现身了！"阴阳老怪纵声大笑道，"看来这口井正是你虚影幻境的气眼所在了！"

"那又如何？"仇不弃厉声叫道，"你想破掉气眼，还得先问我答不答应啊！"

阴阳老怪道："我这把老骨头也差不多有四十年时间没正经操练过了！今日且要领教领教你大名鼎鼎的名家武功！"

仇不弃"哼"了一声，道："想当初，易不世、你、我三人，就数你武功稍差，难不成你游手好闲四十年，如今武功反能超过我去？"

阴阳老怪闻言，一时气结，人已化成一道幻影，逼上前去。

仇不弃一闪身，手法也已快得看不清招式，只见一团黑影，挡住迎面而来的白影，周围数丈之内，顿然狂风大作，吹得人都站不稳。那团黑影和那团白影相互攻击，忽进忽退，慢慢地融为一体，一时间分不清哪是白，哪是黑，最后只见一团灰色的旋风在原地旋转。

井中突然传来商无期的声音，"眉儿妹妹，外面刮风了吗，怎么井绳直晃悠？"他塞着耳朵，蒙着眼睛，看来并不知道井外发生了什么事情。

古井附近的那团灰影突然分开，黑影在前面飘，白影在后面追，看上去倒像是阴阳老怪占了上风似的。

那黑影转了一大圈，甩开白影，倏地落在井边，顿了顿，仇不弃的身影方显现出来。仇不弃双手拎起井绳，轻轻一扯，井绳顿然断成两截。

井中的商无期"啊"的一声大叫，垂直坠入深深的井底。

远处的白影一怔，方知中了黑影的调虎离山之计，急匆匆向黑影卷过来，两人又恶斗到一起。

三个孩子在井边听到商无期的叫声，心中同时一沉。

井边陷入死一般的安静之中。

叶眉儿好半天才发出一声梦魇般的哭声,她从蒙恬手中夺下剩下的那根粗绳,匆匆系在腰间,就要下井。

蒙恬和李微蓝怎么拦都拦不住。

他们也不敢使劲拦。

叶眉儿眼中的绝望,像利刃一样,会刺向企图接近她的每一个人。

他们只能眼睁睁地看着这个女孩一边泪如泉涌般痛哭着,一边拉着井绳,快速滑向井底。

一个人的体内,到底能蕴藏多少眼泪啊。

叶眉儿顺着井口飞速往下滑。

一般老井内壁,都会长满青苔,柔软光滑。但这口井的内壁,却是凹凸不平的岩石,划得叶眉儿手腿之上,尽是伤痕。

井太深了,半天不见底。

好在那根绳子也够长,叶眉儿往下滑了十多丈,黑暗的井中突然出现朦胧的光晕。她暗自奇怪,又往下滑了两丈,眼前突地一亮……

四周的井壁竟然消失了。

她置身于一座庭院的上空,拉着根粗绳,整个人就在半空荡悠。

身下哪有什么井底?

身下两丈多远的地方,只有一个水池。水池上俯卧着一人,从衣着上看,不是商无期又是谁?

井绳已经用完了,无法再向下探。叶眉儿掏出一柄利刃,割断了绳子,人也落在水池之中。

她顾不上满身的疼痛,先游到商无期身边,将他拖到水池边。

商无期从十多丈高的地方摔下来,早已昏迷不醒。叶眉儿刚擦掉他脸上的泥水和血迹,突然听到远处传来一阵脚步声。

叶眉儿四下张望,看到不远处有个花圃,便拖着商无期,藏到了花圃的篱笆后面。

第50章 古井

刚刚藏好，几个装扮奇异、面相凶悍的人已跨入院内。他们均蓬头垢面，衣服像是多年未洗，散发出浓浓的汗馊味。

一个五大三粗的男子，嗓门粗粗地道："哇噻，好肥的一只羊，看得我好有食欲哦！"

"白虎胃，你这么大的个头，就别卖萌了！"一位中年女子回应道，"羊羊羊，天上每日掉下一只羊，我们就每天都吃羊，吃得我满身羊膻味，头上都快长出角来了。月神保佑，这样的日子，赶紧结束吧！若能从这拜月城堡出去，第一件事，必定是荤的素的，除了羊肉，先各来十八大碗……"

"白虎娄姐姐，且莫抱怨了！教主在此闭关修炼九段神功已有十年，只怕就要练成了，再熬熬，我们出关或许就在眼前了。"一个稍为年轻的男子，尖声尖气道。

"白虎昴弟弟，我也就说说而已！"那中年女子道，"上月是青龙七宿当值，每天一只羊，竟然做出了近百道菜品，餐餐不同样，教主看上去颇为欢心。本月该我们白虎七宿当值，可得好好想想办法，不能让青龙七宿盖过风头去！"说罢，轻轻一跃，人已到了池塘上空，拽住那头死羊的一只腿，将它拖上岸来。

另外两个男子，也各自抢过一只羊腿，三人一路拉拉扯扯，吵吵嚷嚷，摇摇晃晃地离开了院子。虽然他们看上去疯疯癫癫，走路像醉酒了一般，但从其轻盈的身手来看，武功委实不低。

叶眉儿这才想起，这几个疯人拖走的死羊，必定是李尉今早从上头井口扔下来的那头。听刚才那三个人的谈话，看来那口井正是拜月城堡的入口，莫非自己现已置身于拜月城堡的院内了？

花圃中的花草甚为粗大，枝繁叶茂，撑出一片颇大的空间。叶眉儿将商无期平放在地上，伸手去摸他的脉搏，竟还能感受到微弱的脉动。

他还真是命大啊。

她竟然破涕为笑。

半个时辰过去。

商无期突然翻了个身。

一丝光线随着花间的缝隙，正好落在他清秀的脸庞之上。

她大喜过望，顺着那丝光线伸出手去，轻轻抚摸他的脸庞。

"哥哥啊，你知不知道现在哪里？"她轻声问道。

"我知道啊，"他微弱地回答，"一个有眉儿的地方。"

她抿嘴笑了，眼泪却掉了下来。

一阵纷沓的脚步声突然传来，急匆匆的，二十多人吵着嚷着，乱纷纷地挤进了院子。他们的装扮，也与刚才的白虎胃等人无异，无论男女，都蓬头垢面，衣服烂成布条，也不去捯饬一下，看上去像一群逃荒的灾民。但从其身手来看，却无一不是一等一的武功高手。

过了片刻，院外传来一个人沉重而拖沓的脚步，像是有个人缓缓而来。

院内的喧嚣消失了。

所有的人都垂头而立，院内只剩下风吹过树叶的沙沙声。

他们像是在等待什么重要人物的到来。

院外的脚步声越来越近，商无期和叶眉儿透过篱笆的缝隙，看到一名胡子拉碴、身材魁梧的中年男子推着一辆轮椅，进了院门。轮椅上倚靠着一位容貌清秀、面相和善的妇人，她闭着双眼，像是睡着了一般。她的发饰、服装倒是整理得一丝不苟，显得极为精致，与中年男子的不修边幅形成鲜明的反差。

院内之人，突然齐刷刷跪下，齐声吟诵："生我明月，死我明月，天苍苍兮，月茫茫兮，生死两忘，归于沉寂。"吟诵完毕，齐刷刷跪下。叶眉儿和商无期都曾在中都西郊的密林之中，听拜月教众吟诵过这段话，知道这是拜月教的教谕。

中年男子推着轮椅，在院内站定，轻轻抬手，示意众人起身。

有数人立起身来，跨前一步，齐声道："东方青龙七宿：角、亢、氐（dī）、房、心、尾、箕（jī），恭祝教主与夫人命与天齐，日月同辉！"

又有数人立起身，跨前一步道："西方白虎七宿：奎、娄（lóu）、胃、

第50章 古井

昴(mǎo)、毕、觜(zī)、参(shēn)，恭祝教主与夫人命与天齐，日月同辉！"

接下来又是数人，"南方朱雀七宿：井、鬼、柳、星、张、翼、轸(zhěn)，恭祝教主与夫人命与天齐，日月同辉！"

最后的七人亦起身道："北方玄武七宿：斗(dǒu)、牛、女、虚、危、室、壁，恭祝教主与夫人命与天齐，日月同辉！"

商无期和叶眉儿瞪圆了眼睛，盯着中年男子。这位令江湖闻之色变的拜月教主，头上并没有长角，相貌上竟无甚奇异之处，如果把衣饰、胡须稍加捯饬，倒是一位容貌端庄的美男子。只是他表情淡然，眼神空蒙，看都不看眼前这些人一眼，反倒让人觉得他周身自然而然地散发出强大的气场，有一种摄人的威力。

院内的二十多个人，无不噤若寒蝉。

拜月教主缓缓道："拜月二十八星宿，已然到齐！你们随我在这拜月城堡闭关十年，甚为艰苦！今日召集诸位，是有一事相告……"拜月教主摊开双手，似有一团火焰从手掌之间迸出，他静静地看着火焰慢慢变幻出赤、橙、黄、绿、青、蓝、紫等各种颜色，然后猛地推出手掌，那团火焰夹杂着呼呼的风声，飞向几丈开外的一块巨石，砰地火花四溅，石屑纷飞……

拜月二十八星宿齐齐拜倒，大声疾呼："恭祝教主破译《归宗谱》，练成九段神功！"

一时间均手舞足蹈，如群魔乱舞。

拜月教主仰天长笑，眼中突露暴戾之光。

"我练成了九段神功，这倒不假，但与那《归宗谱》却毫无关系！我苦心钻研十年，又偶尔有仇不弃在一边提点，再结合从前所学，自创了一套完整的拜月神功，其中最精髓的部分，就是这火焰掌！为练火焰掌，期间几次差点走火入魔，幸亏用东海龙王送来白冰圣蛇丹降温，才渡过劫难，个中艰险，难以述说！凤如花、魏圆通等人费尽心思，从蓬莱学院弄来一块铜牌，说是《归宗谱》就藏于其中，弄得跟真的似的，真是好笑得很！"说罢，拜月教主一甩手，将一块铜牌掷于地上。

商无期听到"哐当"一响，看到掷于地上的，果真就是拜月教当日在蓬莱学院大藏经阁夺去的那块铜牌。看教主不屑的表情，想必他没有说谎。想到蓬莱弟子为了夺回这块铜牌，这数月来已死伤数十人，哪知《归宗谱》竟不在其中，商无期不由得百感交集。

青龙角乃拜月二十八星宿之首，性格相对圆滑，他捡起铜牌，拱手道："教主天纵奇才，竟然自创九段神功，实乃我神教之福！"

拜月教主冷冷道："可这《归宗谱》的秘密，仍然无解……"

青龙角讨好道："天下武功，九段至尊！教主九段神功既成，即便没有那《归宗谱》，拜月教也定能一统江湖！"

拜月教主轻"哼"一声，缓缓道："那《归宗谱》中，几乎包含了蓬莱所有绝学，除了'天地一剑'等武功绝技外，还有各种织造、用药、解毒之术……那'情毒'解药，想必也在其中！"说罢，看着轮椅上的妇人，眼神中已完全没了刚才的凌厉，反现出几分柔和。

青龙角惶恐道："青龙角糊涂，竟然忘了教主对夫人的情谊！夫人身中情毒已十多年，教主一直对夫人矢志不渝，日月有知，定能助教主找到《归宗谱》，解夫人之情毒！"

商无期闻听"情毒"二字，心中一震，情毒并不常见，想不到除了自己和拜月三鬼，还能在这里又碰上一个身中情毒之人！他没有深想为什么会有这么多人中过情毒，只是对轮椅上昏迷不醒的妇人有了几分同情，毕竟情毒之苦，他能身受同感。再看到那拜月教主对妇人的柔情，心中不由添了几分疑惑：难不成像拜月教主那样暴戾无常的恶魔，心中也有普通人的爱恨情仇？

"不光夫人，拜月三鬼何尝也不是饱受情毒之苦？"拜月教主看了青龙角一眼，补充道。

"只要我们能从这拜月城堡出去，第一件事，必定是血洗蓬莱，找到《归宗谱》！"青龙角恨恨道，"只是，那仇不弃未必肯放我们出去……"

"提起这仇不弃，我也不知道该恨他还是感激他。"拜月教主叹道，"这个疯子把我们关了十年！但若非如此，我又如何能练成九段神功？"

第50章 古井

商无期闻言，大吃一惊。

令江湖闻之色变的拜月教主，竟然不过是个阶下囚而已！

要不是亲耳听到，想必任何人也不会相信吧！

商无期想起自己被关在虚影幻景中的情景，才半个多月，荒漠上的人就几乎寂寞得快要发疯。想到拜月教主和二十八星宿竟然被关了十年，对他们的种种怪异行为举止就不难理解了。

仇不弃还真是个疯子。

他为什么要这么做呢？

第51章 群魔出狱

古井边，那一黑一白两团影子，仍在酣斗。

荒漠之上，竟是呼呼的风声，枯草断枝遍地飞扬。不远处的窝棚，都被狂风掀翻了顶，功力较弱的人，竟有些站立不稳。

仇不弃天赋异禀，是数十年难得一见的武学奇才，二十来岁便名动江湖，令后来者无法望其项背。在追求宫飞雪被拒绝之后，他更是一生寄情于武学，心无旁骛，此时武功已较四十年前大为精进。但令他吃惊的是，四十年前武功就略逊他一筹的阴阳老怪，与他大战一个时辰之后，竟然丝毫没有落败迹象。

这实在是大大超出了他最初的预测。

中央帝国建国之前，阴阳学派已在东方大陆流行数百年，其核心内容是"阴阳五行"，认为世界由水、火、木、金、土这五种基本物质构成，而万物均有阴阳对立的两面，阴阳、五行相生相克，推动天地万物的发展。阴阳老怪根据阴阳五行学说独创了阴阳武学，强调武功修炼按自然规律而行，注重积累和渐变，他个性散漫，在武学上看似无所追求，但这四十年的自然积累其实一点也不少。基于这些积累，他甚至开发出了一套惊世骇俗的武功绝技——阴阳五行手，只不过能用得上的机会太少，世人无法得知而已。

第 51 章 群魔出狱

与仇不弃在武学上的刻意强求相比，阴阳老怪这种厚积薄发的方法似乎更加轻松，也更为高明。

这对一向恃才傲物的仇不弃而言，无疑是天大的嘲弄。

仇不弃脸上渐渐挂不住了，他必须尽快结束战斗。

在某一瞬间，他甚至打算使出名家顶级武功绝技——分身术，但最终竟然强行忍住。

分身术，只有九招，威力无穷，却极其耗费体能。

他的体能，绝不能用光，因为还有别的用途……

而且，仇不弃也不想靠分身术来战胜对手。

在他修习分身术绝技之前，比武就从来没输给过阴阳老怪。

这一次，当然也不会。

一个时辰过去，狂风顿歇。那团白影慢慢变淡，阴阳老怪从影中现出形来。

仇不弃喝道："阴阳老怪，如何不打了？"

阴阳老怪掏出一个布兜，从中掏出一块肉干，扔进嘴中，一边咀嚼，一边含糊说道："我先补一补。呃，你要不要来一块？"说罢，挑出一块肉干来，抛向仇不弃。

仇不弃闻到那肉干的腥臭味，一拂袖，厌恶地将它弹开。

阴阳老怪哈哈大笑，道："你可别不识货。这藏白牦牛肉干，是至阳至刚的补气极品，待我嚼完，再使出套武功来，请你鉴赏！"说罢，他突然摊开双手，左手手心向上，右手手心向下，十指各自弯曲成不同形状，大拇指上水雾蒙蒙，食指上火光灼灼，中指如千年古木，无名指金光闪耀，小指处尘土飞扬。

仇不弃惊道："阴阳老怪，你在弄什么鬼把戏？"

阴阳老怪喝道："阴阳五行手！"人已移步上前，双手翻动之间，荒漠上早已飞沙走石，半空中雷霆万钧，细雨夹杂着火焰，划过一道道光芒，像利刃和木箭般射向仇不弃。

仇不弃在光芒之中左右腾挪，极力避开迎面而来的飞沙流石，然后瞅空反攻。他的战斗力大受影响，身上不时被细小的沙砾击中，一小团火焰甚至烧焦了他的两根胡须，片刻之后，在与阴阳老怪的对决中，他已明显处于劣势。

仇不弃并不紧张。

他甚至有些兴奋。

好多年，好多年，他没有体验过如此酣畅淋漓的对决了。

就像干涸多年的高原，突然迎来了一阵狂乱的急雨，他慢慢枯萎的激情像卷叶那样慢慢舒展开去，黑红的脸庞上，写满了醉人的激情。

无数的人，因为梦想，因为恐惧，或因其他，努力爬向生命的巅峰。

殊不知，高处不胜寒的寂寞，才是一种真正的无助。

有对手的感觉，真好。

仇不弃在阴阳老怪暴风疾雨般的攻击中检验着名家武功中最精锐的招式，就像在太阳底下翻晒压在箱底的快发霉的珍宝。这些招式因为长久不用，已略显笨拙，失去了它们应有的锋芒。

还有一招，其实也应该拿出来晒晒的……

那是他毕生武学的最高峰……

分身术！

可是，此时如果使用，是有极大风险的……

好久没用了啊……

他几乎无法忍受这种致命的诱惑！

仇不弃在犹豫中迎来了对手重重的一击，阴阳老怪左手大拇指突然营造出一阵浓浓水雾，右手食指全力弹出一枚烧得发烫的石块，正好击中仇不弃右前胸，将他的黑袍烧出个碗口大的窟窿。

仇不弃被巨大的撞击力击退几步，咳嗽两声，方站稳脚步。

"仇老兄！你未免太小看老弟了！"阴阳老怪一字一顿道，"不使出分身术，你就输定了！"

仇不弃脸上露出一丝奇怪的笑容。

第51章 群魔出狱

也好！

在这世上还没有人练成天地一剑之前，就拿着这阴阳五行手来练练手吧！

这个诱惑实在太大。

至于其他的风险，就暂且先放在一边吧！

仇不弃双手合十，一瞬间如入定了一般。

惠施多方，其书五车，其道舛驳，其言也不中。

飞鸟之影未尝动也。

——《庄子·天下篇》

惠施，名家代表人物。

"飞鸟之影，未尝动也"，是惠施的一个著名论点。

多少年，多少次，仇不弃曾对着天边的飞鸟，揣摩惠施的这句名言。

有时候，他觉得那些鸟在飞；有时候，又觉得那些鸟停在空中一动没动，因为，如果把时间加以分割，就每一个特定的时间点而言，鸟都是静止在空中的，无数只静止的鸟连接在一起，就给人造成了一种飞的假象。他反反复复地盯着那些鸟，用十年的时间，把它们每一瞬间的形态都深深地刻在了脑海里；直到后来，每一只鸟刚刚起飞的那一瞬间，他在头脑中就同时出现了那只鸟接下来的几个不同的飞行姿态；再后来，那只鸟在他眼睛里，已经不是一只鸟了，它变成了几只鸟；最后，他把自己想象成一只鸟，对着一面大镜子练武功，慢慢做到了几乎在同一时间内完成九种不同的招式，名家绝世武功"分身术"终于练成。

十年磨一剑。

可惜，这剑只用过一次。

还是发生在三十年以前。

他用分身术抢过了易不世筷下的一块鹿肉。

今天，宝剑又要出鞘了。

仇不弃拔下背上的宝剑，人影突然一分为九，从九个不同的方向，像九只黑色的大鸟，向阴阳老怪扑去。

　　阴阳老怪站在原地，推出阴阳五行手。

　　刹那间，飞沙走石，风云变色。

　　四处纷飞的石块聚集在阴阳老怪周边，形成一道屏障，仇不弃的宝剑砍在翻动的石块上，火花四溅。此时已看不清人影，两人均已融入一片火花之中，只听得见叮叮当当的声响，像是一阵急雨打在门窗上。

　　阴阳老怪采用的是防守型的打法。

　　虽然他从未领教过分身术的厉害，但对其基本武理还是清楚的。

　　分身术，一分为九，相当于使用者的武功瞬间增加九倍。

　　这世上有谁，能够同时与九个仇不弃硬碰硬？

　　但再强的武功，也会有弱点。

　　分身术的弱点在于，它只有九招。

　　而且极其耗费体能。

　　九招用尽，而对手如果还侥幸未落败的话，最终胜利属于谁就不好判定了。

　　仇不弃在凶悍的进攻中瞬间发出了三招，阴阳老怪已毫无防守之力，若不是那石头阵挡着，必定早已落败。但在这一轮猛烈进攻中，仇不弃的九个分身，竟有两个也被石块砸中，灼热的石块将身体的接触点烧得焦黑。

　　两个分身都是他。

　　事实上，仇不弃已身受两处轻伤了。

　　仇不弃在愤怒中再发出了三招。

　　不能再拖了！

　　必须尽快取胜！

　　阴阳老怪的阴阳五行手再厉害，应该也敌不过分身术的六招吧！

　　这三招，仇不弃将九个分身聚在了一起，企图集中攻击力，将阴阳老怪的石头阵击破一个缺口。这种方法是有效的，八个分身同时持剑拔

第51章 群魔出狱

开石块之后，最后一个分身抽空击出一剑，毫无阻力地击中了阴阳老怪的前胸，顿时血染白衫。

阴阳老怪并未倒下，他虽受伤不轻，但后退几步，犹能站稳。

"感谢仇老兄不杀不恩！"剧痛之下，阴阳老怪竟然展露出一个笑脸。

仇不弃看着自己剑锋上的血迹。

刚才自己下力的确轻了点。

他毕竟是自己的兄弟。

"你已经输了！"仇不弃冷冷道，"阴阳五行手，不过如此！"

"我要的，本来就不是输赢，而是从这虚影幻景中出去！"阴阳老怪艰难说完，突然蹲下，双手拍向地板。

像是平地一声惊雷，整个荒漠都在雷声中颤抖。

不远的古井处，井口那整块的环状青石块突然被震得飞腾而起，在空中划过一道火光，向仇不弃呼啸撞来。

仇不弃神色大骇，却不敢挥剑去挡。他竟小心翼翼地收起剑，躲开了环状青石块的撞击。

青石盘旋一周，再次向他袭来。

仇不弃一晃身，身影再次一分为九，其中一个身影，已紧紧地抱住那环状青石块，玩命往下压。巨大的撞击力让那身影有些站立不稳，口中已有一口鲜血喷出，看来受伤不轻。其他的八个身影，也从各个方面包抄过来，死死抱住那环状青石块，不让它到处乱飞。

荒漠上一阵天旋地转，怪石乱飞，似有地震来临。

不远处的围观者，已没有几人能站稳，纷纷抱住大树或石头，以免摔倒。

"仇老兄，井口的这块环形青石，果真是你虚影幻景的机关！"阴阳老怪盘腿坐在地上，"你分身术已用七招，还剩多少体能，能否镇住这块青石？"说罢，阴阳老怪再次向地上重重拍下双手，之后紧闭双眼，看似已精疲力竭。

荒漠上更是天旋地转，那环形青石块在仇不弃手中挣扎，像一匹狂

荡不羁的怪兽，就要脱手而出。

阴阳老怪举起双手，就要朝地面拍下。

仇不弃怒道："阴阳老怪，你这个老疯子，到底想干什么？"他突然抛下手中的青石块，九个分身一起向阴阳老怪扑来。

阴阳老怪闻着风声，闭着眼睛推出几掌，挡住仇不弃迎面而来的攻击，手掌相撞，发出几声沉闷的撞击。

当然，他无法同时抵挡住仇不弃九个分身的攻击，胸口被击中两掌，噗地喷出一口鲜血，仰面跌倒。与此同时，他竟然露出一个笑容，"已用八招，快了！"

仇不弃解气地回过头，却见那块环形青石块呼啸着再度向自己袭来。

"也罢！"精疲力竭的仇不弃长叹一声，"一切都该结束了！"

八个分身，同时向疾驰而来的环形青石块推出一掌。

轰隆——

青石块顿然被击成碎片……

天地也仿佛在这一瞬间突然炸裂，整个世界，都笼罩在无尽的烟尘之中……

拜月城堡的后院之中，拜月教众还没有散去。

突然一阵飞沙走石，天摇地动。

众人大惊，青龙角道："莫非是要地震了？教主且带夫人进城堡内避避！"

拜月教主凝目四望，却见风沙越来越大，一个头颅大小的石块直向他飞来，拜月教主推出火焰掌，将那石头击得粉碎。院内已是碎石乱飞，拜月教主一手护住轮椅上的夫人，一手推动轮椅往城堡内撤退。

天突然暗了下来。

不停地有石块从天而降。

商无期本来就很虚弱，在刚才的天翻地覆中，他又被震得昏迷过去。

为护住商无期，叶眉儿不得不从篱笆后的花丛中站起身来，这样更便于挡住从四面八方纷飞而至的石块。

好在天色昏暗，四下混乱，也没有人注意到她。

过了半炷香功夫，沙尘突然消散。

轰隆隆的震动声也慢慢消散。

整个世界，突然安静下来。

"啊——"

有人突然发出一声惊呼。

更多的人愣愣地站在原地，吃惊地看着他们面前的世界。

华丽的拜月城堡消失了。

他们竟然站在一片宽阔的山谷之中，巨大的山石，零零星星地散落在山谷之中，像废弃城堡的断壁残垣。山谷中洞穴遍布，花花草草也有一些，但大都不是原来的模样。后花园的那个池塘，竟然是一汪地下泉水，离水面几丈高的地方，还垂吊着一根粗粗的草绳，刚才叶眉儿正是沿着这根粗绳到达这片山谷之中的。粗绳的另一端，系在离山谷近二十丈高的一块穿孔巨石上，从下方往上面看，巨石上的那个穿孔像是一个天眼；但若站在巨石上往下看，这个穿孔倒像是一口古井了。

"仇不弃这个老疯子，用名家妖法，制造了一片虚影幻景！"拜月教主恨恨地从一个洞穴中钻出来，"我们竟被他囚禁在这个荒凉的山谷中，整整十年！"

"这个山谷中什么都没有，每天只有一头死羊！"青龙角补充道。

"如果不是被困在此地，或许我早就找到了治疗情毒的良药！"拜月教主蹲下身子，小心拂去轮椅上妇人脸上的灰尘，"这个世界，亏欠我们太多！必定，只能用血来还！"

"这个世界，欠我们的！"

"用血来还！"

二十八星宿齐声高呼。

拜月教主望向头顶的穿眼巨石，听得见巨石之上传来阵阵喧嚣声。

"上面有人！"青龙角道。

想必那儿是另外一个世界。

拜月教主抱起轮椅上的妇人，沿着一条蜿蜒崎岖的小道，向巨石之上爬去。

一群满面灰尘、蓬头垢面的人推着轮椅，跟在他身后。

带着暴戾的眼神。

带着对这个世界无尽的恨意。

像一群从地狱中爬出的恶魔，出现在这个世界的地平线上。

仇不弃利用地势和光影设置的这个虚影幻景，其实有两层：上面一层原本是山顶平台，仇不弃将其幻化成一片荒漠，将阴阳老怪等人，还有放羊的李尉困入其中；下层原本是一个山谷，仇不弃将其幻化成拜城堡，将拜月教主等人囚禁十年。两层幻境之间，通过那口古井（实际上是一块巨石上的穿孔）相连。维持这两层虚影幻景极其耗费体能，在阴阳老怪逼出仇不弃的九招分身术之后，他已完全没有体能维持幻境，两层幻境这才在天翻地覆中现出原形。

阴阳老怪身受剑伤，血流不止，他随手找了些草药，嚼烂了敷在伤口处，却无多大效果。仇不弃被阴阳老怪的石头阵击中几次，黑袍被烧焦数处，分身术的使用又快让他耗尽所有气力，此时也倒在地上气息奄奄。

当拜月教主带着二十八星宿翻上山顶平台时，他其实已没了旗鼓相当的对手。

拜月教主恨恨地看着山顶平台上的那些人，却突然发现他们竟然大都是自己昔日的部下。

左将军第一个认出了拜月教主，他激动得涕泗横流，匍匐在地，声音带着哭腔："教主！"

有十年没有见到教主了啊！

魏圆通第二个跪下，道："恭祝教主与夫人命与天齐，日月同辉！"

其余教众，均纷纷跪下。

只有残月使凤如花，仅对着拜月教主微微欠了欠身，看来她在教中

第51章 群魔出狱

地位确实特殊。

在场的非教徒，除了受伤倒地的阴阳老怪和仇不弃，只剩下李尉、蒙恬、李微蓝三人。李尉见势不好，早已跪下，混在了众教徒之中。只剩下蒙恬、李微蓝二人站立在一旁，显得煞是打眼。

拜月教主冷冷地看着二人。

蒙恬看了一眼吓得面如土色的李微蓝，拱手道："蓬莱弟子蒙恬、李微蓝，见过拜月教主！"

"蓬莱？"拜月教主手突然一抖，像是被什么深深触动。

"你们，来干什么？"他压低了声音，语气中透露出本能的警惕与反感。

"找教主讨回蓬莱的一件宝物：大藏经阁的铜牌。"蒙恬不卑不亢地答道。

拜月教主没有答话，只是皱了皱眉头。

他身边的青龙角几步跨过去，抓起蒙恬，举过头顶，掷到几丈开外，只听见一声闷响，蒙恬趴在地上没了声息。

"蒙恬！"李微蓝一声抽泣，巨大的惊惧袭来，她一阵眩晕，软软地瘫倒在地。

"你们，来干什么？"拜月教主再次低声问道。

这一次，他问的是自己属下的教众。

左将军往前面爬行几步，老泪纵横："教主！漠北狼王现身了！狼左特来禀报！"

"漠北狼王……现身了？"拜月教主喃喃地重复道，顿了顿，脸上突现出惊喜若狂的神情，一把抓住左将军的胸襟，"狼左，你说的，可是真的？"

左将军道："狼左所言，句句属实！"

拜月教主松开手，道："那么，他在哪儿？"

"漠北狼王现身之后，我们沙狼部落组织族人护送他到拜月城，可无奈残月使率三鬼、盗贼公会从中阻拦，以至于我们全部误入仇不弃的虚影幻景……"左将军哽咽道，"漠北狼王为破解虚影幻景，从巨石的穿孔中掉下了悬崖，不知去向……"

拜月教主眼中的那丝光亮顿然黯淡。

仅仅只是他眼神变幻之间，山顶平台上突然风云变色，那些匍匐在地的教众，大气不敢出。

拜月教主将头转向凤如花。

凤如花已感受到了他眼中射来的微微凉意，急忙辩解道："我的确是阻止过商无期……不，漠北狼王，进入拜月沙漠，但那是担心他会扰乱教主修炼神功！"

拜月教主没有责怪凤如花，只是一声长叹。

死一般的沉静。

"也许，也许……漠北狼王还活着呢？"左将军抬起头，斗胆道。

拜月教主眼中再起希冀之光。

"漠北狼王掉下去之后，叶眉儿那个小丫头也跟着滑下去了。无论他……现状如何，必定都与叶眉儿在一块。"凤如花道，"我将叶眉儿招来询问即可。"

山谷花圃之中，商无期仍在昏睡。

他微弱的鼻息，轻轻地吹动着地上的草叶。

她静静地看着她，像要把他刻进记忆深处。

"来吧，到我这儿来……"

脑子中突然响起那个令她难以抗拒的声音。

她心中一沉，叹道："这一刻终究来了……"

眼前仿佛是那个熟悉的人正向她招手，她头晕目眩，拼命抗拒。

不能去……不能去……

如果我走了……

无期哥哥怎么办呢？

"来吧，到我这儿来……"

第51章 群魔出狱

脑子中的那个声音越来越轻，越来越柔，像困倦的午后，轻风吹拂着水面……

她浑身的每一寸肌肤都舒展无比，就要沉沉睡去……

她努力抗拒着浓浓的倦意，死死咬住自己的手腕，一次次强迫自己从幻觉中醒过来。

手腕上布满了牙印，却只有钝钝的轻微疼痛。

她的生命意识已经麻木。

不！我不能走……

无期哥哥！

她使劲睁大眼睛，看着他紧闭着双眼，苍白的脸……

只有看着他，想着他，她才有抗拒的意志……

不能……

不能走……

她站起来，捂着双耳，发出一声长长的尖叫，企图把自己从梦魇中叫醒。

脑子中"嗡"的一声响，眼前的幻觉突然消失了……

山顶平台之上，一直盘坐在地的凤如花睁开眼，额头上细汗淋漓。

"她仍然活着，就在山谷之中，生命信息很强，但她抗拒了我对她的召唤！"凤如花道。

"竟然还有人能抗拒召唤术！"拜月教主沉声道，"残月使的召唤能力不弱。"

"这个小丫头，的确倔得很！上次在狼王洞门口，她就抗拒过我的召唤，这是第二次了！凤如花恨恨地道，"但只要她还活着，最终必定会乖乖地上来的！抗拒召唤的痛苦，比死还难受！"

凤如花稍微休息了片刻，开始了新一次的召唤。

山谷花圃之中，她轻轻地伸出一只手指，划过他清瘦的脸庞。

他仍在沉睡。

"世间一切，皆由天命！"她叹道，"眉儿所能做的，只是能抵御多久算多久，尽可能地多陪陪哥哥罢了！"

他突然张了张干裂的嘴唇。

"水，水……"他微弱地唤道。

她又惊又喜，环顾四周，想去不远处的池塘边取些水来。

脑子中突然又响起那个声音："来吧，到我这儿来吧……"

这次声音没了上次的柔和，而是非常严厉，不可抗拒，令她头疼欲裂。她不由自主地向召唤处迈出几步，头痛骤然轻了很多。

不，不！

她努力让自己清醒过来，努力回到商无期身边。

头痛得比刚才更加厉害。

她蹲下身子，双手已紧紧地抓入泥中。

"哥哥，也许我一会儿就要痛死了！"她努力睁开眼睛，"让我最后再看看你吧！"

他的面庞在她眼前晃动，"水，水……"

她努力转过头，想去寻找那个池塘，却朦胧一片，什么都看不到了。

她的整个世界都在晃动。

就算知道池塘的方位，也没有力量走到那儿去了。

那个严厉的声音，几乎充斥她的整个世界："来吧，到我这儿来……"

她用最后的残余意识，死死地看着他，像是从此就会消失在不同的世界中，从此永无相逢之日……

他的面容，已在她眼前逐渐模糊。

似乎又回到了两年多以前，和他最初相逢的那一天。在它还是一只小蜜蜂的时候，那个清瘦而倔强的男孩，在拍卖会场，举着那张空白购票，大声说道"我愿意"！就在那一刻，她在心中暗暗许下誓言：他的救命之恩，她要用三条命来偿还！

因为，蜂人只有三条命！

第 51 章 群魔出狱

为了他,她冒死蜇过胖兵士,蜇过聂刀疤,其实已经用过两条命了。

最后一条命……

她突然拔出一柄利刃,笑靥如花……

哥哥啊,眉儿许下的誓言,必定会有实现的一天。

山顶平台之上,凤如花突然皱了皱眉头。

"怎么回事?"她纳闷道,"她的生命信息越来越弱?"

她停止了召唤术,解释道:"她虽然无法抗拒我的召唤,但恐怕也无力走到这山顶平台上来了。"

"我听闻,下级召唤师很难抗拒上级召唤师的召唤,每抗拒一次,就会变老一岁。"五大三粗的白虎胃禁不住在一旁表达了自己的好奇,"莫非她已老得走不动了?"

"蜂人刚好相反。世人都不知晓,她每抗拒一次,就会年轻一岁。"凤如花低声道,"这已是她第三次抗拒召唤术了!"

白虎胃掰着手指算了半天,道:"那么说,她还年轻了三岁?哇噻,太便宜她了!"

"可三年以前,她是什么模样?"凤如花像是在回应白虎胃的话,又像在自言自语,"三年以前,她只是一只小蜜蜂。"

山顶一片静谧。

只有山风,冷冷地从山顶呜呜吹过。

拜月教主缓缓走到巨石的穿孔边,静静地站了一会,突地抓住那条粗绳,滑了下去。

"快,快,跟教主到山谷中去寻找漠北狼王!"青龙角命令道。

众人如梦初醒,一部分人抓住那条粗绳往下滑,另一部分人抬着轮椅上的教主夫人,顺着山脊而下,走向山谷。

第52章　拜月少主

轻风拂过山谷。

商无期做了一个长长的梦，梦见自己在烈日炎炎的沙漠上行走，浑身的水分快要被榨干，眼见再也走不动了，突然一阵急雨，他舔了舔嘴唇，贪婪地吮吸着这来自天上的玉液琼浆。

他悠悠醒来，嘴角还残留着一丝丝的湿腥味。

抹抹嘴唇，手上竟然一片鲜红。

血！

商无期惊而坐起，却见叶眉儿伏倒在自己身边。

他掰起她的身体。

却见她手腕之处，划开了一道伤口，血正汩汩而出。

她身边，扔着一把带血的利刃。

他瞪圆了眼睛，几乎都要喘不过气来！

他知道刚才梦中的玉液琼浆是从何处而来的了！

她用自己的血液救活了他。

"不——"

他爆发出一声撕心裂肺的呼喊。

他突地抽了自己一个耳光，又在身上四处摸索，终于找到了一小包

第52章 拜月少主

大漠铁头虫粉，洒在她手腕的伤口之处。

血很快止住了。

但她再也没有醒过来。

商无期蒙住双眼，眼泪从他的指缝中汹涌而出。

当他挪开双手的时候，却发觉地上躺着的那个女孩突然凭空消失了。

他四处搜寻。

可她，就像从未来过这个世界一样。

消失得无影无踪。

他蹲下身子，却在身边的一朵菊花上，发现了一只淡绿色眼眸的小蜜蜂。

他轻轻地触动那株菊花。

小蜜蜂怔怔地看着他。

"眉儿，是你吗？"他问道。

小蜜蜂没有反应。

"我不知道你为何又变回了蜜蜂，还是一只失忆的小蜜蜂！"他小心地摘下那株菊花，连同小蜜蜂一起捧在手心，"但我知道，眉儿永远都在无期身边！"

"大漠狼王！您在哪儿？"

远处突然传来一阵呼喊声。

他一惊，从怀中取出一个小丝袋，将菊花和小蜜蜂一起装入丝袋之中，离开了花圃。

"眉儿，我发誓，一定会将你安全带离这个地方！"他道。

他绕过花圃，在附近的山壁上找到了一个小岩洞。岩洞不大，刚好能容下一个人，被一棵大树和岩壁上的杂草严严遮盖着，极是隐蔽。

商无期爬了进去，安安静静地藏在其中。

拜月教众已来到山谷之中。

他们搜遍了整个山谷，却没有见到叶眉儿和商无期的踪影。

拜月教主脸上，慢慢有了些悲戚之色。

凤如花站在拜月教主身边，颇有些不解，欲言又止。

纵然漠北狼王也是拜月教五王之一，但何至于让教主如此看重？

"如花！"拜月教主似乎明白凤如花心中所思，突然道，"你可知道，这漠北狼王……是谁？"教主与凤如花说话时，竟然直呼其名，想必她在他心中必有特别之处。

"是谁？"凤如花纳闷道。

"唉！"教主道，"这个能打开狼王门的孩子，是我与夫人的独子，沙狼部落的小王子！"

凤如花大惊失色道："怎么可能？那个孩子，不是已经……"

拜月教主沉默片刻，道："如花师妹，当初你我跟随师傅师娘深入漠北，被草奴人包围，不幸受伤，我被沙狼部落老王收留，并娶老王独女为妻，生下小王子，从此我视沙狼部落为母族，这些你都是知道的。后来我家庭遭到厄运，夫人身中情毒，小王子又在逃难中走失，为救夫人，我闭关修炼九段神功，并请高人修建了狼王门，这些你也是知道的。小王子虽然走失，但在他出生之际，我和夫人曾请工匠拓其指纹保存，在修建狼王门时，虽不知小王子是否还在人世，但我仍请高人将其指纹拓在狼王门中间的圆环中。无论何人触及狼王门，指纹相合则门开，不合遭电击。世上之人，指纹均是独一无二的，所以能开门者，必是小王子无疑！"

此言即出，不仅凤如花，在场之人，无不惊骇不已！就连左将军等沙狼人，以前也只知教主"能开狼王门者为沙狼部落新王，同时封拜月神教漠北狼王"的谕令，当商无期碰巧打开狼王门之后，只是欣喜部落终于有了新王，但哪知这新王同时还是教主之子——拜月神教的少主人！想至此，左将军更是后悔没有尽力保护好少主人，又想起凤如花的阻挠，不由得再次对她怒目而视。

"原来如此！"凤如花避开左将军的目光，道，"我与无期这孩子打过很多交道，是觉得他眉眼之间颇像什么人，只是从未深想。要是早

第52章 拜月少主

知道他的身份，必定早已将他带到啸天师兄面前！"

拜月教主摆摆手，道："且别再叫我啸天师兄了！我本孤儿，无名无姓，先师收留我，教我武功，并赐名'向啸天'。十多年前，我宣布脱离蓬莱，创立拜月教，如何还敢用恩师所赐之名？这个世上，再也没有'向啸天'了！"又道，"反正这世上之人，都以为向啸天早就死了！"

商无期在岩洞之中，听到"向啸天"几个字，顿然如遭雷击，怔在那里。

自己的父亲，竟然还活着！

他的头像，被高挂在蓬莱院史馆的英雄墙上；身影，却出现在拜月城的断壁残垣中。

到底哪个才是真正的父亲啊？

突如其来的信息，几乎让他头痛欲裂。

却听凤如花笑道："有些人要知道师兄还活着，只怕晚上睡不着觉了！"又叹道，"拜月教被视为天下第一魔教，世间之人，哪能料到这魔教教主竟然出自江湖第一正派——蓬莱学院门下啊！"

拜月教主竟然也笑笑。

两人旁若无人，仍以昔日同窗身份聊天，可见凤如花在教中地位之高。

父亲。

蓬莱英雄。

魔教教主。

胸中如有激浪翻滚，商无期在岩洞中几乎要呕吐出来。

这一切，都是为什么啊？

凤如花突然想起什么，转向魏圆通，厉声道，"魏圆通，你是不是早已知道那孩子的身份，却一直故意隐瞒？"

魏圆通当初费尽心思将商无期弄进蓬莱学院，借他探寻《归宗谱》的线索，这一切很难说是毫不知情下的巧合；被困蓬莱学院那天，在魏圆通与蓬莱诸学监交涉后，蓬莱方竟然同意用商无期换取拜月教众安全离开；而在狼王洞口，魏圆通曾阻止沙狼人对包括商无期在内的蓬莱诸人放箭；在拜月沙漠，他一度拒绝凤如花杀害商无期的命令，理由虽未明说，但言语中均提及"这个孩子，是……"只是凤如花当初并未深想，如今将诸多细节结合到一起分析，完全可以推断出魏圆通早已知晓商无期的身份。

魏圆通面对凤如花的质问，心虚地低下头。

拜月教主缓缓道："我一直以为小王子已不在人世，竟没料想，你早已找到小王子，却一直隐瞒不报！养马，你胆子也太大了……"

魏圆通冷汗淋漓，突地跪倒在地，裤子竟然湿了一片，不知是汗还是尿。

他面前的那个男人，拜月教主，是他们所有人眼中的神。

他们追随他多年。

甚至包括魏圆通在内，在场大部分人的武功，都是这个男人亲自传授。面对他的训斥，他向来都只有跪地发抖的份。

一个女人突然站出来，问道："教主如何能判定，圆通早已知道小王子的身份？"

魏圆通大惊，想示意那女人跪下，却又不敢发声，只是急得满头大汗。

"鬼媚，这儿没你什么事！"拜月教主语气听上去很和蔼，但任谁都听得出，他是在极力压制心中的愤怒。

"启禀教主！养马的确早已知道商无期的身份……"魏圆通哆哆嗦嗦道，"之所以不报，是怕干扰教主修炼神功；同时，也希望能借小王子之力，尽快找到《归宗谱》，治好夫人和……其他人身中的情毒……"

"你是担心我知道小王子下落之后，不让他参与你的寻找计划吧！"向啸天道，"我知道你想尽快治好鬼媚的情毒，但你这样做，心中将小王子的安危置于何处？"

他挥挥手，二十八星宿中的青龙角、白虎奎二人已抽出弯刀，逼近魏圆通。

鬼媚夺步上前，伸开双臂，挡在魏圆通面前。

青龙角低声道："鬼媚，让开！你不要命了吗？"

鬼媚仰头尖声大笑，"我这条命，是教主给的！我这副容颜，也是

第52章 拜月少主

教主赐的！若没了养马，我不人不鬼地活在这世上，又有何意义？鬼媚这条贱命，教主拿去便是了！"

拜月教主道："听你言下之意，对我颇有怨恨？"又叹道，"你自幼便是夫人贴身随从，魏养马原本只是个养马的下人，我和夫人向来待你们不薄。当年，你们三鬼与夫人同时身中情毒，苦不堪言，我不得已才找到同门师妹渭水仙姑，开发了一种治情毒的解药——怨恨丹，来给你们服用。这怨恨丹虽然能缓解情毒之苦，却有毁容和让人性情变得怪异的副作用。我不忍看夫人容颜变丑，又不忍看她忍受情毒之苦，不得已才将她击晕，至今仍未将她唤醒。而你们三人服用怨恨丹，却是心甘情愿的，如何怨得了我？"

鬼媚凄然道："我不怨教主，只怨命！我只想问，教主能否看在苦命的鬼媚分上，放了养马这一遭？"

拜月教主沉下脸，"一码归一码！教中的规矩，你不是不知道。"

"既然如此，且让我随养马一道去吧！"突然解开腰间的弯刀，朝自己脖子抹去，那一瞬她血流如注却笑靥如花，"魏郎，我且先走一步，就在奈何桥边等你。"

在场之人，无不心悸，垂头不语。

却听魏圆通一声痛叫："媚儿！"他抱住鬼媚软绵绵下滑的身子，平放在地上，突然拔出佩刀，一跃而起，飞身砍向拜月教主。

拜月教主推出一掌，两团火球直向魏圆通击来，将他前胸灼出两个大洞，仰面摔倒在数丈之外。

青龙角厉声道："魏圆通竟敢偷袭教主，以下犯上，戮其尸！"

二十八星宿中的几个人拿着刀剑就要过去，拜月教主挥手制止道："不必了。"又道，"将他俩合葬吧！"言罢，半日不再言语，山风吹动他额前的乱发，颇显几分凄凉。

商无期在岩洞中将一切看在眼里，他对鬼媚向来没什么好感，今日见其为魏圆通殉情，刚烈如斯，却为之叹息不已；再看到魏圆通惨死，心中颇为难受。魏圆通虽然伪善狡诈，但毕竟也曾有恩于他，商无期几欲冲出来，制止拜月教主的暴行，但想想怀中的小蜜蜂，强行忍住。

　　左将军等沙狼人，也才方知晓魏圆通就是魏养马。

　　魏养马与三鬼，原本都是沙狼人，均为向啸天和夫人的近侍，左将军与他们颇为熟悉。在向啸天成立拜月教之后，这几人均跟着向啸天离开了沙狼部落，左将军已有十多年没见到他们。拜月教组织严密，行踪诡异，二使五王三鬼，均是与教主单线联系，更何况三鬼因服用怨恨丹，容貌已完全改变；而魏养马被教主派到中都之前，也请高人帮他易容，并改了姓名，因此他们几人在沙狼部落待了这么久，但包括左将军在内的所有族人，均没能认出来。

　　"魏养马在中都经营盗贼公会多年，亲信应该不少，这个秘密，想必还有其他人知道吧？"教主突然道。

　　盗贼公会十余人闻言，均战栗不已，顿然全部跪倒在地。

　　青龙角等人早已操起兵器，几步跨过去，干净利落地将盗贼公会的人一一砍翻在地。

　　眼见白虎胃的砍刀正砍向一位须发皆白的老者，商无期再也忍不住了，大叫一声："住手！"

　　众人抬头望去，却见一位少年从岩壁上飞身跃下，几步蹿到白发老者面前，挡在他面前。

　　白头翁抬起头，老泪纵横，"无期！"

　　"白头翁师傅，你不要害怕！"商无期正想扶他起来，白虎胃突然横过一刀，白头翁顿然扑倒在地。

　　师傅！

　　白头翁师傅！

　　严爱如父的白头翁师傅！

　　商无期瞪大眼睛，张大嘴巴，浑身颤抖。

　　他霍地抽出了腰间的玄木棍，指向拜月教主。

　　左将军惊呼道："少主人，休得胡来！"

第52章 拜月少主

拜月教主静静地看着眼前的这个孩子。

他的嘴角边慢慢露出一丝笑意。

他从这个男孩的眉眼之中,依稀可以看到自己的模样。

他突然伸出手,撕开了商无期的上衣。

商无期胸口有个蚕豆大小的胎记,上面的图案清晰可见。

"你可知道,我是谁?"拜月教主问道。

"我知道。"商无期道,"你,你们,全部是来自地狱的恶魔!"

"你可知道,我为什么要杀他们?"拜月教主道,"如果不是他们知情不报,我早就可以见到你了,我的儿子!"

"滚开!"商无期歇斯底里地大叫,"是你,你们,杀死了我白头翁师傅!我没有你这样的父亲!"他突然一跃而起,手中的玄木棍已打向拜月教主。

拜月教主没有躲闪。

他伸出手,接住了商无期打过来的玄木棍。

"从没想到过,我和你会在这种情境下相逢!"他叹道,"你冷静一下吧!"

商无期毫不理会,他夺了夺玄木棍,木棍却纹丝不动。他索性冲上前去,对准拜月教主的手背,狠狠地咬了一口。

拜月教主微微变了脸色。

"你还小,对这个世界知之甚少。但终有一天,你会知道这个世界的真相!"拜月教主松开了手中的玄木棍,低声道,"到时候,我和你母亲再来找你。"

"我永远,永远也不想再见到你!"商无期突然号啕大哭。

拜月教主静静地看着商无期。

他有多少年没听到他的哭声了啊。

拜月教主眼中竟然露出柔和的怜悯之色,"我知道,你们千辛万苦来到这拜月城,为的不过就是那个铜牌么,我给你如何?"

似乎他面前的这个小男孩,之所以哭泣,是为了一件得不到手的玩具。

那么，就给他吧。

这个心怀愧疚的父亲一挥手，早有人捧着一个托盘，跪呈到他面前。

拜月教主拿起托盘上的那块铜牌，塞到商无期手中。

"这块铜牌其实与《归宗谱》没有任何关系！"拜月教主叹了口气，"当年恩师仙逝前，让我把玄木箸和陶盘带给驻守中都的师弟妹，并交代了几条寻找《归宗谱》的线索，但我刚将玄木箸和陶盘交到蓬莱，还没来得及说出相关线索，就遭人暗算，以至于蓬莱那帮人十多年都没能找到《归宗谱》。魏养马是聪明的，他亲眼见我拨下玄木箸上的铜皮在无期胸口烙下印记，后来又破译了陶盘上的红点，就由这两个线索推断出《归宗谱》藏在这块铜牌中，以至于整个江湖都闻声而动。但魏养马哪里知道，恩师当年给我的《归宗谱》线索，其实不止两个，而是三个：一是陶盘上的红点，二是玄木箸上的铜皮，另外，还有一个十六字口诀……"

众人闻言皆惊，大气都不敢出。

要是拜月教主此时说出那个口诀，他们都不知道是该听还是不该听。

山谷中安静得只剩下微风拂过草地的声音。

拜月二十八星宿中一些胆小的，早已捂住了耳朵。

什么都没听到，就不会惹上什么麻烦了吧？

"你是我儿，我所有的一切，最终都是你的。这个十六字口诀，我此时就告诉你吧，希望有一天，它们能帮你揭开所有的真相……"拜月教主突然凑到商无期耳边，"这十六个字，是……"

"我并不想知道这些！"商无期几乎是带着哭腔，愤怒地推开他，"你也好，《归宗谱》也罢，从现在起，这些统统与我无关！"

"可是，这十六个字，我已在你耳边说过三遍了，你终归是记住了吧！"拜月教主眼角竟流淌出一丝笑意。

商无期一怔，随即赌气道："我会忘了它们的。"

拜月教主宽容地笑笑。

"噫，这儿有只小蜜蜂，"他看到商无期左手中的丝袋，又转向凤如花，"残月使，如果我没有记错，她应该叫叶眉儿，对吧？"

第52章 拜月少主

凤如花尴尬地笑笑。

商无期护住丝袋,警惕地看着拜月教主。

"看来,她变回了小蜜蜂,而且失忆了。"拜月教主思忖片刻,道,"有个地方,兴许能帮她找回记忆。"

"哪儿?"商无期一怔,粗声粗气地问道。

"遗忘谷。"

拜月教主简短地回答。

"终有一天,我和你母亲还会来看你。"说罢,他突然抱起轮椅上的妇人,飞身而起,消失在远方。

剩下的拜月教众跟在他身后,转瞬间便离开了山谷。

商无期一屁股坐在地上,哭得天旋地转,喘不过气来。

他昏昏沉沉地睡了过去。

蒙蒙眬眬中,耳边像是响过一阵嗒嗒的马蹄声。

跟他那天在古井边听到的一模一样。

他突然想起,轮椅中那位面容和善的妇人,应该是他的母亲啊!

刚才,他都忘了多看她一眼。

母亲……

她一直在沉睡。

山顶平台之上,一片山风吹过。

阴阳老怪缓缓地睁开眼睛,咳嗽了几声,缓缓道:"仇不弃,你还活着吗?"

离他两丈开外的地上,传来仇不弃吃力的喘气声,"死不了!"

"你的分身术,果真厉害!老弟膺服!"阴阳老怪道,"就算是易不世在世,也不一定胜得了你。"

"只可惜他已不在人世!"仇不弃叹道。

"仇不弃,你为了弄清'天地一剑'和'分身术'的高下,数十年喜怒无常,杀戮无数,老天有眼,让你至死空留遗憾,也算是对你的一种责罚！"阴阳老怪纵声大笑。

"遗憾至死，倒也未必！"仇不弃道，"我自然有我的办法！"

"什么办法？"阴阳老怪道，"难不成你能把易不世从坟中挖出来？"

"知道我为什么把向啸天在拜月城关了十年吗？"仇不弃道。

"为何？"阴阳老怪道。

"向啸天是易不世弟子中悟性最高的一个！如果我能助他练成'天地一剑'，再与我的'分身术'较量，不同样也能得到我想知道的结果吗？"仇不弃道。

"你真是一个疯子！"阴阳老怪倒吸了一口凉气，"为达目的，无所不用其极！只是，向啸天练成'天地一剑'了吗？"

"没有！向啸天在成立拜月教之后，四处招揽人才，我假装愿意帮他，向啸天视我为师叔，对我并无防备，十年前竟和二十八星宿一起被我骗入拜月城！我一面指点他武功，一面极力帮他寻找《归宗谱》，希望他能练成'天地一剑'。《归宗谱》至今未找到，'天地一剑'自然是练不成的，但向啸天在我的指点下，集十年之功，竟以原来的法士科武功为基础，自创了一套拜月神功，并一举突破了九段！"仇不弃道。

"向啸天竟有如此高的天分！"阴阳老怪叹道，"如此说来，他是自东方大陆有武功段位设定以来，续易不世、你、我之后，我们所已知的能达到九段武功的第四人了！"

"的确如此！"仇不弃道，"拜月神功的顶尖绝技是'火焰掌'，虽威力骇人，但与'天地一剑'还是有些距离，估计只能与你的'阴阳五行手'相当了！"

阴阳老怪听得颇有些不快，道："那你活该！这辈子也甭想有机会再与'天地一剑'对决了！"

"的确如此！"仇不弃怆然道，"你没有发觉，我刚才使完'分身术'第九招之后，已五脏俱伤，武功大损了吗？"

阴阳老怪怔了半晌，方叹道："我也受伤颇重，刚才竟然没有注意……难怪你说话间中气不足！"又禁不住安慰道，"春生夏长，秋收冬藏，万物荣枯之行，自是天命，仇老兄需想开点！"

"我仇不弃少年得志，武功登峰造极数十年，个人荣辱得失，其实早已不在心间！"仇不弃道，"只是这'天地一剑'与'分身术'之争，表面上是个人荣辱，实则是武学中的'博'与'专'之争，这一问题困扰武学界数百年，竟无答案，但凡纵情于武学之人，谁不以之为憾？若我仇不弃有生之年能弄清这一谜团，也算是对武学界的一点贡献。"

阴阳老怪闻言，叹道："今日方知道，仇老兄看似狭隘，行事古怪，原来另有一番气量和胸怀！"

"所以，这'天地一剑'与'分身术'之争，我必定要弄个明白！"仇不弃道，"否则死不瞑目！"

阴阳老怪道："你还能如何？"

仇不弃道："且看看你身边。"

阴阳老怪挣扎着支起身子，四处环顾，却见周围景致不知何时已变，雾气环绕，如在仙境，骇然道："仇不弃，你又在捣什么鬼？"

"我将那向啸天关了十年，他必定对我恨之入骨，只是刚才没顾得上报复我而已！而今我武功大损，用尽最后一丝气力，借助我熟悉不过的地形，在这山顶平台营造了一道'拜月仙境'的虚影幻景，向啸天无法进来，自然拿我无可奈何！"仇不弃道，"我年岁已高，身体还不知能不能恢复，也不知将来还能不能使用'分身术'，所以，我打算在这虚影幻景中待上几年，带出一位徒儿来，将我毕生的武功，包括'分身术'，都传授给他！"

阴阳老怪怔怔地看着仇不弃，却听他继续道："那个叫李尉的少年天资甚好，与我脾气也有几分相似之处，我决定把他留在这虚影幻景之中！"

边上一个少年禁不住"啊"的一声惊呼。他正是李尉，刚才拜月教众下山去寻少主人，他并没有跟去。蒙恬被拜月教主击倒之后，还在地上昏迷不醒，李微蓝一直在一边照顾他，因而此时这拜月仙境中，除了仇不弃和阴阳老怪，还有蓬莱这三位学员。

李尉被迫给阴阳老怪放羊，原本不过想赚些金币就走，哪会愿意与这么个疯子在一起关上几年？他听到仇不弃与阴阳老怪的对话，吓得跳起来，就想逃跑。但此地雾气弥漫，他完全看不清方向，哪里跑得出去？

仇不弃虽然武功大失，但对付李尉还是绰绰有余的，他一把将李尉拽到身边，安慰道："你无须害怕！我请你放了几个月的羊，欠了你不少金币，今后就用'分身术'来还你吧！"

李尉吓得魂飞魄散，却不敢反抗，只得乖乖蹲下。

"阴阳老弟，你无须担忧！只要你答应帮我一个忙，我可以告诉你出去的办法！"仇不弃道。

阴阳老怪道："我如何才能帮你？"

"你出去之后，全力帮助一位蓬莱弟子，练成'天地一剑'！他日再让那位弟子与李尉对决即可！"仇不弃道。

"你这破事，竟然把我也扯进来了！"阴阳老怪怒道。

"阴阳老弟，帮我一把！"仇不弃恳求道，"看在昔日情分上，为了天下武学！"

"好吧，我帮你！"阴阳老怪思忖片刻道。

仇不弃喜出望外，硬要与阴阳老怪击掌为定。

阴阳老怪无奈地摇摇头，伸出右掌，与他连击三下。

仇不弃脸上顿然露出孩提一般单纯的笑容，水雾之中，突地出现众多红、黄、蓝三种颜色的小云块。

"你带着两个孩子，从脚下最近的彩色云块算起，依次踏着红、黄、蓝三色云块往外走，片刻就可走出这拜月仙境了。"仇不弃道。

阴阳老怪休歇了一天，终于养足了精力。蒙恬受伤不浅，但此时也已苏醒，尚可独自行走。阴阳老怪带着蒙恬和李微蓝，按仇不弃的指点，终于离开了拜月仙境。

山谷寂静。

逝者已矣，入土为安。

一切尘嚣，骤然远离，像是什么也没有发生过。

第52章 拜月少主

商无期收拾好行李，又在白头翁的坟前待了一会，磕了三个响头，方慢慢离开。

他刚走出那片山谷，却见阴阳老怪、蒙恬和李微蓝迎面走来。

李微蓝道："噫，怎么只有你一个人？眉儿呢？"

商无期看着手中纱袋中的小蜜蜂，掉下一滴眼泪。

四个人沉默着穿过拜月沙漠，回到狼王洞口时，左将军已带着沙狼部落族人，备好奶酒在那儿等他们。

戒木大师、渭水仙姑、柳吟风、果落落等人也在人群之中。看来渭水仙姑的医术的确不错，受伤的人虽然没有痊愈，但均在恢复之中。

左将军单膝跪下，道："参见沙狼部落王！"

商无期木然看着远方，道："我不是你们的王！"又道，"我会回蓬莱。"

左将军和族人们面面相觑。

左将军道："您是我们的王，我们会一直在沙狼坳等您。"

有人举起了酒盅，还有酒皮囊，经历过生死的人们开怀痛饮，一醉方休。

柳吟风和果落落举着酒盅来到商无期身边，"欢迎英雄归来！"

商无期一饮而尽，没有说话。

他脑子中晃过蓬莱学院院史馆墙上的那些英雄挂像。

还有父亲……拜月教主的音容。

什么是英雄？

心中突然没了答案。

蓬莱的人在商无期面前很有默契，他们小心翼翼地说话，尽量不去提叶眉儿。

她好像突然就被这个世界遗忘。

"但我知道，眉儿，你一直在我身边。"他又喝了一盅酒，喃喃道。

三日之后，纵马东行，直奔中都。

商无期回头再看，整个沙狼坳，还有西域大漠，已在梦中。

（未完待续）

图书在版编目（CIP）数据

蓬莱学院.4，大漠之王 / 古月奇著. -- 武汉：长江文艺出版社，2019.4
　　ISBN 978-7-5702-0871-5

Ⅰ. ①蓬… Ⅱ. ①古… Ⅲ. ①长篇小说－中国－当代 Ⅳ. ①I247.5

中国版本图书馆 CIP 数据核字(2019)第 033080 号

责任编辑：黄柳依　　　　　　　责任校对：毛　娟
封面设计：锋尚设计　　　　　　责任印制：邱　莉　　胡丽平

出版：长江出版传媒｜长江文艺出版社
地址：武汉市雄楚大街 268 号　　邮编：430070
发行：长江文艺出版社
http://www.cjlap.com
印刷：湖北恒泰印务有限公司

开本：720 毫米×1000 毫米　　1/16　　印张：14　　插页：4 页
版次：2019 年 4 月第 1 版　　　　　2019 年 4 月第 1 次印刷
字数：175 千字

定价：29.80 元

版权所有，盗版必究（举报电话：027—87679308　87679310）
（图书出现印装问题，本社负责调换）